KB148181

창의력:
생각을
발견하라

창의력:
생각을
발견하라

이우용 지음

더로드
The Road Books

기억나는 사람들과 기억나지 않는 사람들,
모두가 나의 내면에 들어있다.
그들의 말과 생각은 시간이 지나도 사그라지지 않고 살아있다.
나를 매개로 그들 모두의 이야기가 하나로 통합한다.
이 책은 그들을 향한 댓글이다.
그들이 전한 생각에 대한 나의 반응이다.
세상의 모든 고마운 일은 이렇다.

　이 책을 쓰기 위해서 만든 파일의 이름은 '누구나 창의적'이었다. 그렇게 정한 이유는 세 가지다. 사람은 누구든지 창의력을 갖고 세상에 태어난다는 것이 먼저다. 다음은 누구나 창의적인 사람이 될 수 있다는 믿음이다. 마지막은 누구나 이해할 수 있도록 쉽게 쓰자는 의도였다.

　그래서였다. 이 책이 지식을 전달하는데 높은 비중을 두지 않은 것은. 창의성에 관한 연구의 결과를 알고 싶다면 학자들의 논문을 읽을 일이다. 또, 창의적 사물을 만들어내는 기법을 알고 싶다면, 인터넷 서핑을 해도 될 일이다. 이 책을 쓴 목적은 '생각을 발견'하는 방법을 제시하기 위한 것이다. 이 책에서는 창의적 사고의 기법이라는 것도 결국은 생각의 발견을 도와주는 역할에 지나지 않는다고 주장한다. 또, 그것을 발견하는 방법을 구체적으로 보여주어서, 한 차원 높은 창의력에 도달하도록 안내한다.

　이 책에서 창의성의 정의에 관한 설명이 조금 길다. 창의성을 제대로 정의할 수 있다면? 창의성에 관한 나름의 해석이 확실하다면? 창의력을 발휘하는 것이 그다지 어렵지 않은 수준으로 변한다. 그러므로 창의성에 대해서 확실하게 설명하고 싶었다.

또, 구성요소의 분할과 결합이 그 앞의 '비빔밥과 생각의 발견'과 더불어 다소 길다. 이것 역시 마찬가지이다. 구성요소의 분할과 결합은 모든 창의적인 사고의 기본이며 기초다. 이것에 익숙하고 본질을 꿰뚫고 있다면, 다른 기법들은 그다지 필요하지 않을 수도 있다. 또한 창의적 사고의 원리를 깨달을 때, 커다란 도움을 받을 수 있다.

이 책은 '생각을 발견'하도록 유도하는 것을 목표로 삼는다. 읽어가면서 저자의 생각을 만나게 되고, 거기에 반응한다. 그것을 관조할 수 있다면, 당연히 스스로 만든 생각을 만난다. 일종의 조우다. 우연한 만남이지만, 확률적 필연이다.

우리의 머릿속에는 얼마나 많은 생각이 들어있는가? 그 많은 생각을 얼마나 인지할 수 있는가? 누구도 알 수 있을 것 같지는 않다. 그만큼 생각은 넘치지만, 인식할 수 있는 양은 보잘것없다. 그것을 늘릴 수만 있다면? 창의적 능력을 한참 더 키울 수 있겠다. 그렇지만, 이 책이 목표로 하는 것은 더 많은 양의 생각을 발견하는 것이 아니다. 어차피 발견되는 생각은 그 양적 한계가 있기 마련이다. 그러니 제대로 된 생각을 발견하는 것이 소중하다. 이제 목표가 수정된다. 이 책을 읽으면서, 멋진 생각을 발견하는 방법을 터득하길 바란다.

가능하다면 책이 제시하는 것을 따라 하지 말기를 바란다. 자신만의 방법을 개발하는 것이 최상의 목표다. 책을 읽으면서 자신의 내면에서 일어나는 반응 속에 답이 있다. 자신이 간직한 생각의 바다에서 스스로 터득한, 헤엄치는 능력이 그 답이다. 오롯이 자기 고유의 '생각을 발견'하는 방법이 된다. 여기에서 전달하는 글이 그 계기를 제공하는 데에서 그친다면 더할 나위 없는 최상의 결과다.

목표를 좀 다르게 수정할 수도 있다. 이 책이 제공하는 대로 그대로 따라서 흉내를 내보는 것이다. 창의성은 모방을 통해서 달성된다. 비슷한 행위를 하는 동안 누구라도 자신만의 통찰을 얻는다. 그 통찰이 스스로 길을 알려준다. 그때, 목표하는 창의력의 수준에 도달할 수 있다.

그러므로, 자신만의 생각을 발견하기 바란다. 이 책의 제목이 '창의력: 생각을 발견하라'인 이유다. 창의력이라는 것은 결국 지각의 지평 위에 떠 있는 무수한 생각 중에서 특별하고 필요한 것을 끄집어 올리는 일이다. 어슴푸레한 지각의 공간에서 만나는 빛나는 존재를 드러내는 능력이다. 그것들이 세상에서 제 빛을 발할 때, 창의력이 발휘된다.

결론은 이렇다. '생각을 발견하는 방법'을 발견하길 바란다. 이 책은 그 방법을 제공하기 위함이다. 가장 이상적인 결과는 글의 공간에서 만나는 자기 고유의 방법을 찾아내는 것이다. 생각을 발견하는 방법을 발견하는 것. 그것이 자신만의 독창적인 창의성이며 능력이다.

contents

part 1

창의력은
어디에서부터
오는가?

Creativity

순례자가 호기심 어린 표정으로 주저하듯 입을 연다.

"새로움이 어디에 있을까?"

바닷가에서 물고기를 잡던 갈매기가 심드렁한 목소리로 대꾸한다.

"바다를 아무리 살펴도 새로운 파도가 보이지 않던 걸?"

순례자가 얼굴을 찡그리며 기대하듯 목소리를 낮춘다.

"네가 보지 못했던 새로운 물고기가 있지 않을까?"

"내 아빠의 아빠와 내 엄마의 엄마에겐

절대로 새로운 물고기가 아닐 거야."

"그래도 네 눈에는 새로운 물고기가 있었겠지!"

갈매기의 대답도 듣기 전에 순례자는 고개를 끄덕이며 발걸음을 뗀다.

Ⅰ. 성급한 결론: 창의력을 키우는 것은 어렵지 않다

세상은 급하게 돌아간다. 이 책도 세상의 흐름을 따른다. 비록 시작이지만 성급한 결론을 제시한다. 창의력을 키우기 원한다면? 답은 여기에서 찾을 수 있다.

창의성에 관한 수많은 책들이 나와 있다. 그리고 창의성에 관해서 읽으면 읽을수록 머리만 아프다. 모두 훌륭한 이야기를 전달하고 있지만 읽고 싶지 않다. 이해하기 어렵고 실천하기 힘든 요구를 하기에, 나와는 관계가 없는 것처럼 느껴진다. 더구나 창의력을 기르기 위해서 해야 할 일들은 왜 그렇게 많은지? 좌뇌가 발달한 사람은 우뇌를 발달시켜야 하고, 우뇌가 발달한 사람은 그것을 통제하기 위해서 좌뇌를 더 발달시켜야 한다고 주장한다. 또 창의적인 능력은 생각의 자유로움, 열린 생각과 관계가 깊다고 말한다. 이것을 뒷받침하는 방법은 그런 방법을 터득하고 습관을 바꾸는 것이다. 어떻게 해야 할까? 물론 여러 가지 일들을 해야 한다.

창의성은 다른 사람과 다른 생각을 하는 것이다. 이 남다른 사고방식을 키우기 위해서는 또 어떤 작업을 해야 할까?

창의성이란 협동심을 바탕으로 사람과 사람의 생각이 상호작용하는 것이다. 이를 위해서는 성품을 사교적으로 만들어야 한다. 해야 할 일들을 또 얼마나 늘려야 할까? 이런저런 방법에 관한 글을 읽을 때면, 머리는 점점 더 아프게 된다. 아! 하고 싶지 않다. 마침내 침묵의 시간, 결론의 시간이 다가온다. 그리고 생각이 내면의 깊은 곳에서 밖으로 밀려 나온다. 창의성은 나와는 맞지 않아! 단호하다. 그렇지만 그것을 그대로 받아들이기엔 아쉽다. 어디에선가 알 수 없는 허전함이 스멀스멀 올라오지 않을까?

우리는 성급하다. 특히 세상이 빠르게 변하고 있을 때는 더욱 그렇다. 세상이 빛의 속도로 변하는 것처럼 느낄 때는 마음보다 몸이 더 잘 반응하는 법이다. 갈증이 올라온다. 이 책의 독자들 또한 그 갈증을 시원하게 풀어줄 해결책을 원할 것이다. 그래! 강요된 답인가? 아니다. 그런 대중들의 성급함을 채워줄 대책은 최대한의 친절이다. 그 때문에 글을 시작하면서 심리적인 압박의 강도가 증가한다. 이게 결론을 먼저 이야기하고 시작한 이유다.

그래서? 이 책을 읽으면 없던 창의력도 생긴다는 겁니까? 또는 이런 질문도 가능하다. 이 책 한 권이면 모두 해결이 된다는 겁니까? 수많은 창의성에 관한 책을 읽지 않아도 된다는 겁니까? 적어도 실생활의 공간이라면, 그리고 학문적인 영역을 벗어난 곳이라면, 언제라도 아주 단호하게 듣고 싶은 답을 얼마든지 제시한다.

"그렇습니다. 이 책 한 권이면, 모든 것이 해결됩니다."

누군가는 바로 반박하고 싶을 것이다.

"그러다 나중에 큰코다칩니다."

"지나친 자신감이 사람 망치기도 합니다."

나는 그들에게 친절한 목소리로 말하고 싶다.

"걱정하지 마세요. 창의성이 그렇게 어려운 것이 아닙니다. 자신감을 가지길 바랍니다. 스스로 생각하는 것보다, 자신이 훨씬 더 훌륭하다는 것을 잊지 마세요."

이 책에서 제시하고 싶은 것은 창의력을 기르는 것이 그렇게 고단한 작업, 역량을 키우기 위해서 해야 할 지루한 작업이 아니라는 것이다. 간단한 몇 가지 공식으로 스스로 창의적인 잠재력이 있음을 일깨우는 것이 이 책을 쓴 목적이다.

"아니? 그렇게 쉬운 방법이 있었다면, 왜 그렇게 고민을 했겠어요?"

"나도 세상 살 만큼 살아봤지만, 창의력이 그런 거라고는 생각하지 않아요."

"그 많은 책이 모두 잘못 써졌다는 건 아니겠죠?"

당연한 반문이다. 창의력을 발휘한다는 것은 매우 어려운 일이다. 동시에 매우 쉬운 일이기도 하다. 이런 모순적인 주장이 가능하다. 창의성이라는 것을 경험해 본 사람들은 모두가 인정한다. 어느 때는 아무리 쥐어짜도 좋은 생각이 떠오르지 않는다. 그러다 그저 멍하니 창밖의 경치를 바라보았을 뿐인데, 전혀 예상하지 않은 실마리가 나타난다. 그것은 훌륭한 해결책으로 연결된다.

누구나 이런 경험을 한다. 필요할 때는 없지만, 포기할 때 갑자기 떠오르는 것. 그렇다고 마냥 포기하면 절대로 다가오지 않는 것. 그래서 버릴 수도 간직할 수도 없게 만드는 것. 마치 사랑처럼, 창의성도 그렇게 자신의 존재를 우리에게 각인시킨다.

누구든지 창의력을 발휘할 수 있으며, 스스로 창의적이 아니라고 믿는 사람도 실제로는 매우 창의적이다.

"아닙니다. 나는 절대로 창의적인 사람이 아니에요. 한 번도 그런 경험이 없었어요."

"나는 엄청나게 논리적이지 말입니다. 이런 사람은 생각이 꽉 막혔다고 하던데."

"상상력이 저는 전혀 없어요. 정말 현실에 충실하단 말이에요. 그런데도?"

과장을 섞어서 이런 분들을 위로하고 격려하고 싶지는 않다. 그리고 답은 변하지 않는다.

"그런 경험이 기억나지 않을 뿐입니다."

"논리성과 합리성은 창의성의 발휘에 엄청나게 중요한 역할을 합니다."

"창의성은 상상이 아닙니다. 그것은 매우 현실적입니다."

이즈음에서 생각이 증폭된다. 저자의 주장이 실제로 효과가 있는지 확인하고 싶을 것이다. 그렇다. 이런 글을 앞에 쓰는 것은 마치 식욕을 돋우는 전채를 준비하는 것과 같다. 다음에 나올 요리는 무엇일까? 당연히 궁금할 것이다. 초보 요리사라면 다음에 나올 요리에 관해서 설명하고 싶어 한다. 나 또한 그런 유혹에 빠진다.

이 책이 어떤 책이며 어떤 방향성을 지니고 있는지 강조하고 싶다. 저자도 인간인지라 그런 엄숙성과 진지함을 피력하고 싶다. 거기에서 벗어나게 하는 것은, 나의 머릿속에는 여러분들, 독자의 입장이 자리하고 있기 때문이다. 이 책은 내 주장을 기록하기 위한 것이 아니라, 독자들에게 창의력이 매우 만만한 것이라는 것을 일깨우기 위한 작업이다.

"자, 여러분! 식욕이 확실히 돋우어졌습니까?"

"이제 본격적으로 창의력을 향한 미식여행을 떠나봅시다!"

1분 정리

- 창의력을 기르는 것은 그리 어렵지 않다.
- 이 책은 이미 가지고 있는 창의력을 일깨우기 위함이다.
- 누구든 자신감을 가지면, 창의력을 발휘할 수 있다.

2. 창의력에는 의지가 가장 중요하다

창의적인 사람이 되기 위해서 가장 중요한 것이 무엇일까? 창의성에 관한 수많은 이론은 각기 종류가 다른 작업을 요구한다. 이 모든 요구 사항들을 따라가기는 너무 힘들다. 학자들에게 직접 물어보면 더 힘들어진다. 그들은 너무도 많은 이야기를 전한다. 창의성이 발현되는 심리적인 과정을 설명하는 어려운 이론. 창의성이 어떻게 발현되는가에 대한 가설. 두뇌의 어떤 영역이 활발한 작업을 하는가에 대한 관찰. 뇌파가 활성화되는 패턴. 이 모든 것들이 학자들이 연구하여 발표하는 논문에 담겨있다. 이것들을 모두 이해하기란 지난한 일이다.

이래서는 창의력을 키우기 힘들다. 더 쉬운 방법은 없을까? 다른 방법으로 접근해보자. 창의력에 관해서 시험을 볼 수 있다면 조금 더 효율적인 방법을 찾을 수 있지 않을까? 시험이 무엇보다 중요하다고 인식하는 대한민국에서는 누구나 납득하는 방법이다. 좋은 점수는? 높은 창의력! 이것이 등식이다. 이런 숫자는 곧 서열 매김으로 전개된다. 누가 가장 창의력이 많은지 순식간에 알아차리게 한다. 숫자보다 확실한 것은 없다. 그 숫자는 창의성에 대한 증명서

가 된다. 이제 창의성 테스트에서의 문항을 원용해보자

'단어와 단어를 연결 짓기 바랍니다.'

'주어진 미완성의 도형을 보고 나머지를 상상해서 그림으로 채워 넣기 바랍니다.'

'다음에 주어진 사물을 보고 연상하는 사물을 다섯 개 이상 제 시하기 바랍니다.'

매우 쉽지 않은가? 시험을 잘 보고 창의성 테스트에서 높은 점수를 받기 위해서는 이런 질문들에 답을 잘하면 된다. 그것으로 모두 끝일까? 무엇인가 허전하지 않은가? 더 채워야 할 무엇이 있다는 느낌이 본능적으로 다가오지 않는가?

그렇다. 점수가 실제를 반영하지 않는다는 것은 누구나 아는 사실이다. 점수의 세상과 현실의 세상은 매우 가까운 것처럼 보인다. 그렇지만 경험은 그것은 부인한다. 어느 것을 선택할까? 경험이다.

실제로 그렇게 연관성이 있는 것 같지 않다는 것이 살 만큼 살아 본 사람들의 이야기이다. 그들은 이즈음의 사람들이 아니라고? 물론 그렇다. 그들은 치열한 현실에서 조금은 벗어난 사람들이다. 그러나 인류의 역사는 말한다. 항상 젊은이들의 삶은 힘들고 그 이전 세대보다 조금이라도 더 각박했다고. 그러니 치열한 삶의 현장에서 투쟁하고 있는 분들도 시간이 지나면 같은 이야기를 한다. 이제 인정하자. 점수 말고 다른 것이 창의력을 키우는데 자리한다는 것을. 마음이 조금 편해질 것이다.

KILL BILL과 긍정의 힘

다시 물을 것이다. 점수 이외에 또, 무엇이 있다는 것인가? 아주 단순한 사실이다. 좋은 점수를 받기 위해서는 좋은 의지가 뒷받침되어야 한다. 점수로는 측정이 되지 않는 다른 능력도, 우리의 의지에 의해서만 발현된다는 것은 변함없는 사실이다.

한때 이 나라를 뒤덮은 구호가 있었다.

"하면 된다!"

아마도 이런 구호를 들어보지 못한 세대들이 더 많을 것이다. 그 구호를 어느 대학교의 정문, 그것도 자연 그대로의 가공되지 않은 바위 덩어리, 그 거친 표면에서 거룩한 글씨체로 만나게 될 줄은 몰랐다.

2020년 봄의 어느 푸르고 푸른 하늘 아래에서 그 표어가 가슴을 쿵 때리는 순간, 가슴 저 밑바닥에서 올라오는 형용할 수 없는 느낌이 있었다. 가장 무식하고 저돌적인 긍정의 힘! 그것이 아직도 남아있을 줄이야.

눈치 챘을 것이다. 창의성에서 가장 중요한 것은 긍정적인 의지이다. 반드시 해내고야 말겠다는 모진 결심, 그리고 그 무엇도 나를 막을 수 없고 방해할 수 없다고 굳게 다짐하는 마음.

영화 킬빌(Kill Bill)에서 쿠엔틴 타란티노 감독은 영화 속의 인물인 핫토리 한조의 입을 빌려서 의지의 힘을 강조한다.

"무사여! 만약 신이 너의 앞을 막는다면, 그 신조차도 베어버리고 앞으로 나아가라!"

이런 의지의 힘이 창의성의 발현에서는 중요하다.

"나는 그런 정도의 의지가 없는 사람이에요. 요즘 세상에서 누가 그렇게 살아요?"

"대충 그리고 그런대로 행복하면 되지. 머리 아프게 사는 거 딱 질색입니다!"

이렇게 써 놓고 보니 참 나도 딱하다는 생각이 든다. 저런 대사는 왜 써서 설명을 덧붙여야 할까? 질문은 해답을 도출하는 시작점이다. 질문을 던져놓고 답을 찾는 것이 창의성의 가장 기본적인 과정이기 때문이다. 어쨌든 저런 질문을 써놓았을 때는 답이 있기 마련이다. 질문을 골치 아파하는 분들을 위해서는, 아주 쉽지는 않지만 그렇다고 어렵지도 않은 해결책이 있다. 다른 사람들은 어떻게 행동했는가를 찾아보면 된다.

지치도록 생각한 후에 다가오는 '별의 순간'

역사 속의 위대한 분들이 무엇인가 엄청난 것을 찾아냈을 때 엄청난 사건이 벌어졌을까? 사실 알고 보면 참으로 허망한 경우가 많다. 그들의 창의성이 고도로 발휘되었던 순간을 살펴보면, 의외의 사실을 알게 된다. 머리가 터지도록 열심히 생각하고 있을 때가 아닌 경우가 훨씬 더 많다는 사실이다. 아르키메데스는 목욕탕에서 목욕을 하다가, 그리고 뉴턴은 사과나무에서 사과가 떨어지는 것을 바라보다가, 그리고 누구는 엘리베이터 앞에서 멍하니 숫자가 바뀌는 것을 바라보다가. 그렇게 위대한 발견이 이루어졌다. 그리고 그것은 모두가 비슷하게 경험하는 일이다.

해결되지 않는 골머리 아픈 일로 머리털이 빠지도록 고민하다가, 지치고 지쳐서 잠이 들었다. 홀연 꿈속에서 산신령 또는 할아버지 혹은 선생님이 나타나서 정답을 가르쳐주었다는 이야기는 아주 흔하게 발견된다. 어떤 사람이 새로운 과학적 발견을 위해서 심신을 다 바쳐서 연구에 몰두한다. 혹은 신제품을 개발하기 위해서 회사 연구실에서 날밤을 지새운다. 몸은 지치고 마음은 피폐하다. 잠을 자는 것도 아닌 비몽사몽의 순간에 섬광처럼 해답이 머리를 스쳤다는 경험! 그렇다. 많이 들었던 이야기이다.

아주 어린 시절에는 사과나무, 엘리베이터, 목욕탕, 꿈속, 산신령, 할아버지, 선생님이 문제의 핵심이라고 생각했던 적도 있다. 자라면서 세상을 경험하고는, 창의성을 가져다주는 이런 존재가 나에게는 없다는 사실이 슬프기도 했다. 이제 그런 감정은 떨쳐버리자. 그런 존재는 의지의 힘으로 만들어 낼 수 있다. 의지가 하늘을 뚫으면, 어떤 존재가 나타나서 답을 가르쳐 줄 테니까.

이제 창의성이 요구하는 의지의 세상이 어떤 것인지 제시할 때가 되었다. 지칠 정도로 열심히 생각해 보는 일. 그리고 무엇인가를 찾아내기 위해서 몰두하는 일. 주변이 시야에 들어오지 않을 정도로 힘을 쏟는 일. 강한 심리적인 압박과 심각한 긴장감 속에서 한참 동안 지내는 일. 해답을 찾기 위해서 스스로가 싫어질 때까지 자신을 몰아세우는 일.

이런 일을 하고 난 후에 멍하니 창밖을 바라보거나, 아무 생각 없이 목욕탕에 누워서 머리를 비우고 있거나, 혹은 지쳐서 의자에 앉은 채로 졸고 있거나, 이때가 바로 그 순간이다.

'유레카! 오! 아하! 아멘!'

어느 것이든 마음속으로 외치게 될 것이다. 그렇다. 의지의 힘이라는 것은 이렇게 지칠 때까지 해보는 일이다. 그때까지 포기하지 않고 몸을 던져보는 것이다. 마치 마라토너가 열심히 뛰고 나서 정신적인 기쁨을 느끼는 것을 '러너스 하이'라고 부르는 것처럼, 창의성이 발현되는 순간에 희열을 느끼게 된다. 그런 정신적인 고양감을 맛보게 하는 데에는 의지가 가장 중요한 역할을 한다.

이것은 나의 주장이 아니다. 창의성이 발현되는 순간과 창의적인 사람을 연구한 학자들의 견해다. 그들이 고백하는 그 순간에는 의외성이 있다. 창의성이 다가오는 순간은 무의식, 잠을 자고 난 후에, 그리고 비몽사몽간에, 아무 생각 없이 멍하니 앉아있던 순간이었다. 그때 섬광처럼 생각이 눈앞에 나타났다는 것이다.

"정말 몸과 마음이 지치도록 몰입하면, 그런 순간이 오는 거예요?"

물론 항상 그렇지는 않다. 어떤 사람이 아주 열심히 몇 날 며칠을 고생하며 생각이라는 것에 전념했단다. 그 후에 다른 위대한 창의적 사고의 선구자들처럼 그도 지쳐서 잠이 들었다. 그들처럼 그의 꿈속에서도 무의식은 맹렬하게 활동했다.

다음 날 아침, 늦게 일어난 탓에 그는 허겁지겁 세수하고 버스정

류장으로 달리듯 걸었다. 마침내 기다리던 버스가 도착했고 버스를 타기 위해서 앞문으로 그는 걸음을 옮겼다. 그리고 그 버스를 타려는 순간, 그의 눈에 버스의 번호가 들어왔다. 그때 그의 걸음이 갑자기 멈추었다. 자신이 기다리던 번호와 전혀 다르다는 사실을 인식한 탓이다.

바로 그 순간 새로운 깨달음이 그의 머리에서 생성되었다. 어젯밤 내내 고민하던 그 고민을 이젠 하지 않아도 된다는 사실을 알아차리게 된 것이다. 자신의 경험에 대한 그의 고백은 이랬다.

"아니 이게 뭐야?"

"결국 해답도 얻지 못하고 쓸데없는 고민을 했다는 거잖아?"

당연한 탄식이다. 그러나 그는 자신의 의지에 따라서 해답을 얻기 위한 노력을 열심히 했다. 그리고 다른 창의적인 사람들처럼 '유레카'를 외칠 기회를 찾았다는 것이 핵심이다. 고민할 필요가 없다는 것을 고민했다는 것은 그의 고민에 대한 아주 훌륭한 해답이었다.

한때 긍정의 힘에 관한 책이 크게 유행했던 적이 있었다. 그중의 하나는 우주의 질서조차도 긍정의 힘에 영향을 받는다는 것이다. 그 책의 제목은 말하지 않겠지만, 내용은 이렇다. 긍정적인 생각을 하게 되면, 그 긍정의 에너지가 우주의 질서를 책임지는 존재에 닿아서 결국은 응답을 받는다는 것이다. 절대로 부정적인 단어조차도 입에 올리지 말아야 한다는 게 핵심이다.

창의적 사고에서의 의지의 역할도 이와 같다. 절대로 해답을 얻을 수 있다는 확신. 절대로 지칠 때까지 해보겠다는 결심. 절대로 온

몸을 던지겠다는 마음. 이런 정도의 의지라면, 어떤 결론이라도 나오지 않을까? 자신이 기다리던 버스와 비슷한 번호의 버스가 도착했을 때 머리를 스쳤던 섬광. 그 해답의 순간이 아마도 열 번 가운데 한번은 오지 않을까?

1분 정리

- 스스로 할 수 있다는 의지가 창의력에서는 가장 중요하다.
- 지치도록 포기하지 않고 생각할 때, 답이 나온다.

3. 창의성의 횟수는? 어쩌다 가끔!

많은 사람이 창의적인 사람에 대해 착각한다. 창의력 있는 사람은 아무 때나 창의적일 것으로 여긴다. 이런 주장의 이면에는 창의적인 사람은 따로 있다는 것이 자리한다. 특정한 부류의 사람이 창의적이며, 그들은 창의성에 관한 한 높은 생산성이 있다고 믿는다.

과연 그럴까? 이런 질문 자체가 창의적인 사람이 매번 창의적일 거라는 생각을 부인한다. 창의성이 뛰어난 사람도 결코 매번 창의적이지는 않다. 여기에는 물론 반론이 있다. 모차르트는? 그리고 에디슨은? 그들의 놀라운 창의성은 어떠했는가? 이렇게 물으며 창의성이 뛰어난 사람이 어느 순간에도 창의성을 발현시키는 것은 아니라는 주장을 반박한다.

물론 그리고 당연히 예외는 존재한다. 절대로 따라잡을 수 없는 사람들의 이야기에서 상처받을 필요가 있겠는가? 우리는 그런 특별한 사람들이 아니라는 점을 인정하자. 우리는 보통 사람들이다. 아니 창의적인 면모를 더해서, 보통 사람들보다 조금 더 인정받고 싶을 뿐이다. 여기에 동의하는가? 그렇다면 이제 이야기를 더 진행해보자.

항상 창의적이면 큰일이 난다. 어쩌다 가끔!

피디 노릇을 하면서 느낀 점은 피디라고 모두 창의적인 것은 아니라는 것이다. 사람들이 피디에 대해서 갖는 선입견에는 피디는 창의적일 거라는 선입견이 있다. 이런 생각이 깨지는 데는 그렇게 오래 걸리지 않는다. 선배들이 작업하는 양식과 행동거지에 대한 답습에서 벗어나, 자신의 길을 개척하는 사람들은 그리 많지 않다. 또 그런 훌륭한 피디들도 남들이 모두 인정할 만한 창의성을 발휘하는 것은 몇 번에 지나지 않는다.

누구라도 알 만큼 유명한 피디 가운데는, 자신의 창의적인 생각이 아니라 다른 피디가 만들어 놓은 틀을 발전시킨 피디도 많다. 그렇다고 그 피디가 창의적인 사람이 아니라는 뜻은 아니다. 돌파구를 여는, 최초의 영역을 개척하는 정도의 창의성이 관찰되지 않았다고 말하는 것이다. 또 어떤 사람은 평생 하나 혹은 두 개의 좋은 기획을 통해서 자신의 창의력을 입증한다. 창의적인 작업이 중시되는 집단에서도 이렇다. 창의성이 발현되는 빈도가 그렇게 높지 않은 것이다. 적어도 70퍼센트 이상의 피디가 평생 한 번도 새로운 기획을 하지 못하고 은퇴한다.

파레토(Pareto)의 법칙을 원용하여 엉뚱한 계산을 한번 해보자. 20퍼센트의 사람이 창의적이며 그 사람들이 아주 새롭고 독창적이며 유용하기도 한 무엇인가를 생각해낸다면? 그리고 넉넉잡아서 한 달에 한 번 이런 일이 발생한다면? 어떤 일이 생길까?

직원이 만 명쯤 되는 대기업이 있다고 가정해보자. 이런 대기업의 20퍼센트인 2,000명이 아주 창의적이며, 그들이 한 달에 한 번 마법에 걸려서 신통방통한 생각을 쏟아낸다고 하자. 이렇게 창의성이 풍부하니 이 회사는 정말 훌륭한 회사가 될 것이 틀림없다. 여기에 빨리 투자해야지! 아주 잘못된 판단이다.

이제부터 이 회사에서는 아주 큰 일이 벌어질 것이 틀림없다. 회사는 사분오열된다. 그 회사가 산으로 가는지 바다로 가는지 아무도 알지 못한다. 결국 파산을 운명으로 맞을지도 모른다. 왜 그럴까? 인간은 한 달에 2,000개나 되는 새로운 생각을 받아들일 준비가 전혀 되어 있지 않다. 인간은 그런 생물체가 결코 아니다.

사람이 어떤 존재인지 알기 위해서는 역사를 살펴볼 필요가 있다. 구석기와 신석기의 차이가 어디에 있는가? 누구나 잘 아는 사실이다. 구석기 시대에는 돌을 깨뜨려서 도구를 만들었고 신석기 시대에서는 돌을 갈아서 도구를 만들었다. 물론 이것 외에도 많은 차이가 있지만, 역사 시간이 아니므로 이 정도로 하자. 이 두 시대의 구분. 돌을 갈았는가? 아니면 돌을 깨뜨렸는가? 이런 간단한 차이를 만들어내는데 얼마나 오랜 시간이 걸렸는가를 상상해보자.

왜 이런 정도의 혁신과 이런 정도의 창의성에 그렇게 긴 세월이 필요했을까? 인간은 원래가 새로운 것에 대한 거부감을 지닌 채 사는 존재이기 때문이다. 지나치게 새로우면 몸과 마음이 적응하기가 힘들기 마련이다. 그러니까 어쩌다 새로워야 한다.

가끔 그리고 어쩌다! 이것이 사람에게는 아주 적절한 정답이다.

가끔 그리고 어쩌다 창의성을 발휘하는 사람이 있다면, 그 사람은 주변에서 엄청나게 높은 평가를 받을 것이다. 세상에서 커다란 성공을 거둔 사람들도 어쩌다 그리고 가끔 창의성을 발휘하지 못하기 때문이다.

훌륭한 분들도 어쩌다 가끔!

얼마 전 이건희 삼성그룹 회장이 타계했을 때, 그분에 대한 평가가 실린 기사를 읽었다. 그분의 창의적 활동에 관한 자잘한 이야기는 발표되지 않았겠지만, 큰 것은 하나였다. 요약하면 가족을 제외하고는 모두 바꾸라는 주장에 대한 것이었다. 변화를 촉구하는 목표를 제시하고 그 방법을 알려주고 이끌어간 분이라는 평가였다.

다른 기업가들도 이와 비슷하다. 스티브 잡스는 무엇을 했을까? 위대한 사람이라고 칭송이 대단했지만, 두 가지로 요약된다. 애플 컴퓨터와 스마트폰이다. 어느 성공한 식품 관련 중소기업 사장은 수백 번의 실험 끝에 신제품을 하나 개발해서 커다란 성공을 거두었다. 그리고 나름의 영역을 개척했다. 이제 제품이 20년 이상 생산되고 경쟁자들이 늘어나자, 새로운 제품을 개발하려고 끊임없이 노력한다. 결과는 긍정적이지 않다. 아직도 새롭고 독창적이며 시장에서 좋은 평가를 받는 제품이 생산되지 않는다. 그는 25년 동안 딱한 번 제대로 된 창의성을 발휘했다. 그런데도 그 중소기업 사장은 성공한 기업가가 되었다.

이런 예를 장황하게 드는 까닭은, 높은 수준의 창의성은 평생 한 번으로도 족하다는 것을 말하고 싶어서다. 매번 창의적일 필요는 없다. 매번 생각하고 매번 실패할지라도 평생 한 번이면 커다란 일을 만들어낸다. 그것이 창의력이다. 창의적 능력은 매우 필요하지만, 강박증을 가질 이유는 없다. 누구든지 평생 한 번이면 충분하다. 성공한 기업에서 근무하는 사람이라도 그렇다. 회사생활 10년 동안 단 한 번 제대로 된 창의력을 발휘했다면? 아주 유능하며 창의적인 최고의 인재라는 평가를 받게 된다.

이제 결론이다

매번 창의적이지 말자. 어쩌다 그리고 가끔, 한 번만이라도 창의력을 발휘하면 된다. 평생 한 번쯤 멋진 생각을 할 수 있다면, 성공한 인생이 된다. 이것이 창의성이 중요하고 또 필요한 까닭이다. 쉽지 않은가?

1분 정리

- 창의력은 항상 필요한 덕목이 아니다.
- 어쩌다 가끔, 창의력을 발휘해도 엄청난 성공이 다가온다.

4. 나는 상상력이 풍부하니까 창의적이야!

대부분은 이렇게 믿는다. 상상력이 풍부하니까 창의적이라고 주장한다. 또는 반대의 의견도 성립한다. 상상력이 풍부하지 않아서 창의적이지 못하다는 것이다. 이런 믿음은 창의성에 대한 설명, 혹은 창의적 행위에 대한 묘사가 거듭될수록 강조되는 경향이 있다. 정말 그럴까? 아니다. '정답이 없다'가 정답이다. 상상력과 창의력이 서로 비례하거나 반비례하지 않는다는 뜻이다.

어린 시절의 기억으로 나는 상상력이 매우 빈곤한 어린이였다. 그때가 아마도 초등학교 2학년쯤이었을 텐데, 형은 중학교 2학년이었다. 갑자기 나에게 시를 써보라고 성화를 부렸다. 아마 동생의 실력과 상상력을 시험해보고 싶었던 것 같다. 나이 차이가 많은 형이 무서워 죽겠는데, 강요까지 하니 내 머릿속은 하얗게 변했다. 그때부터 나는 상상력이 빈곤한 어린이가 되었다. 물론 나도 그렇게 믿으며 자랐다. 그리고 나는 '똑바로 어린이'가 되었다.

이렇게 어린 시절 겪은 상상력의 빈곤에 대한 트라우마는 평생 따라다닌다. 이런 고통 속에서 창의적 생각이나 행동을 포기하게 된다. 이런 분들에게, 꼭 전해야 할 희망의 메시지가 있다.

"여러분! 상상력과 창의성은 관계가 있을 수도 있고, 없을 수도 있습니다."

아니! 이런 희망도 있을까? 이 무슨 애매모호한 이야기? 있으면 있고 없으면 없는 것이지, 있기도 하고 없기도 하다니? 하지만 사실이다. 상상력이 창의성을 만들어내는 하나의 도구 또는 통로는 될 수 있어도 그것이 창의력을 보장하지는 않는다.

"무슨 소리예요? 나는 상상력이 뛰어나서 미술시간에 늘 창의적이라고 칭찬받았단 말이에요. 더구나 미술을 전공하고도 또 전시회도 몇 번 열었던 유명한 화가 선생님이 하신 말씀이란 말이에요!"

그 말이 당연히 옳다고 말해주고 싶지만, 동시에 반드시 옳은 것은 아니라고 말할 수밖에 없다. 상상력과 창의성이 연관이 있다고 학자들은 말을 하고 있지만, 증명된 것은 없다. 상상력이 뛰어나지 않은 사람도 창의적인 경우가 발견된 것이다.

"아니! 그런……. 정말인가요? 상상력이 별로여도 창의적일 수 있나요?"

우리는 자라면서 수많은 상상을 한다. 상상하지 않는 사람은 사실 없다. 상상하지 않는다면? 우리가 어떻게 다른 사람의 다음 행동을 예측해서, 그녀를 혹은 그를 기분 좋게 만들 수 있을까? 상상력이 없다면, 길거리에서 다른 사람들의 걸음이 향하는 방향을 피하면서 걸어 다닐 수 있을까? 우리는 알게 모르게 상상을 한다. 그것도 아주 현실적인 바탕 위에서.

상상이라고 우리가 말하는 것의 대부분은 이런 현실성과 거리가 있다. 몽상, 환상, 상념, 보통은 이런 것들을 상상이라고 간주한다. 그렇다. 상상은 현실과 거리가 있는 것이다. 현실적인 대상보다는 비현실적인 것을 머릿속에서 끄집어내는 일. 그것을 상상이라고 부르고, 그런 걸 잘하는 능력을 상상력이라고 부른다.

밤사이에 그녀에게 혹은 그에게 무슨 나쁜 일이 일어났을까? 지나친 상상을 하며 얼마나 많은 밤을 설쳤는가? 상사가 나를 어떻게 평가했을까? 지나치게 부정적으로 상상하며 얼마나 가슴을 졸였는가? 로또에 당첨되고 나서 벌어질 일을 상상하며 일주일 동안 또 얼마나 행복했던가? 이런 일들이 정말 일어났을까? 그리고 이런 말이 나왔다.

"상상은 상상일 뿐이다."

우리가 상상한 것들이 창의성과 관계가 있다면 얼마나 좋을까? 그렇다면 우리의 상상이 현실이 되는 세상에 우리는 살고 있을 것이다. 하지만 현실은 그렇지 않다. 꿈을 꾸기만 하면 이루어지는 세상! 이런 것은 광고카피에서나 볼 수 있는 문장이다. 창의적이기 힘든 까닭이 여기에 있다. 상상조차도 현실에 근거해야 한다. 생각이 현실에서 적용되고, 현실에서 의미와 가치를 부여해야 창의적이라고 인정받을 수 있는 것이다.

"그렇다면 정말로 상상력이 빈곤해도 창의적일 수 있을까요?"

희망이 스며든 목소리로 누군가 조심스럽게 묻는다. 이런 질문에 대한 대답은 단호하고 또 명쾌하게 제시해야 한다. 물론이다. 상상력이 빈곤하다고 창의적이지 말라는 법은 없다. 오히려 지나친 상상력이 창의력에 치명적으로 작용할 수도 있다.

모든 상상이 몽상적이라면? 늘 현실과는 전혀 연관이 없는 사물을 생각해낼 것이다. 사람들은 그의 이야기를 한 귀로 듣고 한 귀로는 흘려버린다. 또 그것을 바탕으로 소설처럼 허구적인 현실을 이야기로 담는다고 해도, 지나친 상상으로 소설적 현실에서도 멀리 떨어지게 된다. 사람들은 그 이야기를 이해하기 힘들어하며 멀리할 대상으로 삼는다.

창의성의 발현에 상상력이 어느 정도 도움을 주기는 한다. 그렇지만, 창의성과 전적으로 관계를 맺고 있지는 않다. 이것이 결론이다. 또, 현실성에 바탕을 두지 않은 상상은 전혀 창의성에 도움이 되지 않는다고 말할 수 있다. 창의성은 결국 현실의 세상 위에서 펼쳐지는 것이기 때문이다.

사람들이 보편적으로 생각하는 창의성은 '새로운 것'을 의미하는 경우가 많다. 사실, 창의성은 새로움과 아주 밀접한 관계가 있다. 새로움은 어디에서부터 올까? 그것을 생각해내는 것은 결국 상상일 것이다. 상상이 없다면 새로움 또한 발견해내지 못한다. 이것이 상상력이 풍부한 경우에 창의력도 아주 높을 것이라는 믿음을 생성시킨다. 그러나 그것은 올바른 주장이 아니다. 상상력이 창의성을 뒷받침할 수는 있어도, 그것을 보장하지는 못하기 때문이다.

상상력이 빈곤한 사람도 상상은 한다. 그 얼마 되지 않은 상상 또한 발전시키기에 따라서는 풍부한 상상력이 제공하는 다양한 선택을 뛰어넘을 수 있다. 다양하지 않게 생각을 했을 때라도 깊이 있게 사고를 진전시키고 발전시켜서, 얼마든지 창의적 사물을 생산해낼 수 있다. 이제 상상력이 빈곤하다고 해서 창의력을 포기하지는 말자. 앞서 주장한 것처럼, 의지만 있다면 빈곤한 상상은 얼마든지 채워 넣을 수 있다. 상상력이 빈곤하다 못해서 황폐하다고 할지라도 거기에서 창의성의 꽃은 피어날 수 있다.

창의성과 관련해서 또 하나의 혼동은 혁신과의 관계이다. 오늘날 기업에서는 수없이 혁신을 강조한다. 사회적인 변화를 이야기할 때도 혁신은 빠지지 않는 단어이다. 대개 창의성과 혁신은 함께 따라다니지만, 창의성은 혁신처럼 현장에서 강조되지 않는다. 힘주어 말하는 것은 혁신이지 창의성은 아니다. 이것은 학교에서도 다르지 않다. 많은 대학에서 교육혁신을 이야기한다. 새로운 시대, 4차 산업혁명의 시대에서 교육의 질적 변화는 필연적이며 혁신이 일어나야 한다고 이야기한다.

사회의 다른 분야도 마찬가지이다. 혁신은 강조하지만, 창의성에 대해서는 그것만큼 자주 그리고 힘주어 말하지 않는다. 왜 이런 일이 일어날까? 혁신은 눈에 보이는 결과이지만 창의성은 그렇지 않기 때문이다. 성과주의가 만연한 세상. 모든 것이 숫자로 환산되어, 어제의 숫자보다는 오늘의 숫자가 더 클 때만 의미가 있는 세상. 그리고 그래프의 방향이 항상 위를 향해서 솟구쳐야 하는 세상. 이런 세상에서는 결과 그리고 나타난 모양을 중시하는 혁신이 당연히 중요할 것이다.

"질문이 있어요. 창의성이 없는 혁신이 존재할까요?"

당연한 질문이므로 당연히 답도 간단하다. 그런 혁신은 없다. 그런데도 기업에서 창의력의 증진을 맡은 부서, 창의적 작업을 전담하는 조직, 창의성을 연구하는 대학 연구소는 찾기 어렵다. 창의성 또는 창의적인 아이디어를 생산하는 조직은 결과 중심 조직이 아니기 때문이다. 그것은 오히려 결과를 도출하기 위한 밑바탕을 만들어낸다. 창의성은 마치 교양교육이나, 기초학문과도 같다. 이것이 바탕이 되지 않고는 혁신에 도달할 수 없다.

자! 이제 상상력, 창의성, 혁신성의 관계를 정리해보자. 상상력은 현실성을 전혀 중시하지 않는다. 창의성은 새로운 생각을 우선시하지만, 현실성이 엄청 중요하다. 혁신은 창의성이 현실세계에서 성공을 거두고 새로운 행동양식을 창출하는 결과를 뜻한다. 이때 창의성에 의지하지 않고 혁신이 홀로 존립할 수는 없다.

1분 정리

- 상상은 창의성의 바탕이 될 수 있지만, 항상 그렇지는 않다.
- 상상력이 빈곤해도 얼마든지 창의력을 발휘한다.
- 창의성이 바탕이 될 때만 혁신이 이루어진다.

5. 창의성에는 단계와 수준이 있다

한번은 학생들에게 과제를 부여한 적이 있다. 주어진 과제는 자신이 창의적이라고 생각하는 이유를 적어내라는 것이었다. 거기에 창의적이라는 대답을 했으면, 그 증거도 함께 제출해야 했다. 40%의 학생은 스스로에 대한 자신감이 없어서인지, 창의적이진 않지만 노력하겠다는 대답을 했다. 그렇지만, 60%가 넘는 학생들은 자신이 창의적이라고 대답했다. 이런 결과는 예상을 많이 뛰어넘는 것이었다. 스스로 창의적이라고 생각하기도 쉽지 않지만, 증거로써 여러 가지 이유를 대는 것이 더 어려웠을 것이기 때문이다.

과제를 제출한 어느 여학생은 자신의 화장품을 넣어주는 조그마한 상자 사진을 창의력의 증거로 제출하였다. 나름 예쁘게 꾸몄고 눈여겨볼 만한 부분도 있었다. 거기에는 그 여학생의 창의적인 발상이 덧붙여졌고, 나름의 새로움도 추구하고 있었다. 그 때문에 엄청난 칭찬과 격려의 글을 과제물 끝에 달아주었다.

이런 정도의 창의성이 아인슈타인이나 뉴턴의 창의성과 다를까? 아니면 같을까? 결과론적으로 보면 상당히 다를 것처럼 보인다. 하지만 생각이 전개되고 그것이 창의성에 바탕을 둔 어떤 사물을 만들어낸다는 점에서는 보편적으로 보이기도 한다. 그렇다면, 그 둘은 같은 정도의 창의성이 발현된 것인가? 학자들은 그렇지 않다고 주장한다. 그 이면에는 우리의 머릿속에서 창의성이 어떻게 발현되는지, 창의성을 발휘할 때 우리의 두뇌가 구체적으로 어떻게 활동하며 상호작용을 하는지 잘 알지 못하기 때문이다. 그러므로 창의성의 수준과 단계는 결과를 통해서 판단을 내릴 수밖에 없다.

일상의 창의력이 자라나서 위대한 창의력이 된다

여기에 누군가는 반론을 제기한다. 일상적인 일에서 창의적인 사람이 역사적으로 엄청난 창의적 업적을 세운 사람으로 발전하지는 않는다. 물론 그중에 그런 사람이 존재하기는 했겠지만, 그런 경우는 매우 드물었다는 것이 경험과 통계의 결과이다. 역사적으로 뛰어난 업적을 세운 사람의 숫자가 매우 적다는 사실로 미루어, 당연히 일상적인 일에서의 창의성이 위대한 창의력으로 발전하지 못한다는 추론이 성립한다. 소소한 일에서 누적된 창의성이 발전하여 위대한 창의력으로 발전되진 않는다는 것은 인생을 살아본 본 사람이라면 경험적으로 받아들인다.

정말로 일상적인 창의성이 위대한 창의성과 전혀 관련이 없는 것일까? 학자들이 관찰한 바에 의하면, 겨자씨만 한 창의성이 자라나서 점점 커다란 창의성으로 발전한다는 것이다. 이런 사실은 창의성이 매우 부족하다고 느끼는 사람들에게는 고무적이다.

창의성이 자라나지 않고 태어난 기질에 의해서 결정된다면, 얼마나 많은 사람이 좌절감을 맛볼 것인가? 특히 4차 산업혁명을 통해서 건설되는 세상에서는 창의적인 인재가 가장 커다란 역할을 한다고 학자나 기업가들이 주장한다. 이럴 때, 세상에서 자신을 드러내는 관건은 창의력이다. 조그마한 창의성을 키울 수 있다면? 그것을 커다란 창의성으로 변환시키는 문제는 오로지 시간이 해결해줄 것이며, 그 때문에 누구라도 용기를 가질 수 있다.

그렇다면 결론은 이미 나와 있다. 인간이라면 누구나 티끌만 한 창의성이라도 있기 마련이다. 그 크기의 차이는 있겠지만, 인류라는 보편적 존재로서 창의력을 누구나 어느 정도는 가지고 태어난다. 그것을 키울 수만 있다면, 4차 산업혁명의 강철대오에서 탈락하지 않고 목표지점까지 도달할 수 있는 것이다. 누구라도 4차 산업혁명의 뛰어난 전사가 될 수 있다는 뜻이다.

창의성의 4단계

"당신의 창의성은 어느 수준에 있나요?"
"어느 정도로 창의력을 발휘하기에 그렇게 걱정을 했을까요?"
"어떤 단계로 나아가는 게 다른 사람보다 뛰어난 창의성일까요?"
여러 가지 질문들이 창의성의 단계에 대해서 쏟아져 나올 수 있다. 그것은 자신의 수준이 어느 정도인지 알고 싶어서 나온 질문이다. 또는 어느 단계가 수준 있는 정도의 창의력인가 걱정하는 사람의 물음이기도 하다.

경쟁적인 사람이라면, 타인을 완벽히 능가하는 창의력이 어느 정도일까 알고 싶을 것이다. 그리고 그 능력에 도달하기 위해서 아무도 모르게 노력을 기울일 것이다. 목표형 인간이라면 늘 이런 식이다. 최고의 목표를 결정해 놓고, 마치 시합하듯이 노력해서 목표를 달성한다. 창의성도 그렇게 단계별로 목표를 달성하며 성장시킬 수 있을까?

카우프만(Kaufman)이라는 심리학자는 창의성에 4단계가 있다고 주장한다. 물론 그의 주장은 모두 그가 만들어낸 이론이 아니다. 그 이전에는 2단계로 분류한 논문이 나왔고, 그 이후에 카우프만이 다시 4단계로 분류한 것이다. 나는 이것을 다시 세분화할 것이다.

카우프만이 제시한 단계에는 각각 이름이 있지만, 그것은 별로 도움이 되지 않기 때문에 그에 기초를 해서 다른 이름을 붙였다. 첫 번째 단계는 아주 소소한 단계이다. 이 수준의 창의성에서는 한 개인이 스스로 창의적인 사물을 생산해내고 스스로 즐거워한다. 사실 다른 사람과 교류가 없다면, 스스로 창의적인 사물을 생산해냈다고 내가 인정하면 그뿐이 아니겠는가? 이런 것이 첫 번째 단계이다. 내가 보기에 창의적인 것, 다른 사람의 인정 여부는 중요하지 않은 소소한 창의의 기쁨을 주는 단계이다.

두 번째 단계는 좀 더 내용이 발전한다. 이 단계에서는 창의성의 결과가 여전히 일상적인 수준에 머무른다. 다른 사람에게 커다란 영향을 미치지 않는 단계이다. 그렇지만, 다른 사람들이 그 창의성

을 인정하는 것이 중요하다. 이런 반응이 있을 수 있다

"그것 참 신통하네?"

"생각을 참 잘한단 말이야!"

"어쩌면 머리도 좋아!"

이런 반응 끝에 상대편을 인정하고, 창의자의 행위를 흉내 내거나 비슷한 행위를 할 수도 있다. 결과는? 생활에 그다지 심각한 영향을 미치지 않은 상태이다. 물론 대다수는 현장에서 상대를 인정하는 것 이상으로 반응을 보이지도 않는다. 시간이 지나면 그것이 무엇이었는지 기억조차 하지 못한다. 이런 것이 일상적인 수준에서 발현되는 두 번째 단계의 창의성이다.

세 번째 단계는 직업적인 수준이다. 하나의 전문분야에서 인정받는 정도의 창의성이다. 사실 여기부터가 매우 중요하다. 이 단계에서는 자신의 창의력을 다른 사람이 인정하는 것이 중요해진다. 인생에 많은 영향을 주는 창의력이다. 소득, 지위향상, 사회적인 인정, 어쩌면 사람들이 기억하는 이름 등을 얻는데 기여하는 정도의 창의력이다.

어느 분야에서든 같은 분야 종사자들의 인정을 받기가 얼마나 힘든가?

"가족이 인정해주어서 정말 기뻤어요."

"같은 분야에 종사하는 전문가들이 인정해주었습니다."

전문분야에 종사하는 사람들이 미디어에서 인터뷰할 때 나오는 두 가지 버전의 진술이다. 첫 번째는 매우 가족을 중시하는 사람,

또 정이 많은 사람, 가족에게 시간을 많이 바치지 못한 사람의 느낌이 물씬 풍겨 나온다. 두 번째 진술을 보자. 자신의 감정이 구체적으로 드러나 있지는 않지만, 무엇인가 '아우라'가 뭉게뭉게 피어오르지 않는가? 저 자부심, 저 전문성, 저 절대적 평판! 같은 분야 종사자들의 인정이라는 것이 대단한 일임에 틀림이 없다. 이것이 세 번째 단계의 창의성이다.

카우프만의 4단계 분류를 이용해서 이 전문적인 수준의 창의성, 직업적인 영역에서의 창의성을 분류할 수 있다. 그것이 카우프만이 제시한 것 보다 발전된 분류방법일 것이다. 다시 정리해보자. 지금까지 자신만이 인정하는 아주 소소한 창의성, 일상적이지만, 다른 사람도 인정하는 창의성, 그리고 전문분야의 창의성을 설명했다. 처음에 4단계가 있다고 하지 않았던가? 그렇다면 당연한 반문이 생긴다. 그러니 직업에서의 창의성을 다시 분류하기 전에 네 번째 단계의 창의성이 무엇인지 설명해야 한다.

네 번째 단계의 창의성은 역사적인 창의성이다. 이런 정도의 창의성은 역사를 바꾸어 놓아야 한다. 맨 처음 예를 든 구석기와 신석기의 차이, 돌을 갈았느냐 아니면 깨뜨렸느냐? 거기에 따라서 발전되고 전개된 엄청난 사건들을 떠올린다면, 역사성이라는 것을 이해할 수 있을 것이다.

단순히 돌을 갈았을 뿐인데, 끊어지고 부서진 직선이 부드러운 곡선으로 변한다. 그 곡선이 어떤 미의식을 사람들에게 심어주었을지 상상해보라. 그 이전과 이후에 인간의 삶이 어떻게 달라졌을까?

돌을 갈았을 때 발생하는 곡선의 아름다움이 우리의 의식을 어떻게 뒤흔들어 놓았을까? 이런 정도의 영향력이 있는 창의성이 가장 높은 단계의 창의성이다.

좀 더 쉬운 예를 들어보자. 뉴턴, 아인슈타인, 에디슨, 피카소, 화가 모네, 이런 정도라면 가장 높은 단계의 창의성을 성취한 인물들이 아닐까? 물건으로 예를 들어보면, 비행기, 증기기관, 트랜지스터, 피임약, 라디오. 이런 물건들은 세상을 바꾸었으며 인간의 행동양식까지 바꾸어 놓은 것들이다. 코로나19로 인해서 가장 영향을 많이 받은 서비스, 배달도 빼놓을 수 없다. 배달이야말로 요즘 같은 때에는 '바퀴'만큼이나 인류 최대의 발명품이 되었다. 이런 것이 역사성 있는 창의성이다.

"아니 이런 수준에 어떻게 도달해요? 전문분야에서 인터뷰한 사람도 따라가기 힘든데?"

"나도 마찬가지예요. 그런 정도라면 일찌감치 포기할 겁니다."

"아니, 그럴 필요 없습니다. 아무나 거기에 도달하지 못한다는 걸 여러분들도 잘 알 겁니다. 그런 단계에 도달하지 않더라도 창의적이라는 이야기는 들어야지요."

이렇게 주장을 해도 좌절감이 스멀거리며 가슴 밑바닥에서 올라올지 모른다.

"나는 그런 인터뷰할 자신이 없어요. 직업적인 단계도 포기할래요."

"그런 수준에 도달하는 사람이 몇 사람이나 되겠어요?"

그렇다. 그렇게 직업적으로 성공한 창의성을 발휘하는 사람의 숫자가 몇 사람이나 되겠는가? 그렇다면 이제 창의성과는 이별이다. 이렇게 생각하기에는 아직 이르다.

다시 4단계로 나누는 전문분야의 창의성

직업적인 창의성을 다시 4단계로 나눈다고 이미 밝혔다. 그 첫 번째는 직업적으로 사소한 정도의 창의성을 발휘하는 것이다. 남들이 인정하는 방법은 아니지만, 스스로 생각하기에 창의적이라 생각하는 정도의 창의성이다.

두 번째는 같은 일터에서 다른 사람이 인정하는 정도의 창의성. 자신의 창의력이 발휘되어 나타난 결과를 다른 사람들이 그대로 이어받지는 않는다고 해도 좋은 반응이 일어나는 정도의 창의성. "그 사람 참 스마트해! 아이디어가 좋아!" 이런 정도의 감탄사를 들을 수 있는 정도의 창의성이다. 물론 이런 창의성이 발휘되었을 때, 그 유효기간은 대부분 몇 달이며 길어도 일 년 미만이다. 시간이 지나서 사람들이 구체적인 사실을 기억하지는 않지만, 그 사람에 대한 평판은 그래도 상당히 오래도록 유지된다.

세 번째가 중요하다. 이런 정도의 창의성부터는 같은 분야의 전문가에게서 인정받고 영향을 미치며 사람들의 행동을 변화시킨다. 예를 든다면, 어떤 가게의 간판이 참 예뻐서 주변 사람들이 모두 따라 하는 일, 빚어놓은 만두 모양이 너무 예뻐서 그냥 먹기 아까울 정도, 그래서 다른 동네 만두가게 아저씨가 벤치마킹하러 방문하는 것, 동네 찐빵집이 맛있다고 소문나서 그 동네 근처에 오는 사람들은 꼭 들르는 것. 예를 들다 보니 모두 먹는 것과 관계가 있다. 어쨌든 이런 정도의 창의성이라면, 전문영역에서의 출세를 보장해주는 정도의 창의성이다.

물론 출세가 모든 것은 아니며, 그것이 창의력을 재는 잣대가 될 수는 없다. 그래도 자본주의 사회에서 이것보다 더 확실한 지표는 없다. 그러나 이것이 전부가 아니라는 것을 여러분들도 안다. 이제 직업적인 창의성의 마지막이다. 그것은 앞서 인터뷰에 나왔던 사람들이 발휘한 정도의 창의성이다.

직업적으로 하나의 전범을 세우는 일, 그리고 다른 사람에게 영향을 미치고 사람들이 뒤따라서 행동하게 만드는 일, 어떤 기준점을 제시하는 일, 하나의 영역을 새로운 영역으로 확대하는 일, 다른 영역의 개념, 행위, 양식을 자신의 영역에 도입하는 일. 한 마디로 자신의 영역, 자신의 직업적인 전문성에 이정표를 세우는 일이 마지막 단계이다.

자! 이런 정도의 창의성은 목표로 삼을 만하지 않은가? 이런 정도를 목표로 삼고 정진하다 결과가 좋지 않았다고 하자. 그래서 세 번째 단계에 머문다고 해도, 적어도 어느 정도의 지위와 부, 소위 말하는 일정 정도의 평판과 출세를 얻을 수 있지 않은가? 더불어 다른 사람들의 인정을 받으니, 감정적으로 충만감, 정신적인 고양감, 또 상황에 따라서는 일정 정도의 희열을 맛볼 수 있지 않은가?

이런 정도의 결과를 이루지 못해도 관계없다. 적어도 주변 사람들이 "그 사람 참 똑똑해! 그 사람은 생각이 유연하고 멋져! 한 마디로 쿨이야!", 이렇게 기억만 해줘도 어느 정도의 세속적인 행복감을 맛볼 수 있지 않은가? 그리고 그것이 바탕이 되어서 세상을 조금 더 즐겁게 살고, 자신에 대한 자존감, 자부심, 자족감을 찾을 수 있지 않은가?

아니! 아무것도 이루지 못해도 관계없지 않은가? 자신이 스스로 생각해도 '나는 신통해! 나는 역시 나야!', 이런 반응을 이끌어낼 수 있지 않은가? 이거 하나면, 세상사는 의미가 생기지 않겠는가?

창의성의 4단계 그리고 직업적인 창의성을 다시 4단계로 나누었다. 당연히 질문이 떠오른다. 나는 어느 단계에 속해 있을까? 그리고 이어지는 것. 내가 목표로 하는 창의성을 어느 단계로 설정할까? 이 설정이 매우 중요하다. 너무 높은 단계라서 결코 달성할 수 없는 것이라면 포기하기가 쉽다. 또 너무 낮은 단계는 성취감이 없다. 당연히 목표는 직업적으로 성공하는 사람이 될 것이며, 적어도 직업적 단계에서 3단계나 4단계의 어디쯤이 될 것이다. 자신의 위치를 파악하고 목표를 설정했으면, 할 일은 하나다. 출발! 창의력을 키우기 위한 작업을 시작해보자!

1분 정리

- 창의성의 4단계: 소소한 수준, 일상적 수준. 전문분야의 창의성, 역사적인 창의성
- 전문분야의 4단계: 사소한 정도, 주위의 인정받는 정도, 전문가에게 영향을 미치는 단계, 전문분야의 이정표를 세우는 단계

6. 창의성이란 무엇인가?

지금까지 창의적 또는 창의성이라는 단어를 참 많이도 사용했다. 누구든 창의성이 무엇인지 짐작은 하고 있을 것이다. 또 앞서서 상상력, 창의성, 혁신에 대해서도 그 차이를 설명했다. 그래도 다시 묻고 싶다. 창의성이 대체 무엇인가? 이런 질문을 받은 사람들은 대부분 대답할 것이다.

"새로운 것, 이제까지 세상에 없었던 것을 설명하는 말입니다."

"다른 사람들이 하지 못하는 일을 하는 **것이죠**. 그런 생각을 해내는 것입니다."

"무엇인가를 만들어내는 것입니다. 사물을 생산하는데 참신해야 하죠."

이런 것들이 대체로 창의성을 둘러싼 개념에 대한 일반적인 생각들이다. 그리고 이런 정의는 창의성을 아주 잘 설명하는 동시에 약간은 혼란스럽게 만들어서, 상상이나 혁신과 다른 점이 무엇인지 생각하게 만든다.

일반적인 의미의 창의성: 새로움, 쓸모 그리고 적합성

학자들의 대다수가 합의를 본 창의성에는 두 가지 개념이 함께한다. 먼저 누구든 동의하는 새롭다는 개념이다. 이 새롭다는 것은 지금까지 경험하지 못했던 것을 의미한다. 적어도 우리의 경험으로 미루어, 듣거나 본 적이 없는 것이 '새롭다'는 개념이다.

과학적인 발견이 창의적인 이유는 하나다. 그 과학적 사실은 이미 있었지만, 우리가 그것을 경험하지 못해서 그렇다. 새롭다는 것은 늘 우리의 경험이라는 범위 내에서 새로움을 의미한다. 이런 경험 안에서의 새로움은, 나중에 다시 설명하겠지만, 반드시 과거에도 없었고 앞으로도 없을 그 무엇을 의미하지 않는다. 그런 관점에서 본다면, 창의성을 매우 어렵고 힘든 것으로 간주하는 사람들에게는 다행스럽게 받아들여질 개념이다.

새롭다는 개념에 추가로 덧붙여지는 것은 독창성이다. 영어의 'Originality'의 번역어로 나온 것이 독창성이다. 다른 사물과 그것이 얼마나 다른가가 이 독창성의 의미일 것이다. 어떤 사람의 창의력이 발휘되었다면, 그냥 새로움에 그치는 것이 아니라 독창적이어야 한다는 의미를 지니고 있다. 어느 순간 수많은 사람이 한꺼번에 새로운 일을 똑같이 해냈다면, 그것은 독창성이 있는 것이 아니라는 개념이다. 보편적인 생각의 틀에서 비롯되는 행위가 여기에 해당한다. 이런 것에 독창성이 있다고 이야기하지는 않을 것이다.

새롭다는 것에 대해서도 더 많은 이야기가 있을 수 있지만, 더 복잡해지기 전에 마무리하자. 경험으로 미루어 볼 때, 이전에 없었던 것. 그리고 다른 사람도 생각해낸 것이 아니라 홀로 생각해낸 것. 이 두 가지가 새롭다는 것에 들어있으며, 그것으로 독창적인 새로움이 탄생한다.

다른 개념은 쓸모가 있다는 개념이다. 이 쓸모라는 것이 창의성을 결정짓는 데 매우 중요한 역할을 하는 것은 틀림없다. 언젠가 세상에서 가장 우스꽝스러운 발명품에 관한 기사를 읽은 적이 있다. 참으로 혁신적이고 엄청난 발상을 이들 발명품은 함축하고 있었다. 저런 생각도 할 수 있다는 사실에, 인류에 대한 경외감을 표현할 수밖에 없는 물건들도 있었다. 그렇지만, 제목이 세상에서 가장 우스꽝스러운 발명품이라는 데서 알 수 있듯이, 전혀 쓸모와는 거리가 있는 것들이었다. 이것이 창의성에서 '쓸모'가 중요한 역할을 하는 이유이다.

적어도 창의적이라는 타이틀을 붙이기 위해서는 쓸모가 있어야 한다. 쓸모가 없다면 결국 창의적일 수 없다는 뜻이다. 상상력이 만들어낸 것이 쓸모가 있다면, 그 상상력은 창의성이라는 이름을 획득할 수 있다. 그러나 쓸모가 없다면, 상상이나 공상에 머물고 만다. 그러므로 쓸모는 창의성을 결정짓는 가장 중요한 요소 중 하나가 된다. 세상에는 쓸모는 없지만, 새로운 것은 무수히 많다는 것이 그 이유이다. 그중에서 특별히 창의적이라고 표현될 수 있는 것을 골라낸다면, 쓸모가 그 기준점이 될 것은 틀림이 없다.

쓸모에 덧붙여서, 또는 쓸모라는 것이 성립되기 위한 개념으로 다른 개념이 등장한다. 마치 새롭다는 것에서 독창성이 덧붙여지는 것과 같다. 그것은 적합성이다. 쓸모 있다. 유용하다. 이런 생각들이 결국은 어떤 상황에 들어맞느냐 그렇지 않으냐의 문제라고 보는 것이다. 쓸모 또는 유용성이 실질적인 활용성에 중점을 둔다면, 적합성은 활용성 이전의 혹은 활용성을 가능하게 하는 지각 작용에 방점을 둔다.

단순히 실용적인 면 또는 실제의 쓰임새로 창의성을 재단하기에는, 감정적으로 마음이 조금 허전할 것이다. 무엇인지 부족하지만 잘 파악되지 않아서, 유용성 말고도 더 많은 것이 있을 것 같다는 생각이 들 수 있다. 그것을 보충해주는 것이 적합성이다.

적합성이라는 개념은 다른 질문을 낳는다. 어디에 적합할까? 이 '어디'라는 것을 보다 포괄적이며 구체적으로 표현하는 것이 '주어진 상황'이다. 창의성이란 주어진 상황에 적합한 생각, 사물, 방법, 조직 등에 부여되는 개념이다. 요구되는 상황 모두에 잘 들어맞아야 한다.

이제 결론에 도달했다. 창의성이란 주어진 상황에 적합하고, 유용성도 있으며, 새롭고, 독창적인 것을 생산해내는 능력이다. 이것은 나의 결론이 아니다. 학자들이 연구한 것에 바탕을 두어서 한 문장으로 정리한 것이다. 매우 그럴듯한 설명이지 않은가? 이런 정의는 사실 매우 사전적인 정의에 속한다. 아마도 국어사전에서 창의성을 찾으면 이와 비슷한 문장을 발견할 수 있을 것이다. 물론 학자들에 따라서는 이것에서 조금 벗어난 문장으로 창의성을 정리한다. 그러나 공통으로 등장하는 단어를 조합하면 앞에서 정의내린 문장으로 귀결된다.

"아니, 저 문장이라면 사전에도 나오는 것인데, 그것을 굳이 이 책에 실어야 합니까?"

"꼭 필요하다면, 한 문장만 소개하면 되는데 설명을 하는 까닭이 있겠지요?"

그렇다. 저 설명은 창의성에 관한 첫 단계의 정의에 불과하다. 학자들이라면, 세상이 변해감에 따라서 저런 설명에도 변화를 주고 싶어 한다. 더구나 대학에서 강의하는 교수들은 의무적으로 논문을 제출하기 때문에, 창의성의 정의도 논문의 소재로 훌륭하다는 것을 잘 알고 있다. 당연히 새로운 해석이 시간의 지평 위에 떠오르고 정리된다.

창의성, 보다 폭넓은 해석

먼저 새롭다는 것을 따져보자. 이 새롭다는 것이 매우 스펙트럼이 넓다는 데 문제점이 있다. 어느 정도로 새로워야 새롭다고 인정할 것인가? 또 어느 정도로 독창적인 것을 독창성이 있다고 인정할 것인가? 참 난감한 문제가 아닐 수 없다. 새로움이나 독창성을 재는 기준점 또는 잣대가 있는 것도 아니며, 그것을 숫자로 표기할 방법도 없다. 또는 퍼센티지로 표현할 수 있다면 얼마나 좋을까? 그것도 불가능하다. 그렇다고 새롭다 혹은 독창적이다, 이런 표현을 하지 않는다면 창의적이라고 규정하기도 힘들게 된다.

더군다나, 이즈음의 세상에서는 똑같은 물건인데도, 생각을 다르게 했기 때문에 새롭다는 평가를 받는 경우도 많다. 아니 그럴 수가? 사실이 그렇다. 그것은 이미 100년이 넘는 시간 이전에 결정된 일이다. 마르셀 뒤샹의 '샘'에 관해서 들어보았을 것이다. 공장에서 찍어낸 소변기를 전시대 위에 올려놓고 '샘'이라는 작품명을 붙였으며, 거기에 'R. Mutt'라고 서명했다. 그리고 그 작품은 개념미술을 탄생시킨 계기가 되었다.

새롭고 독창적인 것은 없지만, 오로지 생각만은 새롭고 독창적인 것. 그것이 개념미술이다. 어떤 물건에 새로운 생각이 덧붙여졌으니, 그것이 새롭게 보일 것이고 그러니 독창적이다. 이제 새로움, 독창적인 것, 나만의 새로움은 과거와는 다른 모습을 지닌다. 굳이 사물을 새롭게 만들기 위해서 애를 쓸 이유가 없어졌다.

2020년 가을 어느 날 신문기사를 읽었다. 인조가죽에 관한 기사였다. 세상이 변했단다. 동물을 사랑하는 마음에서, 진짜 가죽으로 만든 옷을 입지 않는 경향이 생겨났다는 것이 요점이었다. 그렇다. 인조가죽은 진짜를 모방한 제품, 진짜를 흉내 내긴 했는데 한참 부족한 존재였다. 진짜의 신축성, 부드러움, 매끄러움, 입었을 때의 착용감, 나의 다른 피부, 내 아름다운 피부가 겉으로 드러난 상징성, 이런 느낌이 인조가죽에 있을 리가 없다.

상업주의는 여기에 새로운 생각을 덧붙였다. 환경을 사랑하는 마음. 동물을 먹지 않는 데에서 연장하여, 동물의 피부도 이용하지 않

는 너그러움. 이런 생각을 인조가죽에 담아낸 것이다. 그것은 우레
탄으로 만들었다고 한다. 우레탄은 석유제품이며, 본질적으로는 식
물은 아닌 것에서 출발한다. 그래도 우리는 모든 것을 잊는다. 우레
탄은 적어도 동물의 생명을 빼앗아서 만든 제품은 아니니까. 안도
감을 준다. 생각을 덧입히는 순간, 같은 것도 새롭게 변한다.

이것이 독창성이며, 새로움이며, 유용성이다. 이런 것들이 창의성
의 본질에 대한 해석을 달리하도록 만든다. 남성용 소변기를 미술
작품으로 만드는 것이나, 인조가죽에 동물사랑과 동물의 생명권에
대한 인식을 집어넣는 것. 모두 사회성에서 비롯된다. 사람들이 이
루고 있는 사회에서 흐르고 있는 생각의 네트워크. 의식적이든 무
의식적이든 생각의 밑바닥에서부터 무엇인가 변화가 이루어질 때,
그때 우리의 생각도 함께 변화한다. 같은 사물도 달리 보이며, 우리
의 가치관은 변한다. 어제 중요하다고 생각했던 일들이 오늘 하찮
게 변하고, 어제 시시했던 일들이 오늘은 멋지고 '쿨'한 이미지를 덧
입는다.

유명 디자이너는 과거의 산물을 다시 꺼내온다. 이미 싸구려 옷
감으로 인식되어서 수십 년째 잘 사용하지 않던 나일론이 2020년
에 다시 등장했다. 나일론의 재발견. 질기고, 가볍고, 염색이 잘되어
서 원하는 색상을 뽑기에 편하고, 세탁하기 쉽다. 이렇게 좋은 옷감
이 왜 천대를 받았는지 알 수 없다. 이런 옷감이 있었구나. 잊고 있
었던, 너에게 참으로 미안하구나!

세계적으로 유명한 그 디자이너는 나일론을 다시 꺼내 들었다.

바로 '나일론의 재발견'이다. 이 순간 그 디자이너는 아련한 추억을
꺼내며, 과거의 가치가 오늘의 가치와 다르다는 것을 강조한다.

창의성의 판단에 사람들의 인식이 가장 중요하다

새롭다든가, 유용하다든가, 적합하다든가, 쓸모가 많다든가, 이
모든 것들이 그냥 그렇게 인정받아서 창의적이라는 평가는 받는 것
이 아니다. 창의성의 판단 여부에는 사람들의 인식이 중요한 역할
을 한다. 사람들이 어떻게 받아들이느냐에 따라서 평가를 달리한
다. 사람들이 어떤 가치를 부여하느냐에 따라서 전혀 다른 가치와
모습을 지니게 된다. 진부한 것이 그에 따라서 창의적으로 변할 수
도 있게 된 것이다.

티비조선에서 '미스트롯'을 방송할 때, 트로트를 좋아하는 시청
자들이 모여들었다. 상당한 성공을 거두었고, 티비조선의 전체 시
청률을 끌어올렸다. 그때만 해도 '미스트롯'은 그저 트로트를 좋아
하는 나이 든 계층을 대상으로, 진부한 장르의 음악을 전달하는
프로그램이었다. 그다음에 '미스터 트롯'이 엄청난 시청률을 거두
며 케이블에서 티비조선의 위치를 달리 만든 사건이 벌어졌다. 그
사건은 트로트에 대한 우리의 가치를 다시 생성시켰다. 더구나 나
훈아가 '테스형'을 목메어 부르며 노래할 때, 트로트가 진부하다는
인식은 저만큼 사라졌다.

모두가 사회적으로 사람들이 어떻게 생각하느냐에 의해서 새롭

고 유용한 것이 결정된다는 것을 보여주는 예시이다. 절대적으로 새롭고 유용한 것이 아니라 하나의 사회가 그것을 어떻게 해석하느냐에 의해서 새로운가 아니면 유용한가가 판가름 난다. 이런 것은 특히 적합성을 따질 때 매우 유용한 개념이다. 적합성이야말로 사회구성원이 받아들이지 않는다면, 절대로 획득할 수 없는 덕목이다.

그러므로 창의성은 다시 구성된다. 새롭고 유용함은 사회적인 해석을 거쳐야 한다. 한 사회가 수용하고 있는 생각의 틀, 사회적인 맥락 안에서 성립되어야 한다. 그때 창의성이 확보되는 것이다.

차별화와 주목성

창의성에는 또 다른 면모가 있다. 그것은 새롭고 혹은 유용함을 뛰어넘는 가치를 주는 일이다. 사람들이 뛰어난 창의력을 발휘하기를 원하는 이유는 무엇인가? 그것이 자신을 다른 사람과 차별화하기 때문이다. 그들이 자신을 주목하는 것이다. 창의적인 사물의 경우는? 그것은 사물도 마찬가지다. 어떤 물건, 조직, 사회시스템, 서비스, 일하는 방식, 이 모든 것들이 새롭고 유용한 동시에 다른 것과 차별이 되는 존재일 때에 사람들은 주목한다.

이 주목성은 창의성을 규정짓는 데 매우 중요한 요소이다. 과거의 형상과는 달라진 모습. 새롭다는 것은 가장 큰 덕목이다. 그렇지만, 그 새로움의 농도는 천차만별이다. 그러므로 그 달라진 차이만큼 가치도 증가한다. 어제보다 약간 새롭고, 약간 더 유용성이 있다고 해서 그것을 창의적이라고 부르지는 않는다. 그렇다면, 창의성에 대한 모독이 될 것이다. 창의적인 것과 그렇지 않은 것을 구분하는 것은 결국 차이가 된다. 그 차별성이 새로움과 독창성도 보장한다. 그런 탓에 차별성이 창의성의 개념에 포함되는 것이다.

이제 사전적인 정의에서 좀 더 진화된 창의성에 접근해간다. 창의성은 사회적인 맥락에서 적합하며, 이롭고, 유용해야 한다. 창의적이라는 것은 조금의 차이가 아니라 두드러진 차이를 형성하는 것을 의미한다. 이것이 독창적이며 유용한 개념에 덧붙여진 개념이다. 여기까지 도달하면, 창의력을 발휘하기 위해서 무엇을 어떻게 해야 하는지 개괄적인 방향성을 찾아내는 단계에 들어선 것이다.

구체적인 방법은 잘 떠오르지 않는다고 해도 괜찮다. 창의성을 확보하기 위해서는 사람들이 어떻게 판단하느냐가 중요하고, 또 그것이 좀 튀어야 하는구나! 이런 정도의 결론은 내렸을 수 있다. 그렇다면, 창의성으로의 첫발을 잘 내딛는 것이다. 창의성에 대한 정의는 우리가 창의적인 사람이 되기 위해서 어떤 일들을 해야 하는지 많은 단서를 제공한다. 이런 단서를 잘 살피는 것만으로도 창의력을 높이는 작업이 매우 쉽게 이루어질 수 있다.

창의력을 발휘하는 데 꼭 필요한 요소는?

창의성을 구현하는데 필요한 요소는 무엇이 있을까? 학자들마다, 각기 자신의 주장을 한다. 그들은 나름의 논리를 들어서 창의성을 구현하는 여러 가지 인성적인 측면을 강조하는 경향이 있다. 그 모든 학설을 읽는 것만으로도 힘들고 어려워서, 창의적인 사람이 되기를 포기하는 것이 낫다는 생각이 들 수도 있다.

이 책은 그런 장벽이나 장애의 제거를 가장 큰 책무 가운데 하나로 삼는다. 그런 사람들이 좀 더 쉽게 창의력을 높이고 창의성의 본질에 다가갈 수 있도록 토대를 마련하는 것이 의무라고 생각한다.

창의성을 발현하는 데 가장 중요한 것은 재능이라고 많은 학자가 주장한다. 여기에서의 재능이 공부를 잘하는 능력은 아닐 것이라고 누구나 짐작할 것이다. 또한, 생각을 깊게 하는 능력과는 다른 능력이다. 그 능력은 창의적인 생산물을 만들어내는 능력이다. 새롭고 유용한 것을 생산하는 능력이 그것이다.

이런 능력을 어떤 절차나 과정을 거쳐서 발휘할 것인가? 그리고 그때 환경과의 관계는 어떠한가? 다시 말해서 재능, 절차, 과정, 환경 사이의 상호작용을 통해서 창의적인 생산물을 만들어내는데, 그때 발휘되는 상호작용을 통제하는 능력, 이것이 창의력이다. 그러니 창의성은 누구든 자신이 가지고 있는 재능으로 환경을 잘 살피고, 그 환경 안에서 일정한 절차나 과정을 만들어서 잘 통제하며, 새롭고 쓸모 있으며 사회적으로 적합한 생산물을 생산하는 행위로 결론이 나온다.

- 창의성에서 가장 중요한 것은 새로움과 쓸모다.
- 좀 더 확장한 개념은 독창성, 유용성, 적합성이다.
- 거기에 생각을 덧입히면 독창적이며 유용하게 변한다.
- 사회적인 인식이 창의성의 여부를 좌우한다.
- 창의력은 재능, 절차, 과정, 환경 사이의 상호작용을 통제하는 능력이다.

7. 이 책이 주장하는 창의성

지금까지는 다른 사람들의 창의성에 관해서 이야기했다. 책을 쓴다는 행위에 돌입하면, 다른 사람의 이야기를 정리하는 것만으로는 부족하다고 누구라도 생각한다. 당연히 누군가는 말할 것이다.

"다른 사람의 생각은 다른 사람의 책에서 읽을 테니, 당신의 생각을 말하기 바랍니다."

"다른 사람의 이야기를 듣기 위해서 굳이 당신의 글을 읽을 필요 있나요?"

이런 질책이 아니더라도 내부에서 서서히 압력이 증가한다. 이제 나의 생각을 제대로 쏟아낼 시점이다.

새로움은 없다?

이미 설명한 것처럼, 창의성에서 가장 중요한 개념은 새롭다는 것이다. 새로움에 대해서는 이미 많은 이야기를 진행했다. 그런데도 이 새롭다는 것에 여전히 물음표가 꼬리로 달린다. 새롭다는 것이 적어도 전에는 보지 못했던 것을 의미하는 것일까? 아니면 새로운 것이 정말 있기라도 한 것일까? 사실 과학적인 발견이 무척이나 새로운 것이긴 하지만, 전혀 없었던 것, 세상에 존재하지 않는 것은 아니다. 이미 존재하는 것을 사람들이 보지 못하고 알아채지 못했을 뿐이며, 과학자는 그것을 세상에 드러내 보인다. 그러니 이 새롭다는 것에도 '새로운' 정의가 필요하게 된다.

사회적인 맥락, 사회적인 관계, 사회적인 연관성과 관련해서 새롭다는 정의를 내렸을 때의 새로움은, 새로운 것이 존재한다는 의미를 시사하지 않는다. 우리가 새롭다고 이야기하는 것이 단지 표현이 지나지 않는다면? 또 실제로는 전혀 새롭지 않은데, 그냥 그렇다고 표현하는 것에 지나지 않는다면? 그렇다면 창의성이라는 것도 그림자나 허상에 불과한 것으로 전락할 것이다.

지금까지 이 책에서 등장한 창의성이란 단어의 숫자만도 얼만데! 또 창의성 때문에 당했던 좌절감과 고통을 생각한다면, 새로움이 없다는 것, 창의성의 존립이 위협받고 있다는 것이 얼마나 사람을 허망하게 만드는가? 그러니 새로움은 무조건 있어야 한다. 이것이 없다면, 어쩌면 인류의 문명을 부인하게 될지도 모른다.

러시아의 언어학자에 바흐친(Mikhail Bakhtin, 영어식으로는 Baktin)이라는 분이 있다. 과거의 인물이고 이미 돌아가신 분이니 존칭을 붙인다. 이 분이 쓴 책에, 언어에 새로움이란 존재하지 않는다는 내용이 있다. 이 글을 읽었을 때, 가슴이 얼마나 뛰었던지! 이 얼마나 멋진 표현인가?

누구나 이런 종류의 감동에 휩싸이게 되면 다른 사람과 나누고 싶은 마음이 저절로 생긴다. 당연히 나의 가장 가까운 친구이자, 평생의 반려인 아내와 함께 이 감동을 나누고 싶었다. 그리고 감동이 완전히 없어지지는 않았지만, 마음의 바닥 저편으로 가라앉았다.

"이미 수천 년 전에 있었던 말이야!"

아니 이게 무슨 날벼락인가? 나의 감동이 이대로 사그라져야 한다는 것인가?

"성경을 읽어보셔. 다 나와 있는 이야기야. 무슨 엄청난 이야긴 줄 알았다니까."

결국 그때는 아니었지만, 나중에 성경을 읽었다. 성경에서 가장 아름다운 글이라고 내가 평가하는 전도서는 새로움을 '아주 완전하게' 부정한다. 전도서 1장 9절과 10절에 이런 말이 나온다.

"이미 있었던 것이 후에 다시 있겠고, 이미 한 일을 후에 다시 할지라. 해 아래에는 새것이 없나니 무엇을 가리켜 이르기를, '보라 이것이 새것이라' 할 것이 있으랴."

이 문장을 종교적인 이야기로 떼어놓고 볼 일이 아니다. 전도서는 솔로몬으로 추정되는 인물이 구체적으로 온갖 인생의 향락을 맛보고 나서, 깊은 사색의 시간을 가지게 된 후에 깨달음을 적은 책이다. 마지막은 역시 종교적인 각성을 전하고 있다. 하지만, 매우 구체적인 인생의 사건에 바탕을 둔 것이라서, 사색의 깊이가 매우 구체적이며 경험적이다.

이것을 인정한다면, 새로움이 결국 없다는 이야기가 되는 거다. 창의성의 가장 근원적인 개념인 새로움이 사라지게 생긴 것이다. 당연히 그럴 수는 없다. 창의성의 가장 커다란 개념인 '새로움'을 부인할 것인가? 아니다. 거기에서 벗어날 방법이 있다.

새롭지는 않지만 새롭게 느껴지도록 하는 것

아는 선배에게 들은 가장 충격적인 말은 방송에 관한 그의 짧은 평이다.

"방송은 사기야!"

적어도 20년 이상을 방송에서 진실이 무엇인가를 파헤치면서 살아온 분이 방송이 사기란다. 그때의 충격은? 물론 엄청났다. 그렇지만 선배에게 다시 묻지는 않았다.

"선배님, 그게 무슨 뜻입니까?"

이 얼마나 세련되지 못한 질문인가? 이런 질문을 할 만큼 어리석거나 뭘 잘 모르는 사람이 되고 싶지는 않았다. 쿨한 이미지. 그에게는 멋진 후배로 보이고 싶었다. 혹 여자 선배라서……? 아니, 언제 어디서나 튀고 보자는 게 그 당시의 소신이었을 것이다. 물론 며칠 동안 그 뜻을 이해하기 위해서 속으로는 애 좀 썼다.

이제는 그 말에 동의한다. 방송에서 매일 매 순간 새로운 무엇을 전달하지만, 정말로 그렇지는 않다는 것이 전하고 싶은 요지이다. 방송이 새로운 진실을 담으려고 애쓰며 실제로 그렇다고 주장은 하지만, 내면을 파고들면 그렇지 않다는 언사이다. 그런데도 사람들은 새로운 일, 새로운 사실, 새로운 사건, 새로운 진실이 있다고 믿는다. 왜 그럴까?

비디오 아트를 개척한 백남준 선생의 이야기는 이런 사건을 뒷받침한다.

"예술은 반이 사기이다. 그중에서도 고등사기이다."

예술이라고 지칭되는 것의 성분을 따져보면 반쯤은 사기가 들어 있지만, 그 사기를 사기로 인식하지 못하도록 만드는 것이라는 의미일 것이다. 그것은 물론 예술성이다. 아는 선배의 이야기는 백남준 선생보다 한참 전에 한 것이고, 이 예술의 새로운 경지를 개척한 분의 이야기는 그 나중이다. 그러나 그 둘은 모두 사기라는 매우 위험한 단어를 사용하고 있다.

사기라는 것은 무엇인가? 비슷한 것으로 사람들이 진짜라고 믿게 하는 것을 나쁜 뜻으로 쓰는 것이다. 여기에서 나쁜 뜻이나 나쁜 의도를 빼어버린다면, 비슷한 것으로 사람들이 믿게 만드는 행위가 된다. 비슷한 무엇? 당연히 새로움이다.

예술이나 방송 모두 새로움을 떠나서는 존립하지 못한다. 새롭지 않지만, 새롭게 느끼도록 만드는 일. 이것이 방송이나 예술이 사기라고 했던 것의 본질이다. 이미 있었던 것이 다시 나타나고 해 아래에서 새로움은 없지만, 우리는 새롭다고 인식한다. 왜냐고? 새롭지 않지만, 새롭다고 느껴지는 것이 거기에 있으니까.

새로움의 본질은

이제 창의성에서 말하는 새로움의 본질에 다가간다. 새롭지는 않더라도, 사람들이 새로움을 느끼게 만드는 것. 그런 방법, 장치, 조직, 단어의 등장, 행위, 생각의 덧붙임 등 끝이 없지만, 어쨌든 사람들이 새롭게 인식하도록 만들기만 하면 된다. 조금 안심이 되지 않는가? 새로운 것을 만들어내야 한다는 부담감. 새로움을 찾지 못해서 창의적이지 못하다는 평가를 받아야 하는 패배감. 새로운 생각을 해내지 못해서 겪는 좌절감. 이런 종류의 부정적인 감정에서 이제는 해방될 수 있게 되었다.

새롭기는 매우 힘들다. 그러나 새롭게 보이기는 조금 쉽다. 새롭게 보이도록 꾸미는 일. 사람들이 새롭게 인식하도록 유도하는 일. 이미 존재해서 평범한 상태로 전락한 것도 사람들의 생각을 새롭게 일깨우면 새로운 것으로 변한다는 사실. 이 얼마나 상쾌하고 유쾌한 일인가? 창의성에 대해서 품은 어렵다는 인식, 무조건 새로워야 한다는 막연하지만 강력한 부담감의 굴레에서 벗어날 수 있지 않은가? 거기에서 진정한 심리적 해방감에 젖을 수 있지 않은가?

어느 아주 창의적인 사람의 얼굴을 떠올려보자. 아마도 두 종류의 이미지를 마음속에 그려낼 것이다. 하나는 자유분방한 모습. 세상의 논리에서 벗어나며, 세상의 질서와는 관계 짓지 않고 사는 사람의 모습. 다른 하나는 고뇌하는 사람이다. 로댕의 생각하는 사람처럼 시선을 땅바닥에 두고서 깊은 사색에 잠기는 사람의 이미지이다.

이제는 그것을 벗어버릴 수 있다. 깊은 사색과 자유분방함이 아니더라도 얼마든지 새롭게 보이도록 만들 수 있지 않은가? 조금 더 쉬워지는 순간 이런 고정적인 이미지는 부수어지고 깨어진다. 이제 마음이 조금은 편해지지 않는가? 그리고 마음을 옥죄고 있는 구속감에서 벗어날 수 있지 않은가?

새로움은 여기까지이다. 이 정도면 새로움이라는 것이 어떤 의미인지 누구든 짐작할 것이라고 믿는다. 그렇다면 더 남았다는 이야기인가? 그렇긴 하다. 새로움은 창의성의 첫발자국이며 가장 커다란 요소이다. 그것을 다시 해석해서 새로워 보이도록 하는 것으로 발전시켰다. 이 새로워 보이는 것이 어떤 의미를 우리에게 던져주는가? 새로움에 대한 지평을 넓힌 까닭은 단지 의미를 더하자는 것이 아니다. 이제 새로움에서 더 나아가서 그것이 우리에게 던지는 것, 새롭다는 것이 구체적으로 무엇을 줄 수 있는가를 살펴보자.

창의성의 정의를 처음 설명할 때, 새로움에 덧붙여서 유용성과 적합성 등을 따졌는데, 새롭다는 것이 이런 것들과 관계가 있는 것인지, 아니면 따로 존재하는 개념인지가 이 단계에서는 매우 중요하다. 유용성, 적합성과 관계가 없다면, 단지 새롭기만 하면 될 것이다. 그것과 관계가 있다면, 새로움이 유용성과 적합성의 수준과 보조를 맞추어야 하기 때문이다.

창의성에 대한 이해가 창의력을 키운다

"언제까지 창의성의 정의에서 맴돌 작정입니까?"
"이제는 구체적인 방법론으로 들어가야 하는 거 아니에요?"

모두 맞는 말이다. 이런 반응을 예상하면서도 꿋꿋하게 글을 써야 하는 이유가 있다. 창의성의 정의를 제대로 내리는 순간, 그리고 그것을 체득하는 순간, 새로운 지평이 여러분 앞에는 열린다. 창의성과 창의력에 대한 나머지의 논지는 아주 지엽적인 것으로 변화한다. 또한 창의성의 정의를 정복할 때, 이미 스스로 창의적인 사람이 되었음을 느낄 것이다. 창의성의 정체에 대해서 제대로 알고 있다면, 그리고 그것도 아주 잘 알고 있다면? 창의력을 높이고 창의적인 사물을 만들어내는 방법은 얼마든지 그리고 저절로 찾아진다.

창의성과 창의력에 관한 세상의 많은 강연에서 강조하는 것은 어떻게 창의성을 발현시킬 것인가에 관한 것이다. 그래서 여러 가지 방법론을 제시한다.

"해보니까 제대로 되지 않던데요?"

당연하다. 본질이 무엇인지 알고 있다면, 방법은 얼마든지 생성된다. 창의성의 원리를 알고 있다면, 창의적인 사물을 생산하기가 쉬워진다. 방법에만 계속 매달린다면, 본질에 접근하지 못한다. 하나의 문제는 풀어낼 수 있지만, 나머지와 미래에 다가올 문제에 대한 해결책은 제시하지 못한다. 모든 문제풀이의 가장 중요한 요소는 문제가 무엇인지 이해하는 것이다. 문제를 정확히 파악할 때, 문제를 해결하는 방법도 빨리 찾을 수 있다. 그것을 잘하는 방법은 본질에 익숙해지는 것이다.

창의성의 정의만 제대로 알고 있다면, 방법론에 매달리지 않을 수 있다. 조금만 노력하면, 자신에게 맞는 방법을 스스로 고안해낼 수도 있다. 스스로 창의적인 해결책을 찾는 도구를 만들어내는 것, 그것이 이 책이 추구하는 목표의 하나다.

새로움의 다른 해석, 차이

자! 다시 창의성의 정의로 돌아가자. 새로움의 의미가 무엇인가? 이에 대한 해석을 새롭게 제시하는 이유가 있다. 이것이 창의력의 지평을 넓히는 데 매우 중요한 역할을 하기 때문이다. 시작은 페르디낭 드 소쉬르(Ferdinand de Saussure)다. 소쉬르는 스위스의 언어학자이다. 진중권 교수가 써서 베스트셀러가 된 책에서 소쉬르를 소개해서 우리나라에서 대중적인 인지도를 얻었다. 그 책에서 소개한 것은 기표와 기의의 이야기이다. 시니피앙과 시니피에. 표시된 기호와 거기에 부여된 의미. 이런 정도가 해석일 것이다. 언어학 이야기를 꺼내는 이유는 여기에 단서가 있기 때문이다.

소쉬르는 기표와 기의가 어떻게 연관 있는가를 논의하면서 아주 중요한 말을 했다. 의미는 차이로부터 형성된다는 것이다. 말을 할 때의 소리의 차이, 혹은 하나의 기호에 매달려있는 의미의 차이에 의해서, 우리의 생각이 결정되고 우리는 그것을 의미라고 해석한다는 것이다. 갑자기 머리가 더 아파지므로 여기에서 더 나아가지는 말자. 결론은 그렇다. 차이가 의미라는 것이다!

그렇다면 새롭다는 것은 무엇인가? 그것은 차이를 만들어내는 작업이다. 어제와 오늘이 다른 것. 그 다름의 정도가 새로움이다. 이제 창의성의 정의가 다시 바뀐다. 창의성은 차이를 만들어내는 작업이다.

차이에 대해서 조금 더 논의해보자. 음악을 예로 든다면, 음과 음의 높이, 길이의 차이가 하나의 곡과 다른 곡의 멜로디를 결정짓는다. 어제 발표한 음악과 오늘 발표한 음악에서 나타나는 차이는 음의 높이와 길이에서의 다름이다. 그것이 그 음악을 새로운 음악으로 규정짓는다. 그 음과 음의 차이에서 우리는 감정을 찾아낸다. 슬픔, 즐거움, 분노, 좌절, 긴장, 이완, 여림, 강함, 장엄, 압도 등등. 단지 음의 높이와 길이가 바뀌었다고 이렇게 감정, 다시 말해서 의미가 바뀐다. 그러니 차이라는 것이 사실은 새로움의 모든 것이라고 해도 과언이 아니다.

이런 차이가 유용성이나 혹은 적합성과 관계가 있을까? 따지고 본다면, 유용성이나 적합성도 '의미 있는 차이'로 귀결된다. 차이를 생성시키는 여러 가지 가운데, 쓸모가 있는 차이, 그리고 주어진 상황이나 문제에 잘 들어맞는 차이. 이런 차이가 바로 창의성의 가장 핵심 개념이 된다.

창의성의 새로운 정의

이제 창의성의 정의를 다시 정의한다. 사실 정의는 모든 것을 포괄하기에 따질 것도 많이 있지만, 그 모든 것을 살피는 것은 읽는 이를 생각하면 온당치 못하다. 창의성의 정의에 관해서가 아니라,

창의력 있는 사람이 되는 방법을 제시하는 것이 목표다. 그러므로, 그 범주 안에서만 주장을 전개한다.

"기존에 가지고 있는 자산을 활용하여,

유기적인 관계를 형성하며,

차이를 만드는 행위"

창의성의 새로운 정의에는 이 세 가지가 들어있다. 있는 자산이라는 것은 창의성이 창조와는 다르다는 뜻이다. 창조가 무에서 유를 만들어낸다면, 창의성은 유에서 유를 만들어낼 뿐이라는 의미이다. 유기적인 관계라는 것은 주어진 자산이 서로 일정한 연관성과 관계를 맺고 있고, 그 사이에 상호작용성이 존재한다는 것이다. 그리고 마지막, 차이는 이미 설명했다.

다른 분들이 제시한 창의성의 정의와 어떻게 다른지 이해가 될 것이다. 여기에서 제시한 창의성은 구체적이며, 명확하다. 적합성과 유용성이라는 조건적 범주, 사회적인 맥락, 두드러진 생산물, 이런 것은 유기적인 관계에 포함되어 있다. 창의성이 발현되어 만든 사물과 그것을 경험하는 사람들이 유기적인 관계를 형성한다면, 그들은 그것이 창의적이라고 판별할 것이다. 그렇지 않다면? 당연히 창의적이지 않다는 주장에 설득력이 실린다.

그러므로 유기적인 관계는 일차적으로 창의성이 발현된 사물이 다른 사물과 맺는 관계를 의미한다. 동시에 그 사물이 자리하는 환경, 특히 사회 내에서 사람들과 어떤 관계를 유지하고 있느냐를 포함한다. 이런 환경적인 측면이 모두 만족스럽게 받아들여진다면, 결국 남는 것은 차이가 된다. 얼마나 많은 차이를 그 사물이 제공하는가를 살피는 것이 창의성이 있느냐를 구분 짓는 핵심 사항으로 대두되는 것이다.

1분 정리

- 새롭게 보이도록 만드는 기술이 창의성의 한 요소이다.
- 새롭기는 어려워도, 그렇게 보이기는 쉽다.
- 차이는 새로운 의미를 생성하며, 그것이 창의성을 판별하는 기준이 된다.
- 창의성: 기존의 자산을 활용하여, 유기적인 관계를 형성하며, 차이를 만드는 행위

8. 아무것도 없는 상태에서는 창의력도 없다

　많은 사람이 창의성이란 아무것도 없는 상태에서 무엇인가를 만들어내는 일이라고 생각하는 경향이 있다. 이런 생각은 창의성을 계발하는 데 전혀 도움을 주지 못한다. 어느 누가 아무것도 없는 상태에서 무엇인가를 창조해낼 수 있겠는가? 그런 존재는 딱 하나다. 오로지 신만이 그런 능력이 있다. 사람이라면, 없는 것에서 있는 것을 생산할 수는 없다.

　이런 주장을 받아들인다면, 창의력은 주어진 자원을 활용하는 지적 능력이 틀림없다. 그것은 추리 소설과 같다. 아가사 크리스티 (Agatha Christie, 영국식 발음)의 '오리엔트 특급 열차의 살인 사건' 같은 고전적인 추리 소설이 이런 예에는 꽤 적합하다. 상상해보자. 작가가 주인공인 푸아로와 대화를 나누고 있다. 이 추리소설에서 작가는 주어진 상황을 면밀하게 검토한다. 그리고 주인공을 향해서 명령한다.

　"푸아로! 당신은 이번 역할에서 좀 더 여유를 갖고 사람들의 심리를 살펴보아야겠어. 내 소설이 늘 그렇다고 해도, 특히 이번에는 당신의 활약이 매우 중요해. 지금까지 보이는 것에 중점을 두고 사람들에게 잘 바라보는 방법에 관해서 설명해 주었어. 이 소설에서는 보이지 않는 것이 보이지 않는 것이 아니라, 발견되지 않았을 뿐이라는 것을 알려주어야 해!!"

마지막 대사에서 느낌표가 두 개인 까닭은 그 대사가 엄청 멋진 것처럼 보이기 때문이다. 보이지 않는 것은 보이지 않는 것이 아니라 발견되지 않았을 뿐이다. 흔한 표현처럼 여겨지긴 한다. 그래도 멋진 말임에는 틀림이 없다.

모든 것은 이미 주어진 것이다. 독자는 그것을 염두에 두면서 소설을 읽어간다. 눈에 띄지 않는 재료들을 어떻게 엮어내는가에 따라서 오리엔트 특급 열차에서의 긴장감이 점점 높아진다. 창의성 또한 이와 같다. 보이지는 않지만 발견되기를 기다리는 재료들을 어떻게 찾느냐에 따라서, 창의력을 통해서 얻는 생산물의 질적 수준이 결정된다. 아가사 크리스티가 엄청난 추리소설 작가인 까닭은 그녀의 창의성이 이런 작업을 가능하게 만들었기 때문이다.

눈에 보이지 않는 것을 드러내는 것. 드러난 것들이 갖는 각각의 의미가 무엇인가를 살펴보는 것. 그것들이 서로 어떻게 관계를 맺고 있는지 알아내는 것. 관계와 관계의 차이가 무엇이며, 서로 닮았으며 공통적인 것은 무엇인지 알아내는 것. 적당한 긴장감을 그 안에 버무리는 것. 사람들의 기대감을 끌어내는 것. 그것들이 전혀 다른 방향을 향하도록 유도하는 것. 그리고 혹시 이런 방향이 아닐까? 막연하지만 하나의 가능성이라도 마음에서 자라나도록 가꾸는 것. 종국에는 그것들이 하나의 장소에서 엄청난 에너지로 폭발하며 실상을 낱낱이 드러내도록 장치하는 것. 이것이 아가사 크리스티의 창의적 작업이다.

우리가 창의력을 통해서 해야 할 일은 아가사 크리스티의 그것과 조금도 다름이 없다. 아니, 조금은 다를 수도 있겠다. 우리에게는 푸아로가 없다. 대신에 푸아로보다 더 훌륭한 실체인 '내'가 있다. 그 내가 나에게 명령한다.

"여길 봐요."

갑자기 내면의 목소리가 말을 하며 '나'와 '나'의 대화를 이끌려고 애쓰며 다가온다.

"여기에 재료들이 있어요. 그것들은 보이지 않아요. 보이지 않는다고 없는 것은 아니에요. 그것들은 발견되기를 기다리고 있어요. 기다림에 지친 그것들이 '나'의 앞에 나타나게 만드는 것. 그게 '내'가 해야 할 과제예요. 눈에 보이지 않는다고 그것들이 없는 것인가요? 아니에요. 그것들은 발견되지 않았을 뿐이에요. 아가사에게 감탄만 하는 것은 바람직하지 않아요. '내'가 할 일은 그녀와 같은 일을 현실에서 해보는 것이에요. 그녀가 가상의 세상에서 그것을 했다면, '나'는 실제의 세상에서 그것을 하면 돼요."

정말로 아무것도 없는 상태에서 하나하나의 상황을 아가사 크리스티는 만들었고, 그것들을 유기적으로 결합하고 관계를 형성하여 하나의 창작물을 만들었다. 그 절대적으로 비어있는 공간에 모든 세트를 만들고 채워 넣은 것이다. 작가는 아무것도 없는 공간을 사람과 물건과 그들을 움직일 동기로 채워서 행위를 만들고, 그것을 묘사하여 소설을 창작했다.

이런 일과 같은 창의성이 현실 세상에서는 벌어지지 않는다. 그저 사물은 원래의 모습으로 주어지며, 시간의 변화에 따라서 수정되어야 할 부분들이 발견된다. 또는 주어진 상황이 변해서, 새로운 돌파구가 필요한 때가 있다. 주어진 숙제는 창의적 능력을 발휘해서 문제를 푸는 것이다. 상황이 정해졌다는 뜻이며, 상황을 만들어내는 창조의 경지에는 절대로 들어가지는 않는다는 의미이다.

"그렇다면, 있음과 없음의 문제에서 작가와 일반적인 상황이 완전히 다르다는 것인가요?"

"이 책의 창의성은 작가와 그 이외의 사람이 서로 다르다고 주장하는 것인가요?"

"작가는 무에서 유를 창조한다는 의미죠?"

"모두가 조금은 잘못 이해하고 있네요. 작가는 상황을 자신이 만든다고 주장하는 것입니다. 그 상황을 작가는 자신이 통제하죠. 보이는 것을 보이지 않게 감추기도 하고, 보이지 않는 것을 의도적으로 노출하기도 합니다."

그렇다. 작가가 만든 세상은 현실의 세상과 약간은 다르다. 그 세상을, 현실의 세상을 눈에 보이지 않는 질서가 통제하듯이, 작가가 통제하고 있는 것뿐이다. 아무것도 없는 종이 위에 글자를 쓰는 순간 작가의 세상이 튀어나오는 것처럼 보인다. 그렇지만 절대로 아무것도 없는 무의 상태에서 나온 것이 아니다. 모든 사람의 생각이 자신이 살아온 현실을 반영하듯이, 작품의 세상은 작가가 경험한 세상의 반영일 뿐이다. 그 세상은 작가에 의해 의도적으로 왜곡되었지만, 지극히 현실적인 세상이다.

　누구도 없는 것에서 있는 것을 만들어낼 수는 없다. 모든 것은 있는 것이며, 우리가 창의력을 발휘하기 위해서 해야 할 일은, 그것들의 관계가 무엇인지 찾아내는 것이다. 눈에 보이지는 않지만, 인과의 법칙을 찾아내는 능력. 그 안에 무엇이 있는지 들여다보는 능력. 어떤 재료들이 동원되었으며, 어떻게 관계를 맺고 있는지 알아내는 능력. 그것들을 이용해서 새로운 관계를 형성시키도록 시도해보는 것. 거기에서 생각을 발견한다. 혹여 그것들이 지금까지 경험하지 못했던 관계라면, 환호성을 지르는 것. 또는 역사 속의 인물처럼 '유레카!' 큰 소리로 목욕통 안에서 소리 지르는 일. 그것이 창의력의 발현이다.

　창의력이란 이렇게 쉽다. 있는 재료에서 있는 사물을 생산하는 일이다. 또는 주어진 사물에서 무엇인가 관계를 찾아내는 일이다. 주어진 상황에서 눈에 보이지 않는 인과관계를 알아내는 일이다. 지극히 평범한 물건에서 비범한 부분을 도려내는 일이다. 지금까지 살면서 경험했던 모든 사건을 관통하는 법칙이 무엇인가 물어보는 일이다. 어제와 다름없이 계속되는 나날에서 두드러진 일들이 무엇인가 동그라미 치는 일이다. 어느 따스한 봄날의 일상에서 누구의 마음도 상상하지 않던 봄의 슬픔을 드러내는 일이다.

결론: 창의력은 무에서 유를 만든 능력이 아니다. 유에서 유를 만들 뿐이다.

1분 정리

- 보이지 않는 것은 발견되지 않았기 때문이다.
- 창의력은 보이지 않는 관계를 찾아내는 능력이다.

9. 어떤 능력을 키워야 창의력이 자라날까?

한때 우뇌혁명이라는 단어가 유행한 적이 있다. 창의적인 사고를 위해서는 우뇌를 개발해야 하며, 우뇌가 주도적인 역할을 하는 세상이 다가온다. 그 세상은 풍부한 상상력에 기초하여 새롭게 건설되는 세상이다. 그런 혁명적인 세상이 다가오고 있다. 이런 시대에 대비해야 하지만 준비된 사람들은 거의 없다. 특히 학교 교육이 문제다. 어쩌면 단순한 문제가 아니라 모든 문제의 시작과 끝이 거기에 있다. 우뇌혁명이라는 단어가 주는 메시지를 요약하면 이렇다. 그리고 사람들은 두려움에 마음을 내주었다.

학교 교육은 창의성을 길러줄까?

여기에서부터 학교 교육의 커리큘럼이 변화를 겪기 시작했다. 사실 하나의 인간으로서 사회질서를 지키며 살아가는데 필요한 지식은 많지 않다. 그리고 배울 내용이 50년 전이나 지금이나 그렇게 차이가 있는 것도 아니다. 사회구성원으로서 당연히 해야 할 일들, 책임과 의무, 적당한 정도의 수학이 100년 전이나 지금이나 달라질 까닭이 없고, 거기에 기초한 물리와 화학 지식이 크게 바뀔 까닭도 없다.

달라진 것은 창의성과 관련한 교육이다. 창의성을 기르기 위해서 같은 내용도 다르게 가르치는 것이다. 주입식이 아니라 생각하게 하는 교육. 즉각적인 대답이 아니라 응용하여 나오는 해답. 가르침을 받는 것이 아니라 스스로 찾도록 유도하는 교육. 실제로 많은 변화가 있었다. 초중고는 물론이고 대학에서도 학생중심의 교육으로 변화한다. 그러면 달라졌을까? 물음이 시사하듯 대답은 시원치 않다. 글쎄?

왜 이런 일이 발생했을까? 모든 분야, 모든 수업시간을 새로운 교수법으로 강의하기 위해서는 필연적으로 많은 시간과 돈이 필요하다. 배우는 쪽에서도 똑같은 내용을 전달받기 위해서 더 많은 시간을 소비한다. 다른 한편으로 특히 강의안을 준비하는 시간이 지금보다 몇 배 더 든다. 그렇다면 다른 시간은 줄었을까? 그렇지 않다. 다른 업무는 그대로인데 준비시간만 늘어난 것이다. 그러니 교수자의 입장으로는 그런 멋지고 새로운 교육을 할 여지가 줄어들 수밖에 없다.

결국 창의적인 교육이 적당하게 포기될 수밖에 없다. 상황이 이런데도 여전히 창의성은 강조되고 또 강조된다. 결국 현장에서는 남에게 보이기 위해서 적당히 하는 척할 수밖에 없다. 그리고 그것을 기초로 해서 보고서를 얼마나 '창의적'으로 쓰는가로 '창의성 교육'을 하고 있다고 주장해야 한다.

여기에서 꼭 따져야 할 것이 '우뇌혁명'이라는 한때의 유행어이다. 이것이 여전히 유효하며, 그것이 창의성을 담보하고 있을까? 많은 학자가 그렇지 않음을 결과로 내놓았다. 우뇌가 창의성을 보장하지 않으며, 우뇌가 창의성의 모든 것은 더더욱 아니라고 주장한다. 모든 사람이 우뇌가 있고 또 좌뇌도 있다. 우뇌만 있는 사람은 없다. 당연히 창의성은 좌뇌와 우뇌의 합작품이다.

수렴적 사고와 발산적 사고

길포드(Guilford)라는 분이 있다. 이분은 미국의 저명한 심리학자이다. 1950년대 미국의 전국 심리학회에서 창의성에 관한 교육, 그리고 창의성의 중요성에 대해서 강조하면서 창의성 연구에 더욱 매진할 것을 주장했던 분이다. 그의 분류에 의하면 창의성에는 두 가지 측면이 있다. 발산적 사고와 수렴적 사고가 그것이다.

일반적으로는 발산적 사고라는 용어가 창의성과 같은 의미를 지니는 것으로 널리 알려져 있다. 창의성이라고 말하는 것의 대부분은 창의성의 반쪽인 발산적 사고를 의미하는 경우가 많다는 뜻이다. 그러나 창의성은 발산적 사고로는 완성되지 않는다. 그것이 나머지 반쪽을 얻을 때, 수렴적 사고의 도움을 받을 때 비로소 창의적 사고에 의해서 결과를 만들어내게 된다. 창의적 사고는 발산적 사고와 수렴적 사고의 두 가지 측면을 모두 포함하는 개념이기 때문이다.

길포드의 분류는 지금도 유효하다. 많은 학자가 주창하는 창의성의 개념은 길포드의 분류에서 비롯된다. 그들은 창의성을 6가지 또는 8가지의 개념으로 나눈다. 그렇지만, 이런 주장들은 대부분 길포드가 제시한 발산적 사고의 4가지 측면에서 파생된 것이다. 창의성의 여러 특징에 관한 연구는 대부분 길포드의 수렴과 발산의 개념에서 벗어나지 않는다. 특히 창의성에 관한 테스트를 보면, 그것이 더욱 극명하게 드러난다. 토런스(Torrence)라는 사람이 개발한 것이 대표적인 창의력 테스트 방법이다. 영어로는 TTC(Torrence Test of Creativity)라는 약자로 쓰인다. 이 시험의 밑바탕도 길포드가 발표한 발산적 사고의 4가지 영역을 기초로 해서 만들어진 것이다.

"잠깐! 좀 이상하지 않아요?"

"맞아요. 뭔가 느낌이 이상해요. 수렴과 발산이 같은 비중인 것처럼 처음에는 말했어요. 그런데 설명이 길어질수록 발산적 사고에 대해서만 강조를 하고 있네요?"

당연하다. 창의적 사고를 연구하는 학자들의 대부분은 수렴적 사고보다는 발산적 사고에 관해서 연구한다. 수렴적 사고는 연구의 대상이 아닌 경우가 많다. 아니, 어쩌면 발산적 사고가 연구논문을 쓸거리가 많다는 것이 정답이다. 대신에 수렴적 사고는 연구논문을 쓰기도 어렵거나 이미 다른 사람들이 다 써 놓아서 더는 쓸거리가 남아있지 않을지도 모른다. 무엇이 정답이든, 수렴과 발산의 문제에서 학자들이 쓰는 논문은 대부분 발산적 사고에 관한 것이다.

"계속해서 수렴, 발산, 이런 이야기를 하는데 수렴은 무엇이고 발산은 뭐예요?"

"빨리 진행하고 다음 주제로 넘어가야죠. 빨리빨리 본론으로 갑시다."

발산적 사고는 주어진 상황에서 여러 가지 해결책을 떠올리는 능력이다. 발산적 사고에서는 하나의 주제로부터 생각이 자유롭게 전개된다. 마음이 유연하고 부드러워져서 모든 것을 포용한다. 생각이 확장되며 모든 가능성을 고려하여 탐색한다. 은유, 비유, 창의적인, 꿈, 유머, 감성, 모호함, 놀이, 상상력, 대략적인, 발생적인, 환상, 즉각적인, 통찰, 유추, 무의식적인, 일반적인. 이런 단어들이 모두 발산적 사고와 연관되는 단어들이다. 발산적이라는 것이 대략 어떤 것인지 이해될 것이다.

수렴적 사고는 수많은 가능성 중에서 가장 적합한 것을 찾아내는 능력이다. 창의성의 정의에서 적합성, 사회적 맥락과 부합되는 해결책 등이 이 수렴과 관계가 있다. 정확한 판단을 내려서 목표에 걸맞은 결정을 하도록 만드는 정신활동이다. 이성, 논리, 정확성, 일관성, 비판적, 사실, 추리적인, 정밀성 있는, 작업, 현실, 직접적인, 의식적인, 집중해서, 맥락, 숫자, 분석, 선형적인, 특정한. 이런 단어들이 수렴이라는 단어와 관련이 있다. 그러니 수렴에 관해서 연구할 만한 분야가 그다지 많지 않음도 짐작이 된다.

이미 처음 도입부에서 질문을 던졌다. '도대체 사람들이 의미 있는 창의성을 몇 번이나 발휘하는가?' 거기에 대해서, 평생 한 번만 제대로 발휘하면 인생이 완전히 달라진다고 답했다. 그러나 수렴과 발산을 떠올리면서 이런 생각이 들 수도 있다.

"나는 적어도 반은 창의적이다."

"그렇죠? 적어도 수렴적이긴 해요."

"물론 발산적인 생각을 하는 것이 쉬운 것은 아니지만, 조금은 하는 것 같아요."

학자들의 연구 방향이 잘못된 것은 아니다. 발산적 사고를 자유자재로 하는 사람은 적다. 또 특별한 정도의 발산적 사고를 하는 경우가 평생 몇 번 되지 않는다. 반면에, 수렴적 사고는 매일 매 순간 일어난다. 또, 어느 분야든지 강조되고 자주 쓰는 매우 보편적인 능력이다.

이제 말을 바꾸어야 한다. 어쩌면 생각을 바꾸는 것인지도 모른다.

"나는 적어도 반쯤은 창의적이다."

이제 목표를 바꾸자.

"나는 완전하게 창의적인 사람이 되고 싶다,"

이런 것은 구체적인 목표가 아니다. 조금 더 명확하고 상세히 표현하는 단어를 사용해야 한다. 그래야 무엇을 할지 또 어떤 방향으로 나아갈지 결정할 수 있다.

"나는 나머지 반을 더 창의적으로 만들 것이다."

"평생 완벽한 창의성을 한 번이라도 발휘할 수 있도록 노력할 것이다."

그렇지 않겠는가? 평생 여러 번도 아니고 딱 한 번만 제대로 창의력을 발휘하고 싶다는데, 그것이 이루어지지 않을 까닭이 있겠는가? 나라고 창의력의 나머지 반을 채우지 못할 까닭이 있는가?

길포드(Guilford)가 제시하는 발산적 사고의 4가지 측면

이제 구체적인 목표인 발산적 사고에 대해서 좀 더 이야기해보자. 앞서 말했듯이 많은 사람들이 여러 가지 개념들을 덧붙였지만, 길포드가 제시한 4가지 영역에서 크게 벗어나는 것은 아니라고 설명했다. 길포드의 발산에는 4가지 영역이 있다.

첫 번째 유창성이다. 이 개념은 창의적 능력을 자유자재로 발휘할 수 있는 능력에 관한 것이다. 단어, 연관성 찾기, 아이디어 생산에서의 양적인 면을 말한다. 많은 양의 창의적인 생각을 생산해낼 수 있다면, 발산적 사고에 있어서 유창성이 뛰어난 것이다.

두 번째는 유연성이다. 유연성은 한 가지 분야가 아니라 여러 분야에서 아이디어를 생산하는 능력을 말한다. 생각이 유연해서 여러 형태의 아이디어를 생산하는 데 어려움이 없는 상태. 유연한 사고를 보유한 사람. 이런 의미이다.

세 번째는 독창성이다. 독창성은 말 그대로 통상적이지 않은 아이디어를 생산하는 능력이다. 현재 존재하는 사물과의 차이를 크게 벌리는 능력을 의미할 수도 있다.

마지막 네 번째는 정밀성이다. 이것은 다른 말로도 번역하는데 영어의 Elaboration에 적합한 우리말이 마땅치 않아서 그렇다. 이 단어가 시사하는 것은 어떤 아이디어가 있을 때, 그것을 발전시키는 능력이다. 세부적으로 다른 요소를 덧붙이거나 좀 더 풍성하게 만드는 일. 초기의 아이디어를 성장시키는 일. 상황에 적합하게 변형시키는 일. 이런 일에 뛰어난 상태를 의미한다.

창의성에 대해서 말하는 경우, 대부분은 발산적 사고에 관해서 주장하고 있다. 그 발산적 사고는 아이디어의 양, 종류, 독창성, 풍부함. 이렇게 4개의 영역을 만족시킬 때, 커다란 창의성으로 발전한다. 물론 반만 그렇다는 것이다. 그럼 나머지 반인 수렴적 사고는 어디에 있을까? 사람들은 대부분 그것을 이미 잘 사용하고 있다. 수렴적 사고의 능력에서는 크게 부족함이 없는 탓이다. 그러니 이제 나머지 반만 채우면, 완벽히 창의적인 사람으로 변화한다. 이 책이 여러분을 그렇게 이끌 것이다. 평생 한 번이면 완벽한 성공인데, 그것도 해내지 못할까?

1분 정리

- 창의적 사고에는 좌뇌와 우뇌가 모두 결정적 역할을 한다.
- 창의성은 발산적 사고와 수렴적 사고로 이루어져 있다.
- 발산적 사고: 새롭고 다양하며 풍성한 아이디어를 생산하는 능력
- 수렴적 사고: 나온 아이디어를 검토하고 최적의 답을 도출하는 능력
- 길포드의 발산적 사고의 4가지 측면: 유창성, 유연성, 독창성, 정밀성

part 2

생각을
찾아내는 기법

Creativity

"어디로 가면 잃어버린 길을 찾을 수 있나요?"
봄바람의 정령이 가냘픈 목소리로 물었다.
"흘러가는 바람결에 길이 있어요."
바람에 날리는 이파리가 살랑이며 가르쳐주었다.
곁에 있던 상수리나무가 속삭였다.
"길 찾는 방법을 찾으면 거기에 길이 있답니다."
봄바람의 정령은 흔들거리며 모습을 감추었다.

10. 비빔밥과 생각의 발견

우리나라 사람들은 누구나 비빔밥을 좋아한다. 몇 가지 식재료만 있다면? 그리고 찬밥 더운밥 가리지 않고 밥만 있다면? 비빔밥은 매우 손쉽게 만들 수 있다. 이 비빔밥을 내세워서 한식의 세계화를 주장하며 비싼 나랏돈 들여서 전 세계를 돌아다닌 적도 있다. 그리고 주로 유럽이나 미국 사람들에게 공짜 점심을 먹여주기도 했다.

확실히 비빔밥은 뭔가 있어 보인다. 그것이 무엇인지 확실히 파악되지는 않지만, 의미 있는 어떤 것이 그 안에 들어있다고 보아야 한다. 우리나라 음식의 원류가 그 안에 들어있을까? 비빔밥 안에 우리가 '밥심'이라고 부르는 우리 민족의 힘의 원천이 들어있을까? 우리 음식문화의 핵심이 그 안에 담겨있을까? 무엇인가 있어 보인다! 음식 전문가가 아니라서 무엇이 있어 보여도 그 이상 탐색하고 싶은 생각은 없다. 다만, 창의성이라는 측면에서 이 비빔밥을 바라보고 싶다. 아! 비빔밥. 아! 창의성!

비빔밥이 아니라도 좋다는 생각도 문득 든다. 창의성과 창의력이 무엇인지 아주 원색적으로, 아주 직접적으로, 아주 표피적으로 알아보기 위해서 꼭 비빔밥이 아니어도 된다.

"꼭 먹는 것으로 해야 합니까?"

"음식만 생각하면, 딴생각이 나서 아무래도 조금 곤란해요."

"하도 비빔밥을 먹었더니 질려서, 다른 음식은 안 되나요?"

사실 처음에는 비빔밥이 아니었다. 피자로 이 구체적인 창의성의 탐색을 시작했다. 그렇지만, 어린 시절에 피자가 아니라 비빔밥을 많이 먹어서 그런지, 피부로 민감하게 느끼기에는 비빔밥만 한 것이 없었다. 피자는 어딘지 모르게 이질적이라서, 피자로 생각해낸 창의성은 조금 거리가 있게 느껴지는 경향도 있었다. 물론 지극히 주관적 경험에서 그렇다. 어린 시절의 '잇(it)'음식이 피자인 사람은 피자로 해도 좋을 것 같다. 어쩌면 더 가슴에 절실히 다가올지도 모른다. 아무튼 자신의 취향에 맞는 음식을 골라서 시작하면 된다.

비빔밥의 재료

비빔밥의 재료에 몇 가지가 있을까? 질문을 바꾸어 보자. 지금까지 먹어본 경험이 있는 비빔밥을 머리에 떠올리면서, 비빔밥의 재료를 찾아내 보자. 비빔밥의 재료는 자신을 드러내면서 먹는 이의 손길을 기다린다. 그림이 선명하게 떠오른다면 재료 찾기가 아주 성공적으로 끝날 것이다.

"역시 사람은 먹는 것으로 무엇을 하면 잘되는 경향이 있다니까요?"

"머릿속에 재료가 잘 정리되어 쌓여있네요. 나도 몰랐어요."

그렇게 머리만 쓰면 지식이 달아나는 경향이 있다. 손을 움직이면, 그 지식이 더욱더 잘 축적되고, 결국은 내 피와 살이 된다고 학습 전문가들이 늘 주장한다. 어린 시절 누구나 들어봄 직한 이야기이다. 아무튼 떠오르는 재료를 적어 보자. 책에 적어 넣기를 권장한다. 나중에라도 다시 훑어보기가 편하기 때문이다. 이런 문제를 두 번 풀고 싶은 사람은 깨끗한 종이를 꺼내서 써보자.

문제: 먹어본 비빔밥의 재료를 찾아 적는다.

문제의 목표: 가능한 많은 식재료를 찾아낸다. 목표는 20개 이상.

권장 사항: 여기에 적도록 공간을 비워둔다.

이런 경우에 답을 제시하는 경향이 있지만, 창의성을 발휘하는 작업은 정답을 추구하지 않는다. 그래서 여기에서도 정답이나 예시를 제공하지 않겠다. 20개 이상을 찾아내지 못했다고 해서 창의성이 없는 것은 아니다. 먹어본 비빔밥의 종류가 다양하지 않은 탓이니 걱정하지 말자.

먹어본 비빔밥의 종류도 다양한데 재료가 찾아지지 않을 수도 있다. 이런 경우도 걱정하지 말자. 창의성에 대한 자질이 부족한 탓이 아니다. 머릿속의 그림이 선명하지 못하거나, 기억이 가물가물하거나, 혹은 재료가 무엇인지 알 필요가 없어서 그랬을 뿐이다. 이런 이유가 아니라면 비빔밥이 너무 맛있어서 재료를 떠올릴 수 없을 정도라서 그랬을 수도 있다.

그런 경험이 있어서 잘 이해한다. 몇 가지 야채류와 고추장, 참기름으로 비볐는데도 약간의 동물성 단백질이 들어간 듯한 다양한 아미노산의 맛과 여섯 번째 맛이라는 감칠맛이 어우러진 오묘한 맛을 선사할 때, 재료의 그림은 이미 공중으로 흩어진다. 이런 때 어찌 재료를 기억할 수 있겠는가? 그렇지만, 이제 집중하자. 창의력은 감정에서 약간 멀어질 때 더 증가한다. 좀 더 자신의 감성을 메마르게 조절해서 재료를 떠올리자. 이것이 창의력을 발휘하는 첫 단계이기 때문에 매우 중요한 대목이다.

20가지 재료의 조합으로 만드는 비빔밥의 종류는?

먹어본 경험이 있는 비빔밥의 재료가 20가지라면, 먹어본 경험이 있는 비빔밥의 종류는 몇 가지가 되었을까? 재료가 20가지라고 해도 먹어본 비빔밥의 종류는 그렇게 많지 않을 것 같다. 기억을 되새겨보면 아마도 20가지 미만의 비빔밥일 것이다. 그것도 특별히 비빔밥을 좋아하기에 이런 숫자가 나왔다. 보통은 먹어본 비빔밥의 종류가 10가지 미만이다.

여기에서 다시 질문이 나간다. 내가 끄집어 올린 비빔밥 재료를 이용해서 만들 수 있는 비빔밥의 종류는 몇 가지가 될까? 이것도 직접 적어야 한다.

"그냥 읽기만 하면 안 되나요?"

"책 읽다가 종이 꺼내서 뭐 쓰는 거 딱 질색입니다."

"집중력이 흩어진단 말이에요."

평생 딱 한 번 제대로 창의력을 발휘해서 인생이 달라진 사람들의 이야기를 떠올려보자. 그런 커다란 성공에 비하면 책 읽다 말고 무엇을 하는 것은 아주 하찮은 수고가 아닐까? 물론 선택은 여러분의 것이다. 나는 제시하고 선택은 여러분들이 한다. 절대로 강요할 생각은 없다. 다만, 이렇게 직접 해보면 훨씬 좋다는 것을 말하고 싶을 뿐이다.

이번에는 조금 더 수고해보자. 식재료와 비빔밥의 이름을 동시에 적는 방법이다. 먼저 비빔밥의 이름을 적는다. 그리고 그 옆에 들어가야 할 식재료를 써넣는다. 그렇게 번호를 적어가며 만들어 낼 수 있는 비빔밥이 몇 가지인지 알아보자.

비빔밥 이름, 식재료, 이런 순서로 적으며 기본인 밥은 굳이 적을 필요가 없다.

"몇 가지의 비빔밥을 만들어냈을까요? 먹어본 비빔밥의 이름은 당연히 넣지 않았겠죠? 아니 넣었다구요? 그럼 그것은 내가 만든 비빔밥이 아니니까 빼고 계산하는 게 당연합니다. 모두 몇 가지 비빔밥을 만들어냈습니까?"

산술적으로 계산한다면 20가지의 재료로 만들 수 있는 비빔밥의 종류는 그 숫자가 엄청나다. 손가락과 발가락을 동원해서 셀 수 있는 범위를 한참 벗어난다. 예를 들어서 기본 10가지 재료가 들어간다고 해도 20가지의 재료로 만들 수 있는 비빔밥 종류는 수백 가지가 넘는다. 여기에서 질문이 나와야 정상적이다.

"그런 비빔밥의 종류가 의미가 있는 겁니까?"

"먹어본 게 10가지인데 20가지 재료로 만들 수 있는 한계가 10가지 아닐까요?"

당연한 질문이며, 그 답도 그 당연한 질문에 이미 포함되어 있다. 의미가 있는 종류가 생성되느냐는 만들어낸 숫자와 별개의 문제다. 이런 주장에는 여러 가지 창의성의 개념들이 바탕에 깔려있다.

산술적으로 수없는 종류를 만들어낼 수 있는 능력을 갖추었다는 점에서 발산적 사고의 4가지 영역 중에서 적어도 많은 가짓수를 생산해내는 유창성이 뛰어나다는 것을 알 수 있다. 또, 수백 가지의 종류가 모두 의미가 있는 것은 아니라고 주장할 때, 거기에는 수렴적 사고가 작동하고 있다. 어떤 것은 상황에 맞아서 창의성이 확보되고, 어떤 것은 적합성 판단을 통과한 탓으로 창의력이 발휘한 결과로 인정받는다. 아무튼, 나온 답이 만족스러운 사람도 상당수는 있을 것이다.

"같은 재료로 했는데도 생각이 다르니까 비빔밥의 종류도 달라지네?"

이런 사람의 비율이 그렇게 높지 않음은 이미 알고 있다. 대부분은 이미 먹어본 경험이 있는 비빔밥에서 크게 벗어나지 못했을 수도 있다. 기껏 새로운 비빔밥을 기획했는데 결과는 기대와 크게 다를 수도 있다. 사실 이럴 때 느끼는 감정은 짜증을 유발하는 좌절감일 수도 있다.

그런 기분이 들 필요는 없다. 대부분이 그러하기 때문이다. 사람들이 흔히 사용하는 비빔밥의 재료로 새로운 비빔밥을 만들어내는 것에는 한계가 있을 수밖에 없다. 최상의 조합은 이미 경험한 비빔밥에 있기 때문이고, 그것이 시장에서 팔리며 인기가 높은 이유는 사람들에게 잘 먹혀들기 때문이다.

"그럼 어떻게 해야 하나요?"

"여기에서 포기해야 하나요?"

포기라는 것은 창의성과 어울리는 단어가 아니다. 창의적인 해결책을 떠올릴 때는, 포기라는 단어는 잠시 옷장 안에 넣어두는 것이 좋다. 이제 다른 방법을 동원해보자. 지금까지의 방법이 해답을 제시하지 못한다면, 방법을 바꾸는 것이 가장 먼저 해야 할 일이다. 같은 방법으로는 늘 같은 해답밖에는 얻지 못한다. 방법을 달리하면, 같은 상황에서도 전혀 다른 해답이 저절로 생겨난다.

새로운 생각, 새로운 재료, 새로운 비빔밥

아주 젊었을 때, 국장이 나에게 업무상으로 좋은 결과를 만들어 낼 것을 요구한 적이 있었다. 회사의 근엄한 분위기에서 한 이야기는 아니었다. 식사하러 가는 자동차 안에서 주고받은 대화다.

"성과를 더 올리기 위해서는 사람을 바꾸면 됩니다."

얘가 반항하나? 이런 생각을 했는지 국장은 화난 목소리로 말했다.

"아니, 그게 무슨 소리야?"

질책의 언사지만, 말뜻을 다시 해석해서 국장의 성정을 누그러뜨렸다.

"사람을 바꾸면 생각이 바뀌고, 그러면 새로운 시각에서 업무를 바라보지 않겠어요?"

속마음으로는 그 업무를 그만두고 싶었지만, 그것을 전혀 내색하지 않았다는 것을 지금에서야 고백한다. 그해 가을 나는 다른 업무로 옮겼고, 그 업무는 새로운 사람에게 넘어가서 목적한 성과를 거두었다.

이것이다. 사람을 바꾸면 생각이 바뀐다. 그리고 생각이 바뀌면 방법이 바뀐다. 그렇지만, 나를 바꿀 수는 없기에, 내가 지금까지 사용해온 방법을 바꾸어 보자. 새로운 방법은 새로운 성과를 만들어 낸다.

"지금까지 지루하게 종이에 적는데 이것도 그런 방법인가요?"

유감스럽게도 그렇지 않다고 말을 하지 못한다. 이 방법도 역시 적어야 한다. 컴퓨터에 넣든 연필로 쓰든 손가락을 움직여야 한다. 정 마음이 내키지 않는 사람들을 위해서 조금의 동기부여를 할 필요가 생긴다.

시나리오는 다음과 같다. 나? 친구? 아주 가까운 지인? 아무튼 누군가가 비빔밥 전문 식당을 하고 싶다는 것이다. 주장은 이렇다. 비빔밥은 여러 가지 영양이 골고루 들어있는, 한민족의 지혜가 가득 담긴 대표적인 먹거리임에 틀림이 없다. 더구나 이 비빔밥이라는 것이 잘만 기획하면 대박 상품이 될 수 있다. 뉴욕의 유명한 길거리 음식, 그러니까, 푸드트럭에서 비빔밥으로 성공한 교포가 대표적인 예다. 비빔밥은 세계적인 음식이 될 수 있다. 대도시마다 이 비빔밥 프랜차이즈 식당이 생긴다면?

아하! 이제 동기부여가 되었는가? 아직도 아닌가? 그렇다면 더 '부여'한다. 컴퓨터의 기계음으로 해야 실감 난다. 상상하며 읽어보자.

"이 비빔밥을 잘 기획하면 당신의 창의력은 한 단계 올라갑니다."

"창의성을 구성하는 여러 가지 요소 중에서 특히 유연성이 진화됩니다."

이 책을 읽는 목적이 이렇게 충족된다면, 틀림없이 동기부여가 될 것으로 믿는다. 이제 적극적으로 이번 미션에 참여할 것을 기대한다.

자! 이제 본격적인 작업에 돌입하자. 역시 종이를 꺼내거나, 컴퓨터의 빈 화면을 꺼내거나 혹은 책에 직접 적어 넣는다. 지금까지 경험한 식재료 중에서 - 여기에서 경험했다는 것은 들었거나, 보았거나, 먹어보았거나 등 모두를 포괄하는 개념이다 - 새롭게 개발하는 비빔밥에 넣고 싶은 재료를 20가지 적는 것이다.

20가지가 생각이 나지 않을 수도 있다. 그래도 "The Show must go on!" 계속 진행해야 한다. 혹시 아는가? 머리를 쥐어짜다가 마지막에 '이런 것은 절대 비빔밥에 넣지 않을 거야.' 이런 마음으로 집어넣은 재료가 대박 비빔밥을 만들어낼지? 엉뚱한 것일수록 더욱 좋다. 절대로 이것으로 비빔밥을 만들지는 않겠지? 이런 마음으로 넣는다면 더욱더 창의적인 비빔밥이 될 수 있다. 자! 이미 찾은 20가지 재료에 더해서 새로운 재료 20가지. 모두 40가지의 식재료가 준비되었다.

새로운 식재료 20가지(나머지는 직접 채우기 바란다.)

1. 아보카도: 부드러운 것보다는 씹히는 맛이 있는 조금 딱딱한 것.

2.

3.

4.

5.

6.

7.

8.

9.	
10.	
11.	
12.	
13.	
14.	
15.	
16.	
17.	
18.	
19.	
20.	

꼭 이렇게 번호를 붙여야 하나? 이런 질문을 던지고 싶기도 할 것이다. 그렇다. 이렇게 번호를 붙여놓고 빈칸을 만들어 놓으면 꼭 해야 할 것 같은 압박감과 의무감, 심지어 책임감까지 느낄지도 모른다. 이 부분이 매우 중요하기 때문에 생략하기 싫어진다.

다 준비되었으면, 이제 새로운 메뉴를 개발해보자. 메뉴에서 가장 중요한 것은 이름이다. 이름이 없다면 정체성이 없고, 그 고유한 특성이 없는 것이나 마찬가지이다. 그러니, 이름은 매우 중요하다. 심지어는 이름이 모든 것일 때도 있다. 이름 하나 잘 만들어서 대박 상품을 만든 경우도 헤아릴 수 없이 많다. 이름에 공들여야 한다. 식재료야 뻔할 수도 있지만, 이름이 참신하면 같은 식재료라고 해도 훨씬 돋보이지 않겠는가? 모두 20가지의 기본 재료에 새로운 재료 20가지가 더해졌으니, 적어도 모두 20가지의 메뉴가 개발되어야 한다.

"아니 20이라는 숫자가 그렇게 좋은가요? 계속해서 20에 집착을 하는 듯합니다."

아주 중요하다. 20가지를 떠올리기 위해서는 진땀 좀 흘려야 한다. 이렇게 흘린 땀은 모두 노력이라는 점수로 환산된다. 노력 없이 얻는 것이 있을까? 이렇게 노력하고 나면 틀림없이 어느 쪽으로든 진화되어있는 자신을 발견하게 된다.

"진땀 한번 흘렸다고 진화된다면, 누구라도 하지 않겠어요?"

"설마 그런 방법이 있을까요? 한번 노력했다고 좋아진다면, 모두가 창의적이게요?"

설마가 존재한다. 창의적이 아닌 사람은 없다는 주장을 강조 또 강조했다. 이 작업은 당신의 창의성을 늘려주는 작업이 아니다. 잠재되어있는 당신의 창의성을 일깨워주는 것이다. 실제로는 진화를 하는 것도, 노력해서 나아지는 것이 아니다. 노력하고 땀을 흘리는 동안 잠자고 있던 창의성이 슬며시 눈을 뜬 결과다.

"어? 갑자기 생각이 유연해졌네?"

그렇다. 각성한 창의성이 당신의 생각을 유연하게 만든다. 그것이 새로운 생각을 샘솟게 하고 꼬리에 꼬리를 물고 생각이 흘러나오게 만든다.

"무슨 마법을 쓰는 것도 아닌데, 설마 그럴 리가요?"

설마 그렇다. '설마'는 땀을 흘리지 않을 때, 여기에 나와 있는 '레시피'대로 노력하지 않을 때, 절대로 나에게 다가오지 않는다. 이제 믿어보자. 한번 주어진 미션을 '클리어'해보자.

새로운 비빔밥 레시피의 예를 하나 들어둔다. 깨끗한 종이를 꺼내거나 컴퓨터 화면에 빈 문서를 꺼낸다. 좀 길어질 것 같아서 책에 적는 건 만류하고 싶다. 재료의 양은 대충, 맛을 상상하며 또는 기대하는 맛을 적으면 더욱 좋다.

이름: 캐비어 비빔밥.

재료: 성분은 차갑고 약간 고슬고슬한 밥, 참기름은 약간, 캐비어, 연어도 약간, 새싹, 채 썬 상추, 콩나물 길이 5센티로 썰어서 등등

주의점: 캐비어의 섬세한 맛을 살리기 위해서 다른 재료의 맛과 향기가 강하지 않을 것.

모두 작성했는가? 그렇다면 적어도 당신은 강한 인내심의 소유자이다. 거기에 강한 성취동기가 있는 사람임에 틀림이 없다. 이제 창의력이 더욱 강해져 있을 것이다. 보장한다.

비빔밥에서의 수렴적 사고

모두 끝났을까? 이 20가지의 고문에서 벗어나고 싶다는 생각이

들 수도 있다. 지금부터는 20가지는 없다. 그래도 마무리는 다른 방식을 적용해야 하지 않을까? 지금까지 해온 것은 발산적 사고의 방법이다. 새로운 생각을 많이 그리고 다양하게 한 것이라고 보면 된다.

이제는 판단을 내릴 차례이다. 물론 발산과 수렴적 사고가 순서대로 적용되지는 않는다. 발산적 사고를 하는 동안에도 수렴적 사고가 동시에 일어나며, 수렴적 사고를 하는 동안에도 발산적 사고가 동반하여 발생한다. 그러나 이 비빔밥을 찾아내는 작업에서는 수렴적 작업으로 마무리를 해서 수렴적 작업이 어떤 것인지 경험하길 원한다.

모든 일이 그렇지만, 20가지 모두가 쓸 만한 것이 아니라는 것을 작성한 사람은 잘 안다. 거기에서 쓸 만한 것을 골라내는 것이 이 작업의 마지막 단계이다. 어떻게 고를까? 20가지의 새로운 메뉴에서 5가지의 가장 멋진 레시피를 골라내면 된다.

"어떤 방식으로 고르나요?"

"지금까지 해온 방법으로 보면, 틀림없이 기준이 있겠죠?"

물론 기준이 있다. 그 기준은 나의 기준이 아니라 여러분의 기준이다. 당신이 중요하게 생각하는 요소들. 그것이 선택의 기준이다. 선택할 수 있도록 돕기 위해서, 기준에 맞추어 점수를 부여할 수도 있다. 그에 대한 가이드라인을 제시할 수 있지만, 그것을 현재의 단계에서 논의하기에는 조금 빠르다. 수렴적 작업에 관해서는 이 책의 마지막 언저리에서 소개할 예정이다.

여기에서는 마음 편하게, 자신의 마음에 들어오는 것 5가지를 골라내보자. 그리고 생각한다. 내가 이것을 고른 기준은 무엇인가? 그 기준이 당신의 인생에 대한 경험을 말해주며, 가장 가치 있다고 생각하는 것이 무엇인가를 당신에게 말한다. 멋지지 않은가? 비빔밥 레시피로 인생에 대한 통찰력을 얻을 수 있다는 것이.

또 얻었다. 5가지 비빔밥 레시피. 이제 집에 손님이 와도 걱정할 필요가 없다. 5가지 비빔밥 레시피만 있으면, 수백 명의 손님도 치를 수도 있다. 또 있다. 비빔밥 레스토랑을 진지하게 고민하고 있다면, 주변 친구들에게 이 방법대로 숙제를 내주면 된다. 특히 회사에서 승진하고 싶거나, 성공 지향적이며, 주변 사람들에게서 인정받고 싶은 친구가 있다면 더욱 좋다. 이 방법을 적용해서 다른 결과물을 만들면 된다. 그 사람은 창의력이 증진되어서 좋고, 당신은 창의성 넘치는 비빔밥 레시피를 얻었으니 더더욱 좋다!

하나 더 있다. 구성요소의 분할과 결합이라는 기법을 이해하는 데 도움이 된다. 그것은 비빔밥에서 생각을 발견하는 방법과 전혀 다르지 않다. 용어가 더 전문적으로 보일 뿐이다.

1분 정리

- 먹어본 비빔밥을 생각하며 비빔밥 재료 20가지를 추려본다.
- 그 재료로 만들 수 있는 비빔밥 종류는?
- 새로 도입하고 싶은 재료 20가지는?
- 모두 40가지 재료로 만들 수 있는 창작 비빔밥 20가지는?
- 비빔밥 레시피의 작성을 통해서 생각을 발견한다.

11. 창의적 사고의 기법이
필요한 이유는?

앞에서 비빔밥과 잘 놀았다. 창의적인 생각을 하는 것이 그렇게 어렵지 않다고 느꼈을 것이다. 좋은 일이며 장한 일이다. 그래야 한다. 모든 일에 있어서 자신감보다도 더 중요한 것은 없다.

타이거 우즈가 20미터 퍼팅을 시도했을 때, 그것이 홀컵 안으로 들어가지 않았다고 신경질적인 반응을 보이는 장면이 중계된 적이 있었다. 사실 그런 정도는 들어가지 않는 것이 확률적으로도 자연스럽다. 그러니 전혀 화를 낼 이유가 없다. 그런데도 타이거 우즈는 당연히 들어갈 거라고 믿었던지, 기대감이 깨어진 사람처럼 감정적 반응을 보였다. 이런 타이거 우즈가 성적과 더불어 자신감이 떨어졌을 때는 3미터 퍼팅이 들어가지 않았음에 별다른 반응을 보이지 않았다.

자신감이라는 것은 이런 것이다. 스스로에 대한 확신이 솟구치며, 자신의 행위에 대한 절대적인 믿음이 생성된다. 확률이 매우 낮은데도, 나만은 확률이 적용되지 않는다는 까닭 모를 맹신이 생긴다. 실제로도 확률을 배신하는 상황이 나에게만은 일어난다.

"주제가 기법인데 자신감 이야기가 제법 기네요?"

"기법과 자신감은 밀접한 관계가 있는 건가요?"

이 단계에서 이런 물음은 당연하다. 사실 그렇게 관계가 있는 것은 아니다. 당연히 질책성 물음이 뒤따른다.

"그런데 왜 이런 이야기를 꺼냈을까요?"

표현이 조금 부드럽다. 자신감이 있는 사람이라면, 기법이 필요 없다고 이야기하고 싶은 것이다. 앞에서 예를 든 것처럼, 타이거 우즈가 자신감이 넘칠 때는, 왜 그런지는 모르지만, 홀컵 안으로 공이 빨려 들어갈 것 같은 느낌이 들었을 것이다. 이런 예는 골프선수 박인비에게도 적용된다. 우승할 때의 박인비는, 느낌에 의지해서 퍼팅하는 순간 공이 그냥 쏙 들어간다는 것을 인터뷰에서 밝힌 적이 있다.

자신감이 넘칠 때는 기교가 필요 없다

이런 자신감에 대한 공식은 창의적 생각을 할 때 그대로 적용된다. 스스로 생각해도 참신하고 멋진 생각이 저절로 튀어나온다. 기법에 의존할 필요가 전혀 없다. 생각에 조금 잠기면, 아니 조금 고민하는 척하면 저절로 해답이 나오는 경우다. 해답이 아니라도 핵심의 언저리 혹은 그에 근접하는 해결책이 생성되는 때가 그렇다. 그것은 누가 가르쳐서 나타나는 현상이 아니다. 그냥 저절로 살다 보니 터득한 경지이다. 그렇지만, 이런 무의식에 기초한 암묵지가 언제든지 통용되지는 않는다.

처음 자전거 타는 방법을 배울 때는, 두 바퀴인데도 넘어지지 않고 달릴 수 있다는 것이 신기하기도 하고 불안하다. 넘어지는 방향으로 핸들을 돌리면 넘어지지 않는다고 누군가가 알려주었는데 불안감은 가시질 않는다. 그래서 머리는 믿으려고 하는데 몸은 믿지 않는다는 사실이 발견된다.

넘어지는 반대 방향으로 핸들을 돌리며 여지없이 넘어지는 과정을 반복하며, 스스로 운동신경이 없음을 한탄했을지도 모른다. 결국 도우미가 뒤에서 잡아주고 몇 번의 시행착오 끝에, 생각과 몸이 일치하며 넘어지지 않고 자전거 타는 방법을 익힌다. 그리고 다른 사람과 자신이 같은 범주에 속한다는 것에서 안도하며 희열을 맛본 경험은 누구에게나 있다.

이렇게 단순한 경우에는 거창한 이름의 기법이 필요 없다. 설명도 크게 필요치 않다. 그렇지만, 복잡해질 때는 상황이 다르게 흘러간다. 자전거에서 자동차로 넘어가 보자. 자동차 운전의 상황에 맞는 팁이 있고 운전학원에서도 그런 비결을 전수한다. 그것이 행동으로 옮겨지도록 옆자리의 강사가 코치하며 운전을 가르친다. 어느 정도 운전이 익숙해지면, 어느새 강사의 가르침은 머리에서 사라진다. 그리고 누군가에게, 특히 가까운 사람에게 운전하는 방법을 가르치면서 사건은 벌어진다. 마치 자전거 타는 법을 가르치는 것처럼, 몸으로 체득하도록 유도하다가 서로 싸우며 결국 학원에 등록하게 된다.

왜 이런 일이 일어날까? 몸에 체득된 상태에서 자신감이 넘칠 때는 기교가 필요없다. 별다른 생각이 없어도 몸이 알아서 움직인다.

다른 사람도 그럴 것이라고 미루어 짐작한다. 그렇지만 기법, 팁, 법칙, 비결이 꼭 필요한 사람도 있다. 특히 어떤 일을 처음 시도할 경우, 또는 어떤 일이 서투를 경우에는 당연히 그에 따른 여러 가지 기초적인 방법을 터득하는 것이 필요하다. 적어도 자신감이 넘치게 될 때까지는 그렇다.

창의적 사고의 기법은 습관을 바꾸는 도구

창의적인 사고에 관한 기법은 몇 가지나 될까? 300여 가지의 창의적 사고의 기법이 있다고 한다. 이렇게 숫자가 많다는 것은 각각의 기법이 나름의 장단점이 분명하다는 것을 의미한다. 이런 방법을 사용했을 때는 이런 단점이, 저런 방법을 사용했을 때는 저런 단점이 드러난다는 뜻이다. 또, 모든 방법이 나름의 한계를 지니고 있음을 시사한다.

그러므로 창의적 사고의 기법을 마치 하나의 팁으로 간주하기를 권유한다. 학원 강사가 가르쳐 준 여러 가지 방법을 떠올리며 운전하는 경우는, 면허를 따고 처음 자동차를 끌고 나갈 때 이외에는 거의 없다.

창의적 사고도 이와 같다. 새롭고 독창적이며 유용하고 차이를 생성시키는 생각이, 처음에는 기법에 의존해서 나오게 된다. 어느 순간 생각이 자유롭고 다양하게 생산되어 자신감이 넘치면 달라진다. 기법에 얽매이지 않아도 창의력을 발휘하게 된다. 사실 방법은 중요하지 않다. 어떤 기법을 사용하는가도 문제가 아니다. 핵심은 어떤 생각을 했느냐다.

창의적인 사고에 관한 기법들은 대부분 아주 초보적인 수준의 사고방식에 기초한다. 그렇다고 그것들이 초보적인 수준의 생각만을 이끌어내지는 않는다. 그것을 이용해서 엄청난 생각을 할 수도 있다. 그것은 사람마다 다르다. 또, 어떤 사람은 특정한 기법이 매우 유용하다고 느끼며, 어떤 사람은 그것이 자신과 맞지 않는다고 고백하기도 한다.

이것은 사람마다 생각하는 방법과 생각을 추출하는 방식이 다른 데서 나타나는 현상이다. 그러므로 창의적인 사고의 기법을 배우자. 그리고 그것을 잊는다고 염려하지는 말자. 그것이 아니라도 자신만의 독특한 방법이 있을 테니까.

창의적 사고에 관한 책에는 보통 두 가지가 있다. 창의성이 어떤 심리적인 과정을 통해서 발현되는가에 관한 것이 하나이며, 다른 하나는 창의적인 사고를 가능하게 하는 기법을 적어놓은 책이다. '아이디어 발상'에 관한 책이 이런 유형의 대표적인 예이다.

이 책에서는, 이미 눈치챘겠지만, 창의성에 관한 학자들의 연구를 어떻게 잘 적용할지에 초점이 있다. 학문적인 연구가 논문발표용이거나 학문적인 호기심을 충족할 목적이라면 그 노력이 아깝지 않은가? 그 연구를 어떻게 응용해서 새로운, 그리고 쓸모 있는 생각을 이끌어낼 수 있는가에 관해서 설명할 것이다. 또, 몇 가지 창의적인 사고의 기법에 관해서도 설명한다. 이미 비빔밥에서도 그 기법의 하나를 여러분에게 실증적으로 소개했지만, 이런 방법을 통해서 생각하는 방식에 관한 습관을 바꾸길 바란다.

경영학자들은 무엇인가 변화를 가져오기 위해서는 습관, 지금까지 해오던 행동양식을 바꾸어야 한다고 주장한다. 창의력을 증진하기 위해서는 생각하는 방법을 바꾸면 된다. 창의적 사고의 기법은 창의적 생각을 보장해주는 도구가 아니다. 습관을 바꾸는 도구다. 그것은 지금까지 해오던 생각하는 방식, 창의성을 끌어내는 방법에서 탈피하게 도와준다. 자신만의 비효율적 방법에서 조직적인 방법으로 바꾸도록 유도한다. 그 과정에서 생각하는 능력이 더 효율적으로 변화하고, 더 다양하고 더 많은 숫자의 생각을 추출할 수 있는 능력을 갖추게 된다.

이제까지 기법의 효용성이 무엇인지, 왜 기법을 배워야 하는가에 관해서 설명했다. 이제 본격적으로 비빔밥에서 출발한 창의적 사고의 기법에 대한 설명으로 들어가 보자. 지금부터 조직적이며, 논리적으로, 유연하고, 다양하게 생각하는 방법을 터득하게 된다.

1분 정리

- 창의적 사고에 대한 자신감을 가지려면 기법을 배우고 잊어야 한다.
- 창의적 사고의 기법은 생각하는 습관을 바꾸는 도구이다.
- 습관이 바뀌면 결국 기본적인 창의적 사고의 기법은 필요하지 않게 된다.

12. 구성요소의 분할과 결합

구성요소의 분할과 결합은 조금 길고 자세하게 설명할 것이다. 이것은 매우 기초적이며, 모든 창의적 사고의 기본이라는 것이 이유다. 또, 이것 하나만 잘 활용해도, 어떤 상황에서도 필요한 창의력을 발휘하는 데 지장이 없다. 이 기법은 기본적이지만, 거의 만능이기도 하다. 이 구성요소의 분할과 결합은 창의적 사고에서는 필수적이다.

앞서 비빔밥을 뜬금없이 떠올려서 배고프게 만들었던 것은 모두 이유가 있었다. 이 비빔밥은 지금부터 설명할 구성요소의 분할과 결합에 가장 잘 들어맞는 예이기 때문이다. 구성요소의 분할과 결합이라는 방법은 매우 전통적인 방법이다. 실생활에서는 누구나 다 사용하는 방법이기 때문에 인간의 본성과 잘 들어맞는 것이기도 하다.

"그런 이야기 처음 들어봐요. 구성요소의 분할과 결합? 그런 딱딱한 말을?"

"공학적인 용어처럼 들려서 나와는 전혀 관계없는 말 같아요."

그럴지도 모른다. 특히 이런 표현은 거부감이 들게 마련이다. 다른 멋진 용어로 바꿀까? 이런 생각이 들지 않은 것은 아니지만, 직접적이고 내용을 잘 설명하는 이름이 가장 좋다는 원칙을 포기하고 싶지 않다. 구성요소를 분할하고 그것들을 다시 결합하는 것. 얼마나 직접적으로 이 방법을 표현하고 있는가?

공학적? 그렇게 느낄 수도 있다. 하지만 많은 사람이 취미생활에서도 이런 방법을 사용하고 있으며 실생활에서는 말할 필요도 없다. 어린이들도 이 방법을 사용한다. 그래서 어쩌면 이 방법은 매우 본성적이기도 한다.

구성요소의 분할과 결합의 예

먼저 레고를 눈앞에 끌어내 보자. 레고는 각각의 기능이 있는 블록을 끼워 맞추어서 어떤 형상을 만들어내는 작업이다. 어린이를 위한 것부터 성인들의 취미에 이르기까지 다양한 상품이 나와 있다. 레고는 이미 만들어진 구성요소를 결합해서 자신이 원하는 것을 만들어내는 창의적인 작업이다.

최근에 나온 자동차 중에서 미국 포드의 브롱코라는 SUV가 있다. 이 자동차가 미국에서 선풍적인 인기를 끌었고 그에 힘입어 우리나라에도 들어온다는 뉴스를 본 적이 있다. 이 자동차의 특징은 구성요소의 일부를 자신이 원하는 대로 바꾸어가며 조립할 수 있다는 점에 있다.

문짝을 떼어내서 바깥공기를 피부로 느낄 수도 있고, 바퀴가 들어가는 펜더나 패널을 바꾸거나 위치를 바꾸어 자신이 원하는 기능과 모양을 선택할 수 있다. 모듈이라는 중간단계의 부속 뭉치를 만들어서 그것을 조립하는 모듈 생산방식이 주는 혜택이다. 이런 자동차 생산방식이나 브롱코의 경우가 모두 구성요소의 분할과 결합을 표현하고 있다.

구성요소의 분할과 결합이 본성적인 이유는 생성과 활용이 독특해서 그렇다. 이것은 누가 가르쳐주지 않아도 활용하는 방법이며, 어떤 창의적인 방법을 배우지 않은 사람도 스스로 알아서 실행하는 방법이다. 어린이들이 장난감을 만지며 놀다가 그 작동원리가 궁금해서 장난감을 분해하다 망가뜨리는 경우가 대표적이다. 이런 방법을 좀 더 조직화하고 체계화한 것이 구성요소의 분할과 결합이다.

이외 비슷한 방법으로는 미국에서 1930년대에 로버트 크로포드(Robert Crawford)라는 분이 제시한 속성열거법(Attribute Listing)이 있다. 사물의 속성을 리스트로 만들어서 속성을 어떻게 변화시킬 것인가에 중점을 둔 방법이라고 할 수 있다. 구성요소의 분할과 결합과 흡사하게 보일 수 있지만 다르다.

속성열거법은 속성에 중점을 두고 기능별 분할을 통해서 창의적 산물을 만들어낸다. 이에 비해서, 구성요소의 분할과 결합에서는 특성별 분할뿐 아니라 그 구성요소까지 분할하여 창의적 산물을 만든다. 속성열거법처럼 사물의 특성이나 기능에 의해서 복잡한 사물을 분류하는 경우는 일부 교체나 변화에는 잘 적용된다. 하지만, 완전히 새로운 사물을 생산하는 데는 많은 문제가 있다.

구성요소란 어떤 것인가?

구성요소의 분할과 결합의 첫 번째 단계는 사물을 구성요소로 분할하는 작업이다. 이것이 가장 중요한 단계이기도 하다. 구성요소의 분할은 시계의 부품처럼 가장 작은 단위로 사물을 쪼개고 분할하는 작업이다. 두 번째 단계는 이들 구성요소 중에서 필요한 요소를 선택하여 새로운 사물을 만들어내는 결합 작업으로 이루어진다. 구성요소의 분할과 결합은 모든 창의적 사고의 기법 가운데 가장 기초적이며, 동시에 어떤 창의적 사고에서도 늘 사용되는 방법이기에 가장 중요하고 숙달되어야 할 기법이다.

구성요소의 개념은 부속품 같은 의미라고 보면 된다. 레고라면 하나의 블록일 것이며, 스마트폰이라면, 케이스, 액정, 마더보드, 배터리와 같은 부품이다. 물론 비빔밥이라면 각각의 재료가 구성요소가 될 수 있다. 식당이라면 어떨까? 주방용품, 의자, 식탁, 종업원, 화장실 등등으로 나눌 수 있지만, 거기에 덧붙여서 메뉴가 가장 중요한 구성요소이며, 인테리어 소재, 인테리어의 느낌, 종업원의 서비스하는 행위, 친절 등 눈에 보이는 것과 보이지 않는 것 등 모두를 의미한다.

그러므로 구성요소를 어떻게 분할하는가는 이 기법의 성공과 실패를 좌우한다. 구성요소를 조금은 우아한 말로 정의하면 다음과 같다.

"구성요소는 최소한의 의미의 단위이다. 사물을 쪼개고 분할하여 그 이상 나눌 수 없는 상태를 의미한다. 그것은 최소단위의 의미체이며, 마치 분자가 그러하듯이 가장 단순한 결합구조로도 완결된 형태를 지닌다. 요소는 스스로 의미와 기능을 지니고 있으며, 독립적인 역할수행을 하고 고유의 특성을 가진다."

다소 어려운 말처럼 느껴지지만, 구성요소를 나누는 어떤 정해진 틀이 있는 것은 아니다. 같은 사물이라고 하더라도 사람에 따라서 서로 다르게 요소를 추출할 수 있다는 뜻이다. 사람의 관점은 서로 다르며, 세상을 보는 눈도 다르다. 이것이 일종의 개성으로 작용하여 같은 사물에 대해서 다른 요소를 만들어낼 수 있다고 보는 것이다. 누구에게나 나름의 최소단위의 의미체가 있을 수도 있다. 어떤 것이 그 이상 나눌 수 없는 상태에 있다고 주장한다면, 그것이 그에게는 사물을 구성하는 요소가 된다는 의미이다.

그러므로 정의에 구속되어 거기에 함몰되지는 말자. 스스로 생각하기에 이 정도로 나누면 충분하다고 본다면 그것이 정답이라는 뜻이다. 디자인을 중요시하는 사람이라면 같은 사물도 다른 사람과는 다른 미적 기준을 세워서 구성요소로 나눈다. 사물을 구성하는 각 부분의 색상이나 모양도 매우 중요하기 때문에, 그것들을 더 세밀하게 분류할 수도 있다. 어떤 사람은 기능을 중시해서 기능을 중심으로 요소를 분할할 수도 있다. 이렇게 사람마다 보는 관점에 따라서 구성요소는 다르게 분할된다. 어쨌든 스스로 생각하기에 만족할 정도로 사물을 분할하면 된다.

구성요소 분할과 결합으로 꾸며보는 커피숍

예제로 제시할 것은 커피숍이다. 자신과 잘 맞는 분위기의 커피숍을 찾아다니기는 했어도 어떤 커피숍을 만들어 볼까? 이런 생각을 심각하게 하지는 않았을 것이다. 혹시 아는가? 미래에 커피숍을 운영하는 것이 꿈일지도. 자! 커피숍을 분할하면 어떤 구성요소들이 추출될 수 있을까?

편의를 위해서 커피숍이 세워질 장소를 제시한다. 빌딩 숲의 한가운데, 주변에는 프랜차이즈 커피숍이 한 블록에 하나 정도는 있다. 새로 만들 커피숍은 프랜차이즈가 아니다. 나의 개성이 물씬 튀어 오르는 공간이다. 이제 문제은행을 채우듯이 생각의 창고를 구성요소로 채운다.

기존의 커피숍에서 구성요소를 추출한 후에, 그것을 다시 조립해서 나만의 커피숍을 구성하는 것이 주어진 작업이다. 아마도 레고를 조립하는 것보다 조립은 더 쉬울 수도 있다. 레고는 다른 사람이 준 지시사항을 수행하는 것이지만, 커피숍은 자신의 취향대로 꾸미는 것이라서 그렇다. 이것도 정답이 있는 것은 아니다. 당신이 전문적인 디자이너가 아니기 때문에 인테리어를 상세히 말할 필요는 없다. 그저 중요하다고 생각하는 요소들을 나열하고, 가능하다면 간단히 그에 대한 의견을 달면 된다.

미션: 커피숍의 구성요소 추출

구성요소: (빈칸에 적는다)

　몇 가지밖에 생각이 나지 않는다면, 다음에 저자가 제시하는 커피숍의 구성요소를 참고하여 작성한다. 자신이 특별히 중요하다고 생각하는 것은 더 상세하게 구성요소를 추출한다.

저자가 제시하는 구성요소

상호: 가장 중요하다. 이름이 시작이며 끝인 경우도 많다.

간판: 이름과 어울리는 간판의 색상, 디자인 등

입구: 입구는 들어오는 사람의 심리를 결정한다.

커피콩의 배합: 싱글? 하우스 블렌드? 여러 가지?

커피의 종류: 아메리카노 & 기타 음료

메뉴: 모두 몇 가지?

음료별로 정해진 온도는?

내부 집기: 의자, 탁자, 쓰레기 처리, 기타 수납

진열대는 어떻게?:

내부 인테리어는 어떤 분위기?: 전문지식이 있다면 상세히 적는다.

손님의 행동양식: 동선은? 주문은? 기다리는 방식은? 어디까지 셀프?

매장 청결 관리:

종업원의 행동양식: 어떤 말투? 고객 응대할 때의 표정은? 의상은?

여기까지만 하자. 화장실 점검 목록이 20가지 이상인 매장도 있으니 구성요소라는 것이 나누면 나눌수록 끝이 없다. 그러므로 적당히 생각하는 대로 적으면 된다. 하지만 구성요소는 많으면 많을수록 좋다. 그 이유는 구성요소의 숫자가 많으면, 경우의 수가 증가한다. 그때 선택의 여지가 많아져서 더 좋은 결과를 도출할 수 있다.

"아니, 구성요소의 추출에 대해서 지나치게 많이 설명하고 있는 것 아닌가요?"

맞다. 그렇지 않아도 그 이유를 설명하려고 했다. 이 기법에서는 사실, 구성요소를 추출하는 것이 매우 중요한 부분을 차지하고 있다. 구성요소에 대해서 완벽하게 알고, 그에 관한 연구가 충분하다면, 구성요소를 결합하는 것은 매우 쉬운 작업이 된다. 이전과 차이를 보이는 사물을 생각해내는 데 큰 어려움이 존재하지 않는다는 뜻이다. 여기에서처럼, 커피숍을 이루고 있는 각 구성요소에 대해서 아주 잘 이해하고 있다면, 그 사람에 대한 다른 사람들의 평가는 하나밖에 없다.

"그 사람은 완전 커피숍 전문가야! 어쩜 그렇게 해박하니?"

설사 완전 전문가가 아니라고 하더라도 구성요소에 대해서 잘 이해하는 게 중요하다. 자신의 작업이 어떤 방향으로 나아갈지, 또 어떤 양상으로 발전될지 예측하기가 쉬워진다. 여기에서 쉽다는 것은 결과를 만들어내는 데 소비되는 시간과 노력이 크게 절약된다는 뜻이다. 이미 비빔밥에서 경험했듯이, 그리고 커피숍에서 구성요소를 추출했을 때 느꼈듯이, 동시다발적으로 생각이 지평선 위로 떠오른다. 구성요소를 분할하면서 이미 각각의 구성요소를 어떻게 선택할 것인가를 결정하게 된다.

구성요소에 대해 깊은 이해가 필요한 이유

모든 창의적 산물은 그 나름의 고유한 결합구조를 갖게 마련이다. 구성요소를 어떻게 선택할 것인가 보다도 이런 결합구조가 훨씬 중요한 경우도 많다. 이런 때에 구성요소에 대한 이해를 깊이 하고 있다면, 창의적인 작업의 목표는 달라진다. 어떤 구성요소를 선택하고 넣을 것인가에 매달리지 않는다. 오히려 어떤 결합구조를 만들어낼 것인가에 더 많은 시간을 사용한다.

구성요소를 강조하는 또 다른 이유는 심리적인 것에 있다. 새로운 사물을 만들기는 매우 어렵다. 구성요소에 대한 지식이 많다면? 적어도 목표를 달성할 수 있다는 자신감은 얻을 수 있다. 구성요소를 분할하고 그에 대한 지식이 있는 사람은, 새로운 산물을 통제할 수 있다는 자신감이 넘치게 마련이다.

세부적인 지식은 이해의 범주 내에 있으며, 그것이 어떤 영향을 미칠 것인가에 대한 계산에는 확신이 서려 있다. 작업자의 행위에 망설임이 없으며 전체적인 그림이 어떤 양상으로 전개될 것인가를 예측한 그림이 머릿속에 그려진다. 사물을 관통하는 통찰력이 생기며, 새로운 사물의 생산 활동을 완벽히 통제할 수 있게 된다. 그리고 기획하는 사람의 의도와 의지가 전체적인 창의적 작업 과정에 걸쳐서 확연히 드러나게 된다.

새로운 구성요소를 도입하면 새로운 사물이 생성된다

구성요소의 분할과 결합에 있어서 가장 중요한 것은 구성요소를 분할하는 작업이라고 강조했다. 이것은 하나의 도구이며 조작의 대상이기도 하다. 구성요소를 손바닥에 올려놓을 정도라면, 필요한 것을 선택하고 변형함으로써 창의적 산물을 생산하기가 쉬워진다.

"분할해서 나오는 구성요소가 마음에 들지 않으면 어떻게 되나요?"

"맞아요. 손 놓고 있을 수도 없고, 머리가 갑자기 복잡해지네요?"

비슷비슷한 사물을 분할해서 얻는 구성요소는 서로 차이를 보이지 않을 것이다. 그렇다면 이미 주어진 레고블록으로 조립하는 장난감과 다를 바가 없게 된다. 결과물이 비슷한 것이다. 구성요소에 변형을 가한다고 해도 아주 혁신적으로 달라지지는 않는다.

그렇다면? 방법은 당연히 있다. 비빔밥에서 이미 수행한 것이다. 새로운 요소를 조달하면 된다. 이 요소는 기존의 사물을 분할해서 얻는 것과는 아주 달라야 한다. 그러므로 전혀 다른 사물을 분할해서 추출한 요소를 도입하거나 그 사물 자체를 구성요소로 도입하면 된다.

미션: 커피숍에 도입할 전혀 새로운 구성요소를 찾아보자.
이 미션은 시간이 많이 소요될 수 있어서 5가지로 제한한다.
전혀 색다른 요소를 도입한 기존의 커피숍을 벤치마킹하여
작성하는 것도 방법이다.

전혀 새로운 구성요소:(빈칸에 적는다)

채우기 힘들면 다른 커피숍은 어떻게 했는지 살펴보자.

새로운 요소를 도입한 커피숍의 예시: 회의실, 반려동물, 헤어숍, 병원, 디저트, 책 등

저자가 제시하는 새로운 요소

헬스기구: 천천히 걸으며 마시는 커피
동굴 같은 공간: 사람들은 갇힌 공간에서 아늑함을 느낀다.

커피콩, 커피머신, 셀프: 커피머신마다 커피콩이 다르다.

사진 갤러리: 누구든 사진을 찍는다. 디스플레이에 그것을 투사하며

함께 즐겨보자.

낙서 디스플레이: 낙서를 전자적으로 구현한다, 매일 새롭다.

이 책 덕분에 모처럼 생각을 해보았다. 다소 힘들었지만, 그렇게 많은 시간이 걸리지는 않았다. 약 20분 정도? 그렇지만, 나름 재미 있는 시간을 보냈다. 나의 상상력과 그것을 현실에 옮기는 실력이 아직은 그런대로 쓸만하다는 믿음이 생겼다. 다행스럽고 뿌듯한 기 분이다. 여러분은 어떠한가? 같은 기분을 느꼈기를 바란다.

이런 연습문제가 실제 상황에서 창의적인 생각을 보장하지는 않 는다. 그렇다고 여길 정도로 우리는 순진하지 않다. 그래도 이런 연 습 방법에 익숙하면 실제의 상황에서 전혀 당황함이 없이 '꾸역꾸 역'의 수준이라도 업무를 수행할 수 있다. 이게 어디인가? 어떤 사 람은 20분을 채 소비하지 않고도 수행할 수도 있고, 어떤 상황에서 는 그 이상의 시간을 써도 아무런 결론이 나오지 않을 수도 있다. 실망하지는 말자. 이것은 어디까지나 연습문제다. 실제의 경우에는 집중하기 때문에 짧은 시간에 더 많은 결과를 생산한다.

구성요소의 조합과 결합에서 고려해야 할 사항

구성요소를 모두 추출했으면, 이제는 구성요소를 원하는 대로 조

합하고 결합할 차례다. 순차적으로 본다면, 조합이 먼저 이루어지고 나서 결합의 단계로 접어들게 된다. 그렇지만 조합하는 순간, 저절로 결합을 염두에 두기 때문에 조합과 결합은 거의 동시적으로 나타난다. 아니, 어쩌면 앞서 수행한 커피숍의 구성요소 분할에서 저절로 생각이 움직였겠지만, 구성요소를 분할하고 추출하는 순간부터 상상이 시작된다. 의도하지 않았는데도 저절로 선택하게 된다. 앞서 설명한 대로 가장 중요한 것이 구성요소의 분할과 추출인 까닭이 여기에 있다.

구성요소를 분할하고 추출하는 단계에서 심각하고 진지하게 작업에 열중하면, 생각은 저절로 의지가 향하는 방향으로 움직인다. 그렇지 않은 사람은 거의 없다. 창의적 생산물을 만들어내는 데에서 가장 중요한 심리적인 기제가 의지인 까닭이다.

"의지가 작동하면, 나머지는 저절로 이루어진다."

강력한 동기에서 혹은 스스로 동기를 부여하면서 작업한다면, 일부러 노력하지 않아도 몸이 알아서 작업한다. 누구나 이런 경험을 한다. 심각한 상황에서 몰입하면, 세상의 움직임 모두를 내가 작업하는 관점에서 바라본다. 생각은 전방위적으로 달려 나가며 끊임없이 판단을 내린다. 감각기관에 포착되는 사물의 구성요소는 의지의 관점에서 분해된다. 도움 여부를 순식간에 판별해낸다. 강력한 동기와 의지를 갖고 구성요소를 분할하고 추출해보자. 세상이 달라지며, 스스로 목표를 향해 나아간다. 약간 곁가지로 흐른 느낌이지만, 의지가 매우 중요하기에 다시 강조했다.

다시 구성요소를 조합하고 결합하는 방법으로 돌아가자. 구성요소를 추출했으면, 각각의 요소를 내가 원하는 형태로 변형하거나 혹은 있는 그대로 채택하면 된다. 이것은 마치 빈칸 채우기와 같다. 커피숍의 예를 들어본다. 먼저 의자를 선택한다. 어떤 모양으로 할까? 탁자는? 메뉴는? 이런 식이다.

각각의 구성요소를 적어놓고, 그 옆에 내가 원하는 것을 채워 넣는다. 레고블록을 선택하는 것과도 비슷한 작업이다. 또는 비빔밥의 재료를 선택하는 것과도 같다. 그렇게 선택하다 보면, 새로운 사물의 개괄적인 특징이 설정된다. 사람마다 선택한 것이 전혀 다르게 된다. 그 이유는 이미 짐작하는 것과 같다.

"짐작하지 않았단 말이에요. 사람이 다르니까, 당연히 개성이 드러나겠지요."

그것이 개성과 관계가 있지만, 전적으로 그런 것은 아니다. 관계가 조금은 먼 편이다. 예산이 개입된 경우가 많기에 그렇다. 또는 다른 사람들이 어떻게 생각할까에 대한 판단이 개입되어서 그런 경우도 있다. 직장이라면, 동료, 결재하는 상사, 소비자, 시민단체 등 고려대상이 더 많아진다. 이런 여러 사람의 생각에 스며있는 것을 우리는 가치관이라고 부른다. 그렇다. 기획자의 가치판단이 들어가기 때문에, 사람마다 서로 다른 조합이 나타날 수밖에 없다.

먼저는 각각의 구성요소에 대한 가치판단이 이루어진다. 중요하게 생각하는 것과 덜 중요한 것으로 분류하는 것이다. 구성요소를 추출하는 방법에도 저마다의 가치가 스며있다. 선택에서는 더욱더 그렇다. 추출한 구성요소 중에서 가장 중요하게 생각하는 것은 무엇인가? 앞서 작업한 커피숍의 구성요소로 돌아가자. 좀 더 이해가 쉬워질 거다. 질문이다.

"그 커피숍에서 추출한 구성요소 중에서 가장 중요한 요소는 무엇인가? 그리고 두 번째와 세 번째로 중요한 구성요소는 무엇인가?"

다른 질문도 있다.

"그 커피숍에서 가장 덜 중요한 구성요소는 무엇인가? 그 이유는? 두 번째 그리고 세 번째는 무엇인가? 각각의 이유는?"

이제 짐작이 갈 것이다. 가치판단이라는 것이 어떻게 작용을 하는지. 가치판단은 창의적 산물의 특징을 규정한다. 구성요소에 대한 가치판단이 사람마다 다르고, 그 가치판단이 모이면서 서로 전혀 다른 창의적 산물을 생산한다. 여기에서 커피숍의 구성요소 추출작업의 두 번째 미션이었던 '새로운 요소'를 우선순위에 둔다면? 새로운 창의적 산물의 양태는 지금까지와는 또 다른 모습으로 변한다. 가치판단을 '서울에 존재하지 않는'에 둔다면? 기존의 구성요소와는 차별되는 요소를 도입하기 위해 온갖 노력을 다해야 한다.

결합에 있어서 두 번째로 고려해야 할 것은 적합성이다. 구성요소를 선택한다고, 모두가 조합과 결합을 통해서 새로운 창작물로 전환되지 않는다. 각각의 구성요소가 서로 어울려야 한다. 구성요소에 대한 가치판단을 하고 거기에 가중치를 붙여서 가장 가치가 있는 것을 세 가지 뽑아냈다고 하자. 그 세 가지가 서로 모순이 될 경우도 있다.

예를 든다면, 가장 가격이 저렴한 커피와 가장 맛이 훌륭한 커피
는 대부분 서로 모순되는 개념이다. 여기에서 필요한 것이 적합성의
여부다. 구성요소들이 서로 어우러지는 것인가? 아니면 어울리지
않고 그저 구성요소로 따로따로 존재할 것인가? 이에 대한 계산은
매우 세밀하게 이루어져야 한다.

기획자는 이런 것을 방지하기 위해서 결정을 내리는 순간마다 전
체적인 관점에서 사물을 바라보아야 한다. 이것은 마치 게임과도
같다. 하나의 조치가 전체의 관점에서 어떤 영향을 미칠 것인가를
계산할 때 더 잘 이긴다. 이런 전체적인 관점에서의 계산이 창의적
산물을 만들어내는 과정에서는 더더욱 필요하다.

그래서 새로운 질문이 요구된다. 창의력을 발휘하는 자신의 행위
에 대해서 끊임없는 질문을 던져야 한다. 아니, 일부러 질문을 던지
지 않아도 대부분 무의식적으로 질문하고 스스로 답하게 마련이
다. 그 질문은 이것이다.

"왜?"

왜 거기에 가치를 부여하는가? 왜 그런 구성요소를 선택했는가?
왜 그런 조합을 만들어냈는가? 여러 가지 '왜'가 있을 수 있는데, 그
각각의 '왜'에 대해서 충실한 답변을 해야 한다. 보통은 마음속에서
저절로 이런 것이 이루어진다. 그렇지만, 그냥 지나치는 경우도 많
아서 의식적으로 확인해야 한다.

이제 조합에 관한 설명은 이런 정도로 끝내자. 이 하나 가지고도

이 책의 반 이상을 채울 수 있다. 그래도 이 정도면 창의적인 사물의 완성에 지장이 없다. 그리고 이것 이상이면, 아무도 읽고 싶지 않을 것이다.

간단한 정리

지금까지 나온 이야기를 정리한다. 시작에서는 구성요소를 추출하고, 새로운 요소를 도입했다. 그런 후에 구성요소를 선택했으며, 그것들을 조합하고 결국은 결합의 단계에 도달했다. 화학물질을 만들어 내거나, 특별한 수학적인 공식이 필요하거나, 혹은 기계적인 조작을 원활하게 만드는 장치가 필요하지 않은 이상, 조합만으로도 이미 결합은 된 것이나 마찬가지다.

물론 조합과 결합은 글자가 다른 것처럼 전혀 다른 작업이긴 하다. 조합은 말 그대로 가져다 모아놓는 것이며, 결합은 다분히 행동으로 옮기며 결과를 만들어내는 작업이다. 그러므로 조합이 기획의 단계라면, 결합은 실제의 행위로 옮기는 것을 의미한다. 그렇지만, 기획을 실행으로 옮기면 작업이 끝난 것과 같기에, 조합과 결합은 같은 단계로 여겨진다. 이 과정에서 이런 생각이 들 수도 있다.

"이런! 이렇게 쉬운 건가요? 이렇게 쉬우면 지금까지 고민할 필요도 없었잖아요?"

"믿을 수가 없네요. 구성요소를 나열하고 거기에서 선택만 하면 된다니……."

믿을 수가 없게도, 이 기법은 대부분의 현장에서 쓰이는 창의적 사고의 기법이다. 누가 가르치지 않아도 비슷한 기법을 적당히 사용하고 있다. 대부분 구성요소를 추출하지 않고 단지 구성요소를 대체하기 위해서 애를 쓴다는 점이 다르다. 그래서 정확한 판단을 내리기가 힘들고 작업의 진행이 더디게 된다. 구성요소를 분할하여 추출할 수 있다면, 그렇게 고뇌하며 작업할 필요가 없어진다. 그 구성요소 중에서 선택하거나, 새로운 것을 도입하거나, 아니면 구성요소 중에서 일부를 덜어내면 되는 것이다.

"이런이런!"

아마도 어느 일본 드라마의 대사라고 생각된다. 나도 그 대사를 써보았다. 왜냐하면 '선택하고 덜어내고' 이 두 개의 구절이 모든 것을 단순화시키기 때문이다. 어떤 단순화냐고? 그것은 덧셈과 뺄셈이다.

결합의 기제

세상의 모든 사물은 무엇인가를 더하거나, 덜어내거나, 또는 덜어내고 더하거나, 더하고 덜어내거나, 아무튼 이런 공식에 의해서 결정된다. 복잡하게 얽혀있는 사물을 살피고 따져보아도 이 등식에서 벗어나지 않는다. 덧붙이거나 덜어내는 과정이 복잡하게 얽혀있어도, 결국은 인수분해처럼 덜어내거나 더하거나 두 개의 공식으로 일목요연하게 표현된다. 이 얼마나 단순한가? 또 얼마나 멋진가? 마치 2진법이 세상을 표현하듯이, 창의적 사고와 창의적 산물도 덧셈과 뺄셈에서 벗어나지 않는다!

이미 세상은 0과 1로 묘사되고 있다. 컴퓨터가 만들어내는 세상은 모두 0과 1에 의해서 표현된다. 0과 1은 덧셈 혹은 뺄셈이라는 2개의 기호와 정확히 일치하는 개념이다. 그러므로 창의성이라는 것은 이 덧셈 혹은 뺄셈을 어떻게 결합할 것인가의 문제로 단순화된다. 디지털의 세상이 0과 1에 의해서 매우 복잡한 양상으로 전개되어 새로운 세상을 만들 듯이, 덧셈과 뺄셈은 새로운 사물을 창조해낸다.

"세상이 이렇게 단순할 수 있다면 얼마나 편할까요?"

"머리를 쥐어짜도 단순하게는 창의력이 왜 나오지 않나요?"

그렇다. 실제로 해보면 그렇게 단순하지 않다. 말처럼 그렇게 쉽지 않다. 이제 거기에 답을 할 차례다. 창의적 작업을 할 때, 구성요소를 덧붙이거나 덜어낸다고 작업이 완성되지 않는다. 누구든 해보면 경험한다. 그래도 더하거나 덜어낸다는 개념에서 후퇴할 생각은 전혀 없다.

이럴 때는 좀 더 구체적인 예로 설명하는 게 마땅하다. 다시 비빔밥으로 돌아가 보자. 비빔밥의 구성요소를 추출하고 새로운 요소를 도입하고자 시도했다. 그때, 반드시 있어야 하는 것. 비빔밥을 비빔밥으로 만들어주는 것. 그것은 식재료를 서로 섞는 행위에 있지 않다. 단순히 비비는 것이 아니라, 비비는 행위를 의미 있게 만드는 것이 있다. 무엇일까?

고추장이다. 고추장이 싫은 경우는 양념간장을 쓰기도 한다. 또 절대로 빠지지 않는 것이 참기름이다. 고추장과 참기름이 모든 식재료를 브렌딩해서 새로운 음식을 탄생시킨다. 이 비비는 행위에 의미를 부여하는 고추장, 양념간장, 참기름에 의해서 식재료가 하나로 융합하며, 그것을 특별히 '비빔밥'이라고 부른다.

비빔밥에만 이런 것이 있을까? 그렇지 않다. 모든 사물에는 구성요소를 서로 겉돌게 하지 못하도록 하나로 묶는 결합의 기제가 존재한다. 그것은 유형일 수도 있고 무형의 것일 수도 있다. 이 결합의 기제로 인해서, 덧셈과 뺄셈의 아주 단순한 계산에 불과한 창의적 사고의 발현이 매우 어렵게 느껴진다.

덧셈 또는 뺄셈을 하면 된다는 것은 조금만 궁리해보면 알아챌 수 있다. 하지만, 그 계산이 이루어지느냐 그렇지 않으냐의 문제는 다른 차원의 것이다. 결국 그 계산을 가능하게 해주는 존재인, 결합의 기제가 있느냐 없느냐에 의해서 창의력의 발휘가 좌우된다.

"그 둘이 연관이 있어 보이기는 하는데 잘 안되네."

"멋지게 보이기는 하는데 어울리는 거 같지는 않아!"

보통 머리 아픈 문제가 해결되지 않을 때 나오는 말이다. 이런 말을 직접 하거나 들어봤을 거다. 한참을 고민하다가, 결국은 생각이 진행되지 않아서 포기했던 경험. 누구나 몇 번씩 기억한다. 이런 일이 왜 발생할까? 결합의 기제가 존재하지 않아서다. 아니, 그런 단정적인 표현은 가능성을 차단한다.

표현을 바꾸어 보자. 결합의 기제가 '눈에 띄지 않은' 탓이다. 아무리 살펴보아도, 이 결합의 기제가 도저히 발견되지 않을 때, 생각의 고통이 다가온다. 포기할까? 말까? 고민에 고민을 거듭하면서 생각을 확대하고 생각의 지경을 넓혀 보지만, 보이는 것은 전과 다름이 없을 때가 있다. 자신의 창의적 능력에 대해서 회의를 느끼며, 포기의 단계로 진입한다. 결국 창의력은 아무나 발휘하는 게 아니라는 결론을 내리며, 생각의 고통에서 벗어난다.

구성요소의 분할과 결합에서, 독특하고 색다른 구성요소를 찾아내는 것은 어쩌면 쉬운 일에 속할 수 있다. 진짜 어렵고 힘든 것은 결합의 기제를 찾을 수 있느냐다. 이것을 찾아낸다면, 그다음 작업이 잘 진척될 것은 틀림없다. 구성요소를 선택한 다음의 순서는 결합의 기제를 찾는 작업이다. 이것도 구성요소를 찾듯 찾아낼 수는 있을까? 당연히 가능하다. 기존에 이미 존재하는 사물이라면, 그 사물을 구성하고 있는 요소를 찾고 결합의 기제도 구성의 요소로써 추출하면 된다.

비빔밥에서 고추장을 단순히 구성요소로만 바라보았다면, 이 작업은 매우 어렵게 느껴진다. 그러나 고추장의 의미, 참기름의 의미를 생각하며, 그것이 비빔밥을 비빔밥으로 만드는 결합의 기제라고 받아들인다면, 새로운 비빔밥에서는 새로운 결합의 기제를 찾아내면 되는 것이다. 수많은 종류의 비빔밥이 우리나라에는 존재하는데, 그중에서 가장 중요한 것은 역시 소스이다. 결합의 기제인 셈이다. 이 소스가 어떤 것이며, 어떤 맛을 주느냐에 따라서 비빔밥의 상품가치가 결정되며, '비벼지는지 그렇지 않은지'가 결정된다.

두 번째의 예에서 수행했던 커피에서도 마찬가지다. 커피숍이 단순히 커피를 손님에게 제공하는 장소라고 정체성을 정의하는 순간, 커피숍을 구성하고 있는 요소들이 서로 어우러지지 않는다. 결합의 기제가 없는 탓이다.

커피숍을 커피숍으로 만드는 결합의 기제는 무엇일까? 커피숍이 단순히 카페인을 맛과 향으로 브렌딩해서 파는 것일까? 그렇다면, 좋은 커피만을 제공하면 된다. 정말 손님들이 몰려올까? 이런 기능주의에 입각한 개념으로 얼마나 많은 상품이 개발비만 날렸던가? 물론 기능주의가 나쁜 것은 아니다. 세상이 기능에 바탕을 두지 않고 겉치레에 전념한다면, 당연히 기능주의는 커피숍을 새롭게 구성하는 아주 훌륭한 결합의 기제가 된다. 그렇지만, 커피숍에서 커피가 전달하는 기능은 이미 사람들을 끌어들이는 매력의 본질이 아니다.

커피빈이나 스타벅스 같은 프랜차이즈 커피숍의 커피가 가장 뛰어나기 때문에 사람들이 찾아가는 것은 아니다. 가장 뛰어난 커피는 다른 곳에서 얼마든지 발견된다. 거기에는 커피 말고 다른 어떤 것이 있어 사람들을 끌어당길까?

그것을 가능하게 만드는 것이 결합의 기제다. 그 결합의 기제가 커피빈이나 스타벅스를 구성하고 있는 모든 구성요소를 하나의 통합된 형태로 만들어낸다. 각각의 구성요소가 따로따로 존재하는 것이 아니라 결합의 기제에 의해서 엮이고 묶여서 그 프랜차이즈 커피숍 고유의 통합체로 태어난다. 그것을 기업체의 입장에서는 문화를 창조한다고 주장한다.

결합의 기제에 의해서 하나의 양식이 설정되고, 그 양식이 행동을 통제하고, 양식에 의해서 통제된 행위는 하나의 전형을 만든다. 사람들이 프랜차이즈 커피숍을 가는 행위에는 적어도 그 커피숍이 지향하는 문화행위의 일부에 대한 경험이 들어있다. 외국에서 들어온 프랜차이즈 커피숍을 뒤따라서 많은 '토종 커피숍'이 문을 열었다. 성공한 것과 실패한 것의 차이는 무엇이었을까? 결국은 결합의 기제가 있느냐 없느냐의 문제로 귀결된다. 결합의 기제가 발견되지 않는 커피숍을 사람들은 이렇게 평가한다.

"어딘지 모르게 2퍼센트가 모자란 거 같아."

"그럴듯하게 보이긴 하는데, 나는 아닌 거 같아."

색다른 마케팅으로 사람들을 끌어 모으지만, 시간이 지나면서 이 새로운 커피숍 피조물은 시장에서 퇴출당한다. 결합의 기제가 없이, 구성요소를 억지로 결합시킨 까닭이다.

결합의 기제, 구체적인 예

"지금까지 결합의 기제에 관해서 설명했는데, 구체적으로 그게 뭐예요?"

"결합의 기제가 없으면 구성요소가 있어도 새로운 사물이 만들어지지 않고, 만들어졌다고 해도 실패할 확률이 높다는 것이죠? 좀 더 구체적이면 좋겠어요?"

당연한 물음이다. 이 결합의 기제를 심도 있게 이해하기가 쉽지는 않다. 이 책의 뒤에서 이 결합의 기제라는 개념을 다시 설명할 예정인데, 이것이 창의적 사고에 있어서 가장 중요한 부분이라고 믿기 때문이다. 여기에서는 조금 구체적으로 그리고 조금 쉽게 설명하고자 한다. 일종의 맛보기? 그러면 이 책을 읽어가면서 머릿속에서 결합의 기제가 조금 더 형상화될 것이다.

이 단계에서 쉬운 방법으로 설명하자면, 결합의 기제는 결합을 가능하게 해주는 것, 이렇게 정의할 수 있다. 그게 대체 무엇인가요? 이 질문에는 이제 답을 할 차례다. 그것은 질문 그 자체이기도 하다. 어떤 것을 새로 만들거나 찾을 때, 우리는 그에 관해 질문한다. 질문의 종류는 매우 다양하고 많지만, 대체로 이것을 왜 하는가에 대한 필요성에서 벗어나지 않는다.

"이런 것이 있으면 좋지 않을까?"

"어떤 행위가 영업에 도움이 될까?"

"어떤 서비스가 사람들에게 매력적일까?"

"이런 기능이라면, 사람들이 관심을 표하지 않을까?"

이런 종류의 질문들은 무수히 많다. 그것을 왜 해야 하는가? 이런 질문을 하고 있다면, 그 질문을 중심으로 구성요소가 모이며 구성요소가 결합한다. 또 설정한 목표가 있다면, 그것도 결합의 기제가 된다.

어떤 일을 도모한다면 맨 처음엔 목표를 세우기 마련이다. 구성요소를 선택할 때도 목표와 관계없는 것은 불필요하다고 간주한다. 채택할 때는 그런 것들이 배제된다. 목표는 적합성을 판단하는 기준이 된다. 누구나 목표에 도움이 되는 구성요소를 채택하며, 그 때문에 최종 산물이 생산되는데 목표가 아주 중요한 역할을 한다. 그러므로 목표는 결합의 기제로써 가장 중요한 역할을 한다.

또는 어느 한 구성요소가 그 사물을 대표하는 것이라면, 결합의 기제는 그 구성요소가 된다. 예를 든다면, 공항에서는 탑승권과 승객이 타고 내리는 것에 관련된 구성요소가 가장 중요하며 절대로 양보의 대상이 아니다. 그렇다면, 모든 구성요소는 이런 기능을 저해하지 않는 방식으로 결합할 것이다. 다시 말해서 부차적인 구성요소는 주요요소에 종속적인 방식으로 결합하며, 이 때문에 필수요소가 결합의 기제 역할을 한다.

이런 예들은 눈으로 볼 수 있는 것들이다. 하지만, 눈에 보이지 않는 것이 보이는 것보다 더 많은 영향력을 행사하는 경우가 얼마나 많은가? 여기에서도 그대로 적용된다. 일종의 진리다. 눈에 보이지 않는 결합의 기제에는 무엇이 있을까? 애매한 질문이다. 그것은 그냥 낙서일 수도 있다. 우연히 종이 위에 무의식적으로 끄적거린 문장, 혹은 생각의 편린, 이런 것들이 결합의 기제로써 아주 중요한 역할을 하기도 한다.

뉴턴의 만유인력에 관한 이야기에서, 많은 사람이 연상 작용이 매우 중요한 역할을 한다고 주장한다. 그 진실성 여부는 뉴턴밖에 모른다. 그렇지만 나의 추론은 다르다. 뉴턴이 발견한 것은 '사과! 너도 결국은 밑으로 떨어지는구나!', 이런 탄식 같은 대사였을 것으로 보인다. 결국 모든 물체는 무엇인가 당기는 힘이 작용하고 그것은 질량과 관계가 있음을 그는 발견한 것이다. 이런 것처럼, 결합의 기제에서 가장 중요한 것은 생각하는 방식, 또는 생각의 틀(패러다임)이다.

미술에서는 생각이 결합의 기제 노릇을 톡톡히 한다. 우리나라 사람들이 좋아하는 그림 모네의 '수련'도 생각에서 비롯된 것이다. 우리가 눈으로 보는 것은 결국 빛의 산란이야! 인상파 화가들이 세상의 모습에 대해서 생각하는 방식이다. 모네는 루앙 성당을 여러 번 그리면서 빛이 어떻게 성당의 모습을 바꾸는지, 그리고 그것이 캔버스 위에 묘사되었을 때 어떤 모습을 보일지 실험했다. 개념미술로 가면, 생각이 결합의 기제라는 사실은 더욱 극명하게 드러난다.

그렇다. 생각 그 자체가 아주 훌륭한 결합의 기제가 될 수 있다. 생각의 틀은 새로운 생각의 지평을 제공하며, 모든 사물은 그 생각을 중심으로 재배치된다. 이때 사물을 재배치한다는 것은 사물들의 구성요소가 재배치되는 것과 같은 의미다. 구성요소의 재배치를 통해서 각 요소가 새로운 방식으로 결합하고, 그 결과 우리는 새로운 사물을 목격한다. 창의성이 발현된 것이다.

구성요소의 분할과 결합: 장점과 단점

구성요소의 분할과 결합은 매우 효율적이며, 인간의 본성적인 정서와도 잘 어울리는 방법이다. 그러므로 누가 가르쳐주지 않아도 사용하며, 조직적으로 사용하기도 쉽다. 본성과 부합되기에, 한번 숙달하면 의식하지 않아도 본능적으로 사용하는 방법이기도 하다.

구성요소의 분할은 이미 존재하는 사물을 대상으로 한다는 것을 전제로 한다. 그런 만큼, 구성요소를 추출하기가 쉽고, 결과적으로 새로운 창의적 결과물을 만드는 작업도 용이하다. 일정한 테두리의 사물에 대해서 사용한다면 - 대부분 여기에 해당하지만 - 많은 장점을 지닌다. 환경과 대상에 이미 익숙해져서, 기획자가 구성요소를 잘 이해할 경우가 많다. 결과적으로 구성요소를 손쉽게 개발하고, 그 구성요소를 결합하는 방법 또한 찾기에 어려움이 없다.

단점으로는 아주 새로운 사물을 만들어내고자 할 때는 역시 어려움이 따른다는 점이다. 생각의 출발점이 기존의 사물에서 시작했다고 해도, 본보기가 없다면 진척이 어려울 수 있다. 구성요소를 어떤 것으로 삼을지 또 그것들이 어떻게 서로 영향력을 미치는지 시행착오를 통해서 알아내는 수밖에 없다는 점이 이런 때의 단점이다. 또 전혀 이질적인 요소를 결합하려고 시도할 때는, 결합의 기제를 찾지 못해서 작업이 순조롭지 않은 경우가 많다.

이런 장단점이 있음에도, 구성요소의 분할과 결합은 창의력 발휘에 매우 도움이 되는 기법이다. 또한 모든 창의적 사고의 기초가 되므로 이것에 숙달된다면 어떤 상황에서도 창의적인 사물을 생성시킬 수 있게 된다. 일반적으로는 전혀 새로운 사물을 요구하지 않는 상황이 대부분이다. 구성요소의 변화가 필요할 뿐이다. 이런 작업에서 구성요소의 분할과 결합은 매우 적절하다. 참신성이 많이 요구되는 경우는 조금 더 신경을 써야 한다. 이 기법을 사용하기 위해서는, 새로운 구성요소와 결합의 기제를 어떻게 도입할 것인지 늘 경각심을 갖고 주변을 관찰할 필요가 있다.

1분 정리

- 구성요소의 분할과 결합의 순서: 구성요소의 추출, 새로운 요소 도입, 조합, 결합.
- 구성요소의 결합에는 결합의 기제가 꼭 필요하다.
- 결합의 기제는 질문, 목표, 생각의 편린, 생각의 틀, 주요 구성요소 등 다양하다.
- 구성요소를 잘 이해하면, 쉽게 통제할 수 있다.

13. 다섯 가지 먹기

"먹는 방법이 다섯 가지나 있나요?"

설마 이런 생각을 하지는 않을 거라고 믿는다. 아재개그를 좋아하는 사람들은 적지만, 때로 아재개그가 아주 편안하게 웃음을 유발하긴 한다. 그래서 가끔은 그런 방식으로 말하고 싶을 때가 있다. 다섯 가지 먹기는 그런 느낌이 나도록 만든 용어다.

사실 용어는 멋진 표현으로 포장하기 위해서 애쓰는 도중에 파생된 것이 많다. 다섯 가지 먹기와 아주 흡사한 창의적 기법으로 'SCAMPER'라는 것이 있다. 이 기법은 원래 알렉스 오스본(Alex Osborn)이 광고 분야에서 새로운 표현 혹은 새로운 기법을 개발하기 위해서 사용하던 창의적 사고의 한 갈래이다. 처음에 그 기법을 지칭하던 것은 이런 용어가 아니었다. 나중에 밥 에벌(Bob Eberle)이 알렉스 오스본의 이 창의적 사고 기법을 개념 정리하여 기억하기 좋게 만든 이름이 'SCAMPER'이다.

스캠퍼(SCAMPER)

스캠퍼는 해석하면 즐겁게 뛰는 모습을 나타내는 말이다. 생각이 자유롭게 이리저리 튀어 오르면서 새롭고 유용한 사고를 해냄을 의미한다. 대문자로 적은 것에서 유추할 수 있듯이, 'SCAMPER'는 각각 구성하고 있는 단어의 첫 글자를 따서 조립한 것이다.

Substitute, Combine, Adapt, Modify, Magnify, Minify, Put to other use, Eliminate, Reverse, Rearrange. 사람들에 따라서는 Minify를 빼기도 하는데, 그걸 넣으면 모두 10개다. 충만한 느낌을 주는 숫자다. 그것이 10개를 고집하는 이유다.

"어?! 다섯 가지 먹기를 이야기하다 말고 SCAMPER로?"

"이런 경우는 책에서 흔하지 않죠? 말하다 그런 경우는 있어도 책에서는 좀……."

다섯 가지 먹기를 잊은 것은 아니다. 그것이 SCAMPER에서 파생된 것도 절대로 아니다. 개념이 비슷해서다. 선배들의 업적을 기린다는 뜻에서 짚고 넘어가고 싶을 뿐이다.

Substitute는 '대체하다', '바꾸어 배치하다', 이런 의미를 지니고 있다. 구성요소의 분할과 결합을 떠올리면서 이 설명을 음미해본다. 이 대체한다는 것은 구성요소 중에서 하나 혹은 그 이상의 것을 다른 구성요소로 바꾼다는 것을 의미한다. 자동차의 금속부품을 플라스틱으로 바꾼다든가, 자동차의 엔진을 가솔린에서 전기모터로 바꾸는 것이 여기에 해당한다.

Combine은 두 개의 사물을 결합하는 것을 의미한다. 우리 주변에서 관찰되는 많은 사물이 여기에 해당한다. 처음에는 아주 단순하게 시작되었어도, 시간이 지나면서 다른 요소 혹은 다른 사물이 결합하여 복잡하게 변하는 경우가 많다. 결합한다는 것은 바로 이런 의미이다. 찻잔을 예로 든다면, 처음에는 둥근 형태의 작은 토기였을 것이다. 그러나 여기에 손잡이를 붙여서 사용하기 편하게 만들었다고 볼 수 있다. 이것이 'Combine'이다.

Adapt는 상황에 적합하게 만드는 것을 의미한다. 이미 존재하는 사물을 수정하거나 개조해서 새로운 환경에 맞도록 바꾸어주는 것을 의미한다. 모든 창의적 사고가 따지고 보면, 모두 상황에 적합하게 수정하거나 개조하는 것을 의미한다는 점에서 매우 애매하기도 한 용어이다. 다른 영역에서 아이디어를 빌려와서 사용하거나 혹은 다른 사물의 작동원리를 모방해서 사용하는 것이 모두 여기에 해당한다.

Modify와 Adapt는 매우 혼동하기 쉬운 개념이다. 많은 책에서 이 두 가지에 대해서 확실하게 구분하지 않는 경우가 발견된다. 이것은 말 그대로 수정하거나 개조한다는 의미이며, 이미 있는 사물을 바꾸는 것을 의미한다. Adapt가 다른 사물을 변형시켜 영역을 달리하여 적용한다면, Modify는 그 사물 자체를 수정 또는 개조하여 새로운 창작물을 만드는 것이다. 예를 든다면, 곤충의 겹눈에서 힌트를 얻어서 새로운 카메라 렌즈를 만드는 것은 Adapt이며, 카메라 렌즈의 코팅을 바꾼다든가 디자인을 바꾸는 것은 모두 Modify

에 해당한다.

Magnify는 크기를 확대한다거나 규모를 확대했을 경우 전혀 다른 사물이 생성됨을 의미한다. Minify는 크기를 축소하거나 규모를 축소했을 경우, 사물의 특성이 달라지면서 지금까지와는 다른 용도와 기능의 사물이 생성됨을 의미한다. 크기를 작게 하는 것은 냉장고나 세탁기, 노트북, 같은 가전제품을 떠올리면 이해하기 쉽다.

Put to other use는 용도를 바꾸어 본다는 뜻이다. 사물의 쓰임새가 하나에 한정되지 않는다는 것에 착안한다. 어떤 특정한 용도를 위해서 만든 사물이 오히려 다른 용도로 쓰이며 효용성도 증가한다. 그런 때 적용하는 개념이다. 주변에서 흔히 발견된다. 포스트잇도 일종의 용도 바꾸기다. 접착제로는 쓸모없는 물질이었지만, 용도를 바꾸는 순간 사무실의 풍경도 바꾸어 놓았다. 우리나라에서 생산된 접을 수 있는 스테인리스 찜기가, 미국에서는 야외에서 간단하게 불을 피울 수 있는 휴대용 화덕으로 용도를 변경한 사례도 있다.

Eliminate는 제거한다는 것이다. 역시 구성요소로 해석하면 편하다. 하나 또는 그 이상의 요소를 제거했을 때, 어떤 일이 발생할까? 편리하게 그리고 진화한 형태로 변한다. 와이파이가 대표적이다. 그것이 없었을 때, 단자에 선을 연결해서 컴퓨터를 사용해야만 했고 많은 불편을 겪었다.

Reverse는 거꾸로 만들거나, 뒤집거나, 앞뒤를 바꾸어주는 경우를 의미한다. 부정적인 요소가 있을 때, 그것을 긍정적으로 바꾸어주는 것도 여기에 해당한다. 많은 디자인 상품에서는 이런 뒤집기를 사용해서 디자인을 돋보이게 한다. 파리에 있는 퐁피두센터가 이런 디자인의 건물이다. 건물의 배관은 건물의 내부로 들어가는 것이 대세였다. 이 건물은 그것을 뒤바꾸었다. 배관을 밖으로 꺼내서 내부의 공간을 극대화한 것이 퐁피두센터다.

Rearrange는 기본개념은 그대로 놓아두고 구성요소의 배치를 바꾸는 것을 의미한다. 어떤 일의 순서를 바꾸는 것도 여기에 해당한다. 한마디로 사물을 구성하고 있는 요소의 배열을 이리저리 바꾸는 것을 의미한다. 사실, Rearrange는 매우 애매하기도 하다. 어쩌면, 앞서 나왔던 것들이 모두 Rearrange라는 것으로 표현될 수도 있기에 그렇다.

아무튼 이렇게 10가지의 갈래가 일반적으로 SCAMPER를 나타내는 방식이다. 앞서 밝힌 것처럼 SCAMPER는 광고용으로 개발된 것이다. 그것도 신문이나 잡지 같은 종이 위에 표현되는 새로운 광고적 표현을 찾기 위해서 개발한 기법이다. 광고를 떠올린다면, 이 기법이 매우 선명하게 머릿속에서 그려질 것이다.

바닐라 아이스크림을 광고한다고 가정해보자. 꼭 아이스크림 사진을 사용해야 할까? 여기에 북극곰을 넣어서 차가움을 연상시키면 어떨까? 이런 방식으로 SCAMPER의 각각에 대해서 질문을 던진다면 광고에 매우 잘 적용됨을 알 수 있다. 이런 연유로, 일반적인 사물에 그대로 적용하는 데에는 약간 어색한 부분이 있는 것도 사실이다. 그렇지만, 새로운 생각을 찾아내는데 아주 커다란 통찰력을 제공한다는 것은 인정해야 한다. 자! SCAMPER는 여기까지다.

다시 다섯 가지 먹기로

우리말에서 '먹다'라는 단어는 그 쓰임새가 엄청 다양하다. 해 먹다, 써먹다 등에서 같이, 결과가 도출되고 그것이 가시적으로 나타나는 상태가 이루어졌을 때 사용하는 단어이기도 하다. 그리고 먹는다는 것은 입에 넣고 먹듯이 일이 매우 쉽다는 것을 의미한다. 다섯 가지 먹기라는 용어는 창의적 사고를 하는 것이 그다지 어렵지 않음을 의도한다. 용어에서부터 심리적으로 접근하기 쉬울 때, 그것을 사용해서 결과를 내기도 쉽지 않겠는가?

다섯 가지 먹기는 스캠퍼와 유사한 점이 매우 많지만, 분명 차이점이 존재한다. 스캠퍼는 광고 분야에서 사용하는 구체적으로 행위를 지시하는 동사에서 시작되었다. 다섯 가지 먹기는 그와는 다른 출발점을 지닌다. 이것은 다분히 수학적인 사고의 결과였다. 이 기법의 저작권은 구성요소의 분할과 결합처럼 저자에게 있다. 만든 것은 90년대 초반이며, 하나의 스토리를 어떻게 다양하게 사용할 것인가라는 문제가 시작점이었다.

하나의 이야기를 여러 번에 걸쳐서 사용한다면, 새로운 스토리를 개발하는 품이 덜 들고 노동 강도가 떨어지지 않을까? 이것이 목표였다. 그렇지만, 이야기가 흥미가 있으려면, 같은 이야기도 다르게 보이도록 만들어야 하는 것이 관건이 된다. 바로 그 지점에서 창의성이 대두된다. 간단히 말하면, 하나의 스토리를 다양하면서도 새로운 이야기로 만들어내는 생산방식이 필요했던 탓이었다. 이 방법을 요약한 것이 다섯 가지 먹기이다.

다섯 가지 먹기가 콘텐츠 생산에서 출발했지만, 곧 다른 분야에서도 사용 가능하다는 걸 깨닫게 되었다. 사용성이 확장된 것이다. 그리고 새로운 인터넷 비즈니스를 기획하는 데도 성능이 뛰어나다는 것을 발견하게 된다. 인터넷 비즈니스를 엄밀히 살펴본다면, 대개가 콘텐츠 비즈니스로 단순화할 수 있다. 거기에 다섯 가지 먹기가 잘 들어맞는다.

홍보적인 언사는 여기까지! 이것 이상으로 더 한다면, 자화자찬이 될 뿐이다. 그럼 다섯 가지 먹기가 무엇일까? 그것은 붙여먹기, 엮어먹기, 뽑아먹기/나누어먹기, 우려먹기, 뒤집어먹기의 다섯 가지다.

붙여먹기

첫 번째로 제시할 붙여먹기는 SCAMPER에서의 Combine과 매우 흡사하다. 사물과 사물, 구성요소와 구성요소를 서로 나란히 배열하고 그것들을 결합하는 것이다. 여기에서 관계라는 개념이 매우 중요한 역할을 한다. 관계가 가까운 것은 서로 쉽게 결합하는 반면, 참신성이 부족할 가능성이 생긴다. 관계가 멀거나 아주 이질적인 것들이라면, 성공할 경우 엄청난 반향을 불러일으킨다. 창의력이 대단하다는 평가도 뒤따른다. 하지만? 결합하는 데에 매우 큰 어려움을 겪을 게 분명하다.

붙여먹기에 익숙해지기 위해서는, 물론 연습해야 한다. 어떻게 연습할까? 주변에서 관찰되는 흥미 있는 사물이나 구성요소를 꺼내어보자. 그리고 관계가 가까운 것부터 먼 곳에 이르기까지, 다른 사물이나 구성요소를 배열해본다. 그리고 결합시켜 본다. 이렇게 차례차례 시도하다 보면, 결합에 필요한 것이 무엇인지 깨닫게 된다. 또 이것이 구성요소의 결합과 매우 흡사한 방식으로 작동한다는 것도 알 수 있다. 그리고 맨 마지막 단계에서는 전혀 이질적인 사물이나 요소를 끌어내서 결합을 시도하면 된다.

그렇게 작업을 하다 보면, 관계의 밀접한 정도에 따라서 결합의 기제가 어떤 작용을 하고 있는지 더 잘 이해하게 된다. 그리고 단순히 원하는 것을 배치한다고 결합이 저절로 이루어지지 않는다는 것도 알게 된다. 결합할 때 필요한 것이 무엇이라는 것을 받아들이게 되는 것이다.

그러므로 붙여먹기의 결합에 있어서 중요한 부분은 어떤 것들이 서로 결합할 수 있는가에 있지 않다. 그것이 가장 중요한 것이라고 누구나 생각하게 마련이지만, 그렇지 않다. 결합의 기제가 없다면, 어떤 것도 서로 붙여서 결합할 수 없다는 것이 이유다. 붙여먹기에서 중심점, 구심점의 역할을 하는 것은 결합할 대상이 아니라 그것을 가능하게 하는 결합의 기제임이 저절로 드러나는 것이다.

엮어먹기

두 번째로 제시할 엮어먹기는 붙여먹기와 매우 혼동되는 개념이다. 엮는다는 것은 하나의 공통점을 중심으로 사물을 나란히 배치하고 그것들을 한군데로 모아서 결합하는 방법이다. 붙여먹기와 다른 점을 설명하는 편이 이해가 쉽다. 붙여먹기에서는 서로 다른 이질적인 요소조차도 결합을 시도할 수 있다면, 엮어먹기는 그와는 다르게 공통점이 있느냐에 중점을 둔다. 사물이 서로 연관성을 지니든 혹은 전혀 이질적이든 관계없이 공통점을 중심으로 엮는다는 것이 엮어먹기의 핵심개념이다.

또 엮어먹기가 지향하는 대상은 두 개의 사물이나 구성요소가 아니다. 엮는다는 개념이 그보다는 더 많은 숫자를 내포하기 때문에, 엮어먹기는 다수의 사물을 공통점 아래에 배치하고 결합하는 것을 의미하게 된다.

자! 이 기법을 사용하는 구체적인 과정을 설명한다. 먼저 공통적인 요소가 있어 보이는 사물을 배열한다. 2단계는 공통적인 요소를 살펴보고 점검한다. 사물과 공통적인 요소와의 관계를 살피며, 그것들이 어떤 방식으로 공통점 아래에서 결합할 수 있을까 살피는 과정이다. 3단계는 관계된 사물을 모두 모아서 엮어보려고 시도하는 과정이다. 본격적으로 엮는 행위에 돌입하는 것이다.

이때 어떤 일이 일어나는지 잘 들여다보고 관찰해야 한다. 그렇지 않으면 강제적으로 엮어서 결합하려고 애만 쓰게 된다. 지나치게 결합에 매달리면, 좋은 결과가 나오지 않는다. 마치 어항 속의 금붕어를 관찰하듯이 가만히 들여다보면, 공통점을 중심으로 사물들이 나름의 질서와 규칙에 따라서 서로 엮일 수 있다는 것을 알아내게 된다. 사물을 객관화시켜서 바라볼 때, 사물 스스로가 작동하여 엮는 행위에 들어가는 것처럼 느껴볼 수 있다.

결합의 단계에서는 숫자가 매우 중요하다. 엮기라는 것이 복수의 숫자를 스스로 내포한다고 이미 이야기했다. 그러므로 숫자가 많으면 많을수록 더 많은 의미가 있다. 이 점이 매우 중요하므로 염두에 두어야 한다.

막상 공통점이 있다고 생각해서 결합의 단계에서 사물들을 엮어보려고 애쓰지만, 공통점이 희미하게 모습을 감추고 사라지는 때도 있다. 이런 경우에는 하나의 단어, 혹은 의미의 실마리가 각각의 사물과 서로 연관 짓고 있는지 살펴야 한다. 사실 이 단계까지 도달한다면, 상당한 정도의 작업을 한 것이다. 그러므로 투입한 시간과 노력을 헛되이 포기하는 것은 바람직하지 않다. 이런 방식으로 이리저리 생각을 굴리다 보면, 엮어내는 행위를 가능케 하는 결합기제가 발견된다. 드디어 엮기에 성공한 것이다.

"엮어먹기가 좀 설명이 복잡합니다."

"피상적으로 보이는데 좀 더 구체적으로 다가올 수 있도록 해줄 수 있겠지요?"

물론, 그렇다. 이런 때에는 예를 드는 것이 쉽다. 머릿속에 쏙 들어오는 예는 공유경제에 바탕을 둔 비즈니스 모델들이다. 좀 더 어렵게 느껴질 수도 있지만, 그냥 에어비앤비(Airbnb)를 예로 들자. 에어비앤비는 전 세계의 남는 방을 어떻게 처리할까에 대한 비즈니스적인 해결책이다. '남는 방'이라는 것이 공통점이다.

이것을 서로 어떻게 엮어낼까? 그 엮어내는 장치가 빌려준다는 것이고 빌린다는 개념이다. 남는 방을 빌려주고 빌린다면, 그리고 그 시스템 아래에서 서로 엮는다면, 그리고 그 숫자가 많다면? 이것이 에어비앤비의 성공요건이며 성립조건이다. 이것 말고도 엮어먹기의 예는 무수히 많다. 오프라인 시장에서의 백화점도 엮어먹기의 하나라고 볼 수 있다. 이런 정도면, 엮어먹기를 활용하여 창의적 결과물을 찾아내는 것이 어떤 것인지 쉽게 이해될 것이다.

뽑아먹기/나누어먹기

세 번째로 제시할 것은 뽑아먹기/나누어먹기이다. 이 개념은 하나의 사물에서 특별히 하나의 요소 혹은 하나의 개념에 주목하는 사고방식이다. 이렇게 뽑아(나누어)먹기를 사용하기 위해서는 사물을 구성요소로 나누는 작업을 해야 한다. 이렇게 나눈 것에서, 하나 혹은 그 이상의 요소를 추출하는 것이 뽑아먹기이다. 한마디로 복잡한 사물에서, 물론 그 사물 자체로 의미가 있고 기능이 있는 것이지만, 하나의 요소를 똑 떼어내서 그것을 극대화한다고 보면 된다.

과정은 그렇게 복잡하지 않다. 먼저 사물을 구성요소로 나누어 놓는데, 그것이 스스로 하나의 의미를 지니는 의미 단위여야 한다. 그리고 그 의미 단위가 그 자체로 유용성과 참신성이 있는지 검토한다. 없다면, 그 두 가지 개념인 유용성과 참신성을 확보하는 방법이 무엇이 있는지 살펴본다.

구성요소로 나누고 원하는 것을 뽑아내서 사용하는 방법인 뽑아먹기는, 복잡한 사물일수록 성공할 확률이 높다. 또한 그 사물이 핵심 의미체가 아니거나 핵심의미를 지니고 있지 않다고 하더라도 얼마든지 뽑아먹기의 소재로 사용할 수 있다. 구성요소로 나눌 때, 오히려 핵심 의미체가 발견되는 경우가 있어서다. 한마디로 평범한 사물에서 비범한 사물을 추출하는 방법이다. 사물을 구성요소로 나누고, 거기에서 필요한 것을 끄집어낼 때 이 작업은 비교적 쉽사리 이루어진다.

예를 든다면, 위에서 이야기한 개념적인 설명이 훨씬 잘 이해된다. 2019년도부터 새벽 배송이 갑자기 대두되었다. 사실 배송이라는 것이 24시간 가능하지만, 고객에게는 대개 업무시간에만 물건을 받을 수 있다는 것이 특징이다. 그 업무시간도 모두 배송된 물건을 받을 수 있는 시간이 아니다. 그런 점에서 새벽 배송은 그 나름의 가치를 지닌다고 할 수 있다.

배송 시스템에서 관점을 소비자에게 두고, 그중에서도 배송 시간을 뽑아내서 그것을 특화한 것이 새벽 배송이다. 마켓컬리로 대표되는 새벽 배송은 특히 신선식품에 특화되고 특정되어서 시장을 확대하고 있다. 이처럼 뽑아먹기는 특정한 사항을 전면으로 내세워서 전혀 새로운 비지니스를 가능하게 한다.

우려먹기

네 번째는 우려먹기이다. 우려먹기는 말 그대로 과거에 이미 있었던 것을 다시 한번 사용한다는 개념이다. 세상의 모든 창작물이 환영받는 것은 아니다. 시대적인 배경이나 사회적인 배경, 사람들의 의식과 부합할 때 비로소 창의적 산물이 세상에 그 존재를 드러내게 된다.

하나의 창의적 산물은 그것을 만들거나 찾아낸 사람의 행위에 의해서만 성립되지 않는다. 그것을 받아들이는 사람, 대중 혹은 그 사회를 구성하고 있는 구성원에게 지지를 받을 때만, 창의적 산물이 자리를 잡는다. 그런 점에서 창의적 산물은 창의자 혼자에게 귀속되는 것이 아니라 수용자에게도 귀속된다. 창의자 뿐 아니라 수용자 또한 창의적 사고라는 접점에서 만날 때, 창의적 산물이 그 위치를 점유하게 된다는 의미이다. 그러므로 창의적 산물은 창의자와 수용자가 함께 만들어낸 사물이라고 볼 수 있으며, 창의적 사고가 창의자와 수용자에 의해서 동시에 발현된다고도 볼 수 있다.

우려먹기는 바로 이런 데에서 착안하여 생겨난 창의적 사고의 개념이다. 창의자가 없는 상태에서도 수용자가 창의적 생산을 할 수 있으며, 그때 새로운 창의적 사고가 생겨난다고 보는 관점이다. 하나의 사물이 시간을 옮길 때 다른 의미의 사물로 태어날 수 있으며, 공간을 옮길 때 다시 새롭게 태어날 수 있다는 개념이다. 시간과 공간이 이동되면, 없던 창의성도 발현될 수 있다는 것이 우려먹기의 핵심 개념이다.

하나의 생각이 어떤 시대에는 아주 평범한 것으로 판단될 수 있지만, 시대를 옮기면 – 시대는 과거로 옮길 수 없으므로 당연히 과거를 현재 혹은 미래로 옮기게 된다 – 새롭고 유용한 것, 창의적인 것으로 변모할 수 있다. 또 하나의 장소에서 전혀 무용하고 새롭지도 않다고 판단된 것이, 사회구성원이 바뀌는 순간 유용하며 아주 새로운 것으로 판명될 수도 있다. 또는 이미 과거에 사람들 사이에서 크게 유행했고, 이제는 시간이 지나 흥밋거리가 되지 못하는 사물이 갑자기 엄청난 반응을 불러일으키는 경우가 있다. 이들 모두가 우려먹기로 수렴한다.

이런 이야기를 들었다. 라디오가 뉴미디어라는 것이다. 당연히 뒤따르는 대답은 '왜?'였다. 주장은 이렇다. 새로운 세대, 청소년들은 절대로 라디오를 듣고 자란 세대가 아니다. 그런데 어느 날 아주 오랜 매체인 라디오를 듣고, 그들이 새로운 세상을 만난 것처럼 호들갑을 떨더란 것이다. 결국 그들에게 재발견된 라디오가 그들에게는 뉴미디어였다는 것이 주장의 핵심이다.

우려먹기는 이런 것이다. 과거에 유행했던 의상이 다시 패턴을 반복한다. 형태에 약간의 수정이 더해지기는 한다. 이것도 우려먹기의 범주에 들어간다. 또 우리 시장에서는 재미없다고 외면당하던 콘텐츠가 다른 문화권에서는 커다란 반응을 보이기도 한다. 물론 반대의 경우도 성립한다. 어떤 물건은 우리 문화권에서는 별 쓸모가 없지만, 다른 문화권에서는 필수품인 경우가 있다.

우려먹기는 이렇게 사물의 배경인 시간과 공간을 바꿈으로써 창의성을 찾으려는 시도이다. 정리하면 이렇다. 과거의 사물은 현재나 미래에 새로운 것이 될 가능성이 매우 많이 열려있으며, 이곳에서 의미가 없더라도 저곳에서는 존재가치를 스스로 발휘할 수 있다. 이것이 핵심이다.

우려먹기는 또 아주 멋진 핵심 개념을 포함하고 있다. 구성요소를 덧붙이고 결합하여 창의적인 사물을 생산할 때, 그 구성요소가 굳이 새로울 필요는 없다는 것을 시사한다. 눈에 아주 익숙한 것이라도 작업하기 나름이며, 그에 따라서 그것이 구태의연하더라도 창의성을 보장할 수 있음을 나타낸다. 바꾸어서 설명하면, 지금 쓸모 없다고 버린 사물도 미래엔 어떻게 될지 아무도 모른다는 뜻이다. 시간이 이동하면 사람들의 생각이 바뀐다는 것이 이유다. 이렇게 사물의 배경이 바뀌면 모든 것이 새롭게 변할 수 있다는 것이 우려먹기의 핵심 주장이다.

우려먹기가 어떻게 사용될까? 우려먹기는 인터넷 공간에서 극명하게 드러난다. 4차 산업 혁명을 다양한 시각에서 바라볼 수 있지만, 단순화하면 인터넷 공간에 문명을 건설하는 것이라고 정의할 수 있다. 오프라인에서 이루어지는 모든 것들이 가상공간에 건설되고, 그 가상공간에 건설된 것들이 오프라인과 관계를 맺는 것이 4차 산업혁명의 핵심인 초연결이라는 개념이다.

그러므로 오프라인 세상과 가상공간이 관계를 맺기 위해서는, 가상공간을 채우며 건설하는 것이 일단은 먼저 이루어져야 한다. 결국 핵심은 가상공간에 문명을 건설하는 것으로 귀결된다. 이 가상공간에 건설되는 문명이 오프라인 세상과는 다른 모습이지만, 따지고 본다면 오프라인의 모습이나 기능에서 크게 벗어나는 것도 아니다.

이 가상공간의 건설을 우려먹기라는 관점에서 바라보자. 그렇다면 결국 공간을 이동하는 것으로 문제가 단순화된다. 오프라인 세상에서 나타나는 사물을 가상공간으로 이동하는 것. 그 순간 우려먹기를 통해서 창의성이 발현된다. 우리가 목격하는 가상공간의 수많은 서비스는 결국 오프라인 세상에 있는 것들이며, 그것들이 가상공간에 맞추어서 약간의 변형이 이루어져 있음을 알 수 있다. 그러므로 가상공간에 나타난 문명은 오프라인 문명의 형태가 가상공간으로 이동한 형태가 된다.

"그렇게 쉬운 것인가요?"

"가상공간의 서비스가 결국은 오프라인 세상의 연장선에 있다는 뜻인가요?"

이런 질문은 어쩌면 당연하다. 그리고 대답은 매우 긍정적이다. 오프라인 세상을 가상공간으로 옮기는 공간이동은 지금도 엄청나게 우려먹고 있다. 그리고 중요한 것은 그 이동이 아직도 끝나지 않았다는 것이다. 우려먹기가 앞으로도 대규모로 발생한다는 것을 시사한다. 골드러시보다 더 커다란 규모의 이동이 앞으로도 계속된다.

코로나바이러스 사태 때문에 많은 온라인 쇼핑몰이 대규모 흑자를 기록했다. 그것이 오프라인 쇼핑몰과 무엇이 다를까? 다른 점은 공간이 다르다는 것뿐이다. 아! 물론 약간의 다른 점, 다른 서비스 형태가 존재하기는 한다. 그렇지만, 공간의 이동을 제외하고 크게 다른 점을 발견하기는 어렵다. 거기에 덧붙여서 '온라인의 특성이 덧붙여진' 소비자 서비스가 존재할 따름이다.

아직도 가상공간의 건설은 끝나지 않았다. 공간이 아직도 많이 비어있으며 채워지기를 기다리고 있다. 이 시점에서 무엇을 해야 할까? 달에 새로운 문명을 건설한다고 상상해보자. 지구상의 문명을 달에 건설할 때, 지구와 다름이 어떻게 생성될까? 공간의 이동을 제외하고, 또 달의 물리적 특성에 적합한 문명의 형태를 제외하고는 찾아보기 힘들 것이다.

가상공간 또한 그러하다. 가상공간의 입주가 이제 겨우 시작인 이 시점에서 공간 이동시킬 것을 찾아낸다면? 그리고 그것을 가상공간에 적합한 형태로 가공하여 이동시킨다면? 당신은 충분히 창의적이며, 성공적인 기업인이 될 수 있다. 여기에서 작동하는 창의적인 기법은, 다섯 가지 먹기의 '우려먹기'가 될 것임은 자명하다.

시간의 이동 또한 이런 방식으로 설명된다. 과거의 산물을 현재로 이동해보자. 가장 쉬운 예가 영화다. 과거에 성공한 영화를 현재의 관점과 기법으로 다시 제작해서 얼마나 많은 관객을 끌어당겼는가? 과거의 미술작품이 미디어 파사드 기법으로 얼마나 많은 관객에게 감동을 주었는가? 과거에 유행했던 의상이 얼마나 많은 디자이너에게 영감을 주었는가? 과거에 히트한 음악을 얼마나 많은 아티스트가 리메이크했는가? 모두 우려먹기에 의해서 설명될 수 있다.

뒤집어먹기

다섯 가지 먹기의 마지막은 뒤집어먹기다. 뒤집어먹기는, 부수적인 것을 주요한 것으로, 결말을 시작으로 만들어서 창의적 산물을 만드는 작업이다. 또는 결과를 원인으로 만들거나 원인을 결과로 만들어서 새로운 사물을 만들어내는 작업이기도 하다. 이것은 SCAMPER의 Reverse와 매우 흡사하다. 그렇지만, 그것과 다른 점은 원인과 결과를 뒤집는 것에만 국한되는 것이 아니라, 부수적인 것을 중요도가 높은 것으로 탈바꿈하여 창의적 결과물을 생산하는 것에 있다.

뒤집어먹기의 핵심은 발상의 전환이다. 지금까지 보아왔던 세상을 다른 눈으로 바라본다는 것에 초점이 있다. 눈에 보이는 대로의 세상을 다른 관점에서 바라볼 수는 없을까? 이 질문이 밑바탕에 깔린 생각이다.

가장 중요하다고 생각했던 것을 가장 소홀하게 취급해도 상관없지 않을까? 별다른 중요성이 없는 구성요소가 사실은 가장 중요한 요소가 되지 않을까? 원인과 결과가 정해져 있는 순서대로 펼쳐지지만, 사실은 원인이 결과가 되고 결과가 원인이 되지 않았을까? 내가 바라보는 그리고 내 눈에 들어오는 세상이 실제로는 전혀 다른 세상이지 않을까? 내 눈이 정확하다고는 하지만, 실제로는 겉으로만 정확한 것이 아닐까? 겉모습으로 세상을 판단하고 그 이면에서 작동되는 것은, 의도적이든 의도적이지 않든 보지 않고 있는 것은 아닐까? 세상이 내가 바라보고 있는 대로 작동되지 않는 것은 아닐까?

이 모든 질문은 '뒤집어 보기' 위해서 자신을 합리적으로 의심하는 질문들이다. 이런 질문들에 답을 함으로써 우리는 세상을 다른 관점으로 바라본다. 그리고 바로 그 순간 창의적인 생산물이 눈앞에서 스스로 모습을 드러낸다.

"이렇게 수많은 질문을 던져야 합니까? 질문이 많기도 하고 머리도 아파요."

"나는 그렇게 분석적으로 질문할 마음이 없어요. 습관이 그렇게 들지 않았거든요."

그렇다. 이런 질문을 하는 것도 오랜 숙련기간이 필요하다. 질문했던 사람이 계속해서 질문하는 것은 질문도 훈련이 요구되는 기술인 탓이다. 이런 분들을 위해서, 질문이 없어도 뒤집어먹기를 수월하게 할 수 있는 방법을 제시하고 싶다.

먼저 믿어야 한다. 내 눈으로 보는 것이 모두가 아니라는 사실을. 내 눈은 정확하지만, 내 생각은 정확하지 않다. 내가 생각하는 것은 어쩌면 지금까지 내가 살아왔던 인생의 궤적을 반영하는 것일 수도 있다. 살아온 대로 우리는 생각하기 마련이다. 내가 바라보는 아름다움과 옆에 있는 친구가 바라보는 아름다움이 다른 것은 무슨 까닭일까? 내 생각과 그의 생각이 다르다는 것을 입증한다. 그러니 내 눈을 믿지 말자. 내 눈은 절대로 정확하지 않다.

이번에는 의도적으로 조작을 해보는 것이다. 어떤 사물이 있다면, 그것의 핵심을 꺼내어보자. 그리고 핵심을 부수적인 것으로 바꾸어 놓고 부수적인 것을 핵심으로 옮겨본다. 전혀 희한한 일, 무릎을 칠만한 일이 생길 수도 있다. 이런 일이 어떻게 이루어질 수 있는가? 예를 들어보자.

공항이라면 사람들이 비행기를 타기 위해서 모이는 곳이다. 비행기를 탈 수 있도록 사람들에게 편의를 제공하고, 질서 있게 발권을 하며, 출국 수속을 도와주는 것이 핵심 서비스이다. 이런 핵심 서비스를 부수적인 것으로 바꾼다면 어떨까? 사람들이 줄을 서고 비행기를 타기 위해서 기다리는 것을 핵심으로 바꾼다면 어떤 일이 일어날까?

줄지어 서는 행위가 매우 지루한 일이기에, 줄을 서는 행위를 즐거운 일로 바꾸려는 노력이 시작된다. 줄을 서면서 다른 즐거운 일을 할 수 있는 것이 무엇일까? 공항 공사는 이런 점에 착안하여 방법을 찾는다. 기다리는 동안 지루한 텔레비전 화면을 바라보는 일은 다른 것으로 대체된다. 노력이 비행기의 발권과 출국수속에 집중되지 않고, 이제는 사람에게 집중된다.

현실은 전혀 그렇지 않다. 승객의 처지는 부수적이며, 공항 공사는 오로지 '수속'에만 관심을 둔다. 승객들은 쇼핑하거나 줄을 서며 공항 건물의 천장이나 벽만을 바라본다. 뒤집어 먹기는 이 모든 무료함으로부터 승객들을 해방하는, 생산적이며 창의적인 방법을 제공한다.

대부분은 사람의 입장으로 사물을 바라본다. 사물의 입장에서 사람을 바라보는 것은 동화나 소설 속에서 어쩌다 등장하는 개념이다. 책을 덮는 순간, 생각은 이동하고 다시 사람이 중심이 되어서 세상을 구성한다. 이런 등식에서 탈피하자는 것이 뒤집어먹기이다. 사람이 아니라 사물의 입장에서 세상을 바라본다면, 어떤 일이 일어날까?

다시 공항으로 돌아가 보자. 승객이 아니라 공항 시설의 입장에서 사람들을 관찰한다면, 전혀 다른 일이 일어나지 않을까? 그렇다. 화장실의 입장에서 사람들을 관찰한다면, 사람들이 화장실을 더럽히는 근본적인 이유를 찾아낼 수 있다. 화장실의 디자인에 일대 혁신이 뒤따르는 건 당연한 결과다.

또 다른 방법은 부정의 사물을 긍정의 사물로 묘사하는 것이다. 코로나바이러스 때문에 학교 수업을 하지 못했을 때, 많은 교수나 학생들이 불편함을 느낀 건 사실이다. 코로나바이러스는 부정적인 존재이다. 그리고 이것을 극복하지 못하는 현실도 부정적이다. 마음은 불편하고 스트레스는 쌓인다. 까닭 모를 분노가 몸을 휘감고 마음은 점점 피폐해진다. 예민한 사람들은 이렇게 반응한다.

그렇지만 모두 행복할 권리가 있지 않은가? 정신 건강을 위해서 코로나 사태에서 긍정적인 요소를 찾으려고 애를 쓰니, 반드시 부정적인 요소만 있는 것은 아니었다. 첫째로 할 일이 없으니, 한강 산책을 더 많이 하게 되고, 그러다 보니 운동 시간이 늘어났다. 더불어 체중도 줄었다. 또 사람들을 덜 만나게 되니 안부 전화하는 횟수와 대상까지도 늘어났다. 친구와의 친밀도도 증가했다. 학교 수업에서는 다양한 시도를 하다 보니, 수업의 질에 더 신경을 쓴다. 강의 일변도에서 벗어나 좀 더 다양한 기법으로 수업을 진행한다.

뒤집어먹기는 이런 것이다. 긍정적인 사물을 부정적인 것으로, 부정적인 사물을 긍정적인 것으로 묘사하다 보면 세상이 다르게 보인다. 그런 것이 생각을 유연하게 만들고, 현상을 더 정확하게 파악하게 한다. 동시에 창의적인 생산물이 쉽게 생산될 수 있도록 사고 방식을 바꾸어준다. 뒤집어먹기가 주는 교훈은 창의적 사고에 있어서 매우 중요하다. 내가 좋아하는 말 가운데 이런 표현이 있다.

"내가 변해야 세상이 변한다."

나 자신이 바뀐다는 것을 이 표현이 의미하지는 않는다. 자신을 바꾸는 것이 얼마나 힘든 일인가? 인류의 역사에 나타난 어떤 위대한 인물들도 자신을 바꾸지는 못했다는 것이 내 믿음이다. 그렇다면, 내가 바뀐다는 것이 의미하는 바는 자신의 습관을 바꾸는 것이 겠다. 지금까지 내가 해왔던 방식, 관성처럼 해오던 반복적인 행동 패턴을 바꾼다는 의미다.

여기에는 내 눈이 세상을 바라보는 습관인, 관점도 포함된다. 세상과 교감하는 방식을 바꾼다면, 또는 적어도 일시적인 시간 동안이라도 세상을 다른 방법으로 대면한다면, 세상은 다르게 파악될 것이다. 세상이 달라지면, 거기에 대응하는 방법도 달라진다. 이런 달라진 방법을 우리는 창의력이라고 부른다. 뒤집어먹기는 창의력의 확보라는 목표달성을 위해서, 바뀐 '내'가 세상을 바라보도록 강제한다.

다섯 가지 먹기는 산술적

지금까지 다섯 가지 먹기에 관해서 설명했다. 이제 대충 감이 올 것이다. 이 다섯 가지 먹기, 붙여먹기, 엮어먹기, 뽑아먹기/나누어먹기, 우려먹기, 뒤집어먹기가 생각하는 방식을 수학적으로 나누고 배열했음을 이해했을 것이다. 아니 수학이라면 어렵게 느껴질 수 있으니 표현을 바꾼다. 수학이 아니라 산술이다. 생각을 산술적으로 조합한 것에 불과하다고 말하고 싶다. 이것은 다섯 가지 먹기를 평가절하하는 표현이 아니다. 창의적 사고가 그렇게 어렵지 않다는 것을 강조하기 위해서 하는 말이다.

하나의 사물에 다른 하나를 더했을 때, 그때는 붙여먹기가 된다. 엮어먹기는 비슷한 것을 하나의 집합으로 묶어놓는다는 개념이다. 아주 기초적인 산술이다. 뽑아먹기는 당연히 뺄셈에 해당한다. 우려먹기는 사물의 위치를 시공간적으로 이동시키는 것이다. 수학적으로 말한다면 좌표를 새로 설정한다고 할까? 뒤집어먹기를 수학적으로 표현한다면, 주요 변수에 집중하는 것이 아니라 부차적인 것에 집중하는 것이다. A와 B의 집합에서 그 두 집합의 교집합(공통부분)이 아닌 나머지의 부수적인 집합에 집중한다고 보면 된다.

이렇게 아주 초보적인 산술에 바탕을 두고 창의적인 사고를 전개해 나가는 방식이 다섯 가지 먹기이다. 이런 점에서 앞서 설명한 것처럼, 구체적으로 필요한 행위를 지시하는 동사를 기초로 한 SCAMPER와 생각의 방식이 구별된다.

"굳이 이렇게 수학적인 계산에 바탕을 두고 다섯 가지 먹기가 개발되었다는 것을 강조하는 이유가 있나요?"

누군가는 이런 질문을 할 수도 있겠다. 당연히 있다. 그렇다면 그에 대한 답을 여기에서 할까? 아니다. 그 답은 나중에 할 기회가 있을 것이다.

1분 정리

- SCAMPER는 모두 10가지의 동사로 이루어진 기법
- 다섯 가지 먹기: 붙여먹기, 엮어먹기, 뽑아먹기/나누어먹기, 우려먹기, 뒤집어먹기
- 붙여먹기: 두 개의 요소나 사물을 결합한다.
- 엮어먹기: 공통점을 중심으로 여러 사물을 엮는다.
- 뽑아먹기/나누어먹기: 사물의 한 부분을 추출하여 드러낸다.
- 우려먹기: 시간과 공간을 이동하면 창의성이 생긴다.
- 뒤집어먹기: 관점을 바꾸어 생각한다.

14. 브레인스토밍 (Brainstorming)

지금까지, 구성요소의 분할과 결합, SCAMPER, 다섯 가지 먹기에 관해서 설명했다. 이 세 가지에 들어있는 창의적인 원리만 잘 활용해도, 창의력을 발휘하는데 그다지 어려움을 느끼지 않는다. 또 이세 가지는 창의적 사고에서 기초적이면서도 매우 중요한 부분을 차지한다. 이와 비슷한 것이 하나 더 있다. 그것이 브레인스토밍이다.

여기에서 브레인스토밍을 설명하는 까닭이 있다. 이 회의 방식도 훌륭하지만, 그것을 응용하면 생각을 수월하게 발견할 수 있어서다. 창의성의 원리를 터득하는 데 많은 도움을 준다. 브레인스토밍을 통한 생각찾기의 설명이 다소 길 것이다. 앞의 다른 기법에 대한설명처럼, 여기에서도 브레인스토밍을 잘 진행하는 방법에 목표가 있지 않다. 생각을 발견하는 방식과 창의성의 원리가 무엇인지 분석하는 내용에 방점이 주어진다.

알렉스 오스본과 브레인스토밍

이 회의의 기법은 SCAMPER를 제시했다고 일컬어지는 알렉스 오스본(Alex Osborn)이 만든 것이다. SCAMPER는 밥 에벌이 정리해서 그 이름을 얻었지만, 브레인스토밍은 알렉스 오스본이 직접 이름을 붙였으며, 직접적으로 방법을 제시한 회의 방식이다.

이미 설명한 대로 알렉스 오스본은 광고 제작자였다. 광고는 항상 새로운 표현을 채택한다. 해서, 사람들이 주목하도록 만들어야 한다. 특히 광고제작비를 부담하는 광고주가 광고회사에 가하는 압력은 그때나 지금이나 엄청나다. 알렉스 오스본 혼자서 모든 작업을 담당할 수는 없기에, 그가 집중한 것은 부하직원들의 훈련이었다. 그들을 창의적인 광고 제작자로 성장시키기 위해서 제시한 집단회의 방식이 브레인스토밍이다. 그의 표현을 따르면, 이 회의 방식은 '직원들을 상상력의 기계'로 변화시키는 결과를 이끌어낸다.

알렉스 오스본은 그 당시에 가장 첨단을 달리고 있던 광고회사인 BODD의 임원이었다. 그가 자신의 창의성의 비밀을 공유하기로 결심하고 쓴 책이 1948년에 출판된 'Your Creative Power(당신의 창의력)'이다. 그의 유명한 어록에는 다음과 같은 말이 있다.

"The more you rub your creative lamp, the more alive you feel."

창의성의 램프를 문지를수록 당신은 살아있다는 것을 더 잘 느낄 것이다. 이런 정도로 해석되는데, 살아있다는 것을 느끼기 위해서는 창의성을 끌어내는 것이 중요하다는 것을 강조한 말이다. 당시 가장 혁신적인 광고회사의 임원이 쓴 책은 당연히 커다란 반향을 일으켰는데, 그 책의 33장, 'How to Organize a Squad to Create Ideas.(창의적 발상을 생산하는 집단을 구성하는 방법)'에서 그는 브레인스토밍에 관해서 설명한다. 여기에서 Storm이라는 단어는 폭풍이라는 뜻이 아니다. 맹공하다, 공격을 퍼붓다, 같은 의미를 지니고 있다.

"집단이 모여서 일할 때 사람들이 브레인스톰에 빠져야만 한다."

"브레인스톰은 두뇌를 사용하여 창의성이 요구되는 문제를 맹렬히 공격하는 것을 의미한다. 그리고 군대가 특수작전을 수행하듯이 각각의 공격자(팀 구성원)가 같은 목표를 공격한다."

모두 알렉스 오스본이 그의 책에서 표현한 브레인스토밍에 대한 설명이다. 이 표현을 따르면 브레인스토밍은 매우 맹렬한 회의 방식인 셈이다. 마치 군대가 적군을 무찌르고 목표를 탈취하는 것처럼, 맹공을 가해서 문제를 단숨에 해결하는 방식이다.

일반적으로 브레인스토밍을 한다고 하면서, 회의 구성원 모두의 의견을 차례차례 들어보는 것과 사뭇 다른 회의 방식이다. 어떤 브레인스토밍 회의에서는 구성원들이 자신의 의견을 한마디씩 피력하고, 회의의 주재자가 결론을 내리는 사례도 있다. 그것은 절대로 '무늬만' 브레인스토밍이다.

알렉스 오스본의 저 표현을 빌리면, 맹렬히 공격하다 보니 문제가 해결되는 방식이 브레인스토밍이다. 이 브레인스토밍은 적어도 1948년 이전에 시작되었고, 알렉스 오스본이 책을 씀으로써 BODD에서 벗어나 세상에 퍼졌다. 70년 이상 창의적인 생각을 할 수 있도록 도와준 회의 방식인 셈이다. 현재까지도 인기가 있으며, 이제는 창의적인 사물을 생산하는 회의로써는 고전이 되었다.

이 브레인스토밍은 그 후에 많은 갈래가 생겼다. 창의적인 사고를 연구하거나 가르치는 사람들에 의해서, 보다 효율적으로 브레인스토밍을 진행하는 여러 방법이 개발되었다. 물론 그것들도 브레인스토밍이라는 이름을 갖고 있으며, 거기에 수식어를 덧붙여서 소개된다.

이것들이 나름의 의미를 갖고는 있지만, 모두 그에 따른 제한조건이 있다. 결과로 브레인스토밍이 지향하는 자유로운 생각의 전개와 많이 어긋난다는 것이 나의 믿음이다. 그러므로 여기에서는 기본적인 브레인스토밍을 가장 잘 수행하는 방법을 제시한다. 당연히 오스본의 방법에 바탕을 두었으며, 브레인스토밍의 지향점을 잘 살리는 쪽으로 제시할 생각이다.

자! 브레인스토밍에 대한 안내와 비평, 홍보는 이 정도로 그치자. 이제 본격적으로 브레인스토밍을 통해서 생각을 발견하는 방법을 탐구해보자.

브레인스토밍의 과정: 사전 작업, 본 작업, 사후작업

가능하다면 작은 집단으로 회의체를 구성하는 것이 좋다. 브레인스토밍에 참여하는 인원수에 제한이 있을 수는 없다. 적게는 혼자서 할 수도 있으며, 많게는 수십 명이 참가하여 회의를 할 수도 있다. 그렇지만, 경험으로 미루어본다면 적절하게 적은 인원이 브레인스토밍의 목표를 가장 잘 달성한다. 사전 작업에서는 진행자와 서기도 정한다. 인원이 적을 경우는 당연히 진행자와 서기는 한 사람이 하는 것이 좋다.

회의를 효과적으로 진행하기 위해서, 회의 시작 전에 참가자들의 두뇌를 일깨우는 워밍업을 실시한다. 갑작스럽게 회의에 들어가면, 참가자들이 준비되어있지 않으며 마음을 열지 않는다. 워밍업에서 회의와 너무 동떨어진 화제는 좋지 않다. 서서히 사람들의 마음이 회의에 빠져들도록, 학생이라면 학교생활, 회사원이라면 회사에 관한 가벼운 이야기부터 시작하는 것이 좋다.

이미 알고 있다고 하더라도, 진행자는 적당한 때에 회의의 목표에 대해서 다시 상기시킨다. 작전하듯이 맹공을 퍼부어서 문제를 해결하기 위해서다. 달성되어야 할 목표가 무엇인지 강조함으로써, 동기가 확실히 부여된다. 또 어떤 의견도 수용될 수 있음을 강조하고 또 강조해야 한다. 모든 좋은 생각은 '쓸모없는' 생각에서 비롯되는 경우가 많다는 것이 이유다.

이후에 회의에 들어가면, 토의할 주제를 정한 후에 서로 자유롭게 의견을 낸다. 진행자는 회의 참가자들이 다른 사람들의 의견을 비난하거나 비평하지 않도록 유도하고, 그런 일이 발생할 때는, 회의가 끝난 후 점검하는 시간에 비평하도록 안내한다.

회의 도중에 아이디어가 나오지 않으면, 진행자나 서기는 그때까지 나온 아이디어를 정리하고 요약하여 발표하며 간단한 설명을 곁들인다. 설명이 중요한 까닭은 그것이 사람들의 두뇌를 자극해서 새로운 아이디어를 유도하기 때문이다. 진행자는 의견을 자유롭게 제시하도록 수시로 격려하고 유도하는 작업을 수행해야 한다.

아이디어 생산 작업이 끝났다고 판단되면, 진행자는 나온 아이디어를 정리하여 참가자들에게 제시한다. 이때 추가로 나올 아이디어가 있는지 점검도 병행한다. 이 단계에서 비판과 평가, 토론이 이어진다. 이를 통해서 적절한 아이디어를 최종적으로 선택하게 되는 것이다.

브레인스토밍의 참석자 수

브레인스토밍의 참석자 수는 특별히 정해진 것은 없다. 어떤 브레인스토밍은 수십 명이 동시에 참여하기도 한다. 많은 사람이 적절한 인원을 말한다. 그렇지만 그 누구도 그 '적절한 인원'이 몇 명인지 구체적으로 제시하지 않는다. 이 책에서는 구체적으로 그 인원수를 제시하고 그 이유를 제시한다.

가장 적합한 인원은 3~5명이다. 다섯 명을 넘지 않도록 노력해야 한다. 만약 이 인원수를 넘으면, 팀을 둘로 나누어서 운용하면 된다. 더 다양한 의견, 더 많은 숫자의 아이디어가 산출된다. 이 숫자를 유지해야 하는 특별한 이유가 있을까? 그렇다. 아주 타당하며 합리적인 이유가 존재한다.

브레인스토밍에서는 서로 다른 관점의 의견을 중시한다. 다양한 견해를 목표로 삼는 것이다. 구체적으로는 숫자와 다양성의 확보다. 이 숫자의 참가자들이 회의할 경우, 어떤 의견이라도 말해야 하고 입을 열어야 한다는 심리적인 압박감을 누구나 받는다. 서로 얼굴을 맞대기 때문이다. 결과적으로 의견의 제시를 회피하기가 어려워진다.

참가자들이 마음속 깊은 곳에 있는 생각을 꺼내기 위해서 팀워크과 친밀감이 중요하다. 이런 규모의 참가자라면, 숨을 공간이 없어서 팀원 사이의 사회적인 거리가 매우 가까워진다. 다른 중요한 점은 누가 어떤 이야기를 했는지 기억하기 쉽다. 마지막 장점으로 발언 시간의 확보가 용이하다는 점도 있다. 어떤 회의에서든지 주도권을 가진 사람이 많은 말을 하기 마련인데, 이런 정도의 인원에서는 발언의 기회가 다른 참가자에게도 충분히 주어진다.

이제 이해했을 것이다. 인원은 3~5명이며, 절대로 5명을 넘지 않는 것이 좋다. 절대로? 그렇다. 그 이상일 때는 다양한 의견, 꽉 짜인 팀워크, 아무거나 말하기 등, 브레인스토밍의 취지가 지켜지지 않기 쉽다. 그리고 더 많은 인원이 참여하기로 결정되었다면 인원에 맞추어서 여러 팀으로 편성하여 진행하면 된다.

의지의 중요성

적절한 인원을 채워서 회의에 소집했다면, 마음의 태도를 갖추어야 한다. 창의적 사고에 있어서 가장 중요한 덕목 중의 하나는 의지라고 앞에서 이야기했다. 브레인스토밍에서도 마찬가지다. 무엇이든지 말할 수 있고, 그것을 쓸만한 아이디어로 발전시킬 수 있다는 자신감이 충만하다면! 더 말할 나위 없이 그 브레인스토밍은 성공적일 것이다. 그러므로 회의의 진행자는 구성원들의 마음가짐을 확인해야 한다. 회의적인 태도나 언사를 보이는 참가자가 있다면, 다른 사람들도 오염당해서 회의를 망치고 결과는 형편없어진다.

"우리는 할 수 있다. 하면 틀림없이 결과가 나온다."

이런 맹목적인 자신감이라도 없는 것보다는 훨씬 낫다. 자신을 믿지 않고서 이루어지는 일들이 있었는가? 그렇지 않다. 스스로 믿지 않으면, 어떤 일도 이루어지지 않는다. 회의가 교착 상태에 빠져있을 때라도, 아무리 나온 의견들이 하찮아 보일지라도, 그것을 그럴듯한 수준으로 발전시키려는 의지는 모든 혁신적인 착상을 뛰어넘는다. 이런 분위기에서는 서로가 격려받으며, 창의적인 생각의 실마리를 찾아 머리를 맹렬히 회전하게 만든다.

이런 분위기를 어떻게 만들까? 심리적인 압력을 생성시키는 것도 방법이다. 시간이 넉넉하다면, 회의에 들어갈 것이 아니라 잡담을 나누거나 놀이를 하는 것도 좋다. 브레인스토밍을 소집했는데, 아무것도 하지 않고 잡담을 나눈다면? 그리고 친목을 도모하기 위한 놀이만을 하고 있다면? 구성원들이 스스로 회의를 염려한다.

"아니 이게 뭐야? 잡담하러 온 거야?"

"이런 식으로 놀다가 회의는 언제 할 거야?"

이런 불만과 불안이 섞인 걱정이 구성원들의 마음속에 자리한다면, 분위기를 띄우는 데는 성공한 것이다. 그런 태도는 브레인스토밍에 적극적으로 참여하려는 의지가 생성되었음을 나타낸다. 자!

이제 회의를 시작할 시간이다. 참가자들이 고양된 마음으로 자신의 의견을 적극적으로 이야기할 차례다. 훌륭한 브레인스토밍이 예상되지 않는가?

실마리와 화제

모든 이야기에는 시작이 있다. 브레인스토밍이라고 예외는 아니다. 처음의 시작을 어떻게 할까? 딱딱하게 당면한 문제를 설명하고 의견을 '허심탄회하게' 말하라고 요구할까? 많은 사람이 이런 식으로 심리적인 압박을 가한다. 이런 것은 '허심탄회한' 의견을 막는 지름길이다. 그런 때 아무도 솔직하게 말하지 않았다는 사실을 누구나 경험하지 않았는가?

대부분의 브레인스토밍에서 참여자들은 회의에 참석한 이유를 이미 잘 안다. 갑작스럽게 소집하지 않았다면, 따로 설명하지 않아도 회의의 목적이 무엇인지 이미 인지하고 있다. 그러니, 이야기의 처음이 회의의 목표일 이유는 없다. 그저 살짝 운을 띄우는 정도면 된다. 그 후에 바로 실마리를 제시해야 한다.

실마리는 모든 이야기의 처음이다. 브레인스토밍을 하나의 이야기로 간주한다면, 이야기의 처음이 실마리다. 이야기의 실마리는 본격적인 이야기와 연관은 있지만, 반드시 그런 것도 아니다. 소설을 읽어본 분들이라면 누구나 공감한다. 그러므로 이야기의 실마리가 어떻든지, 창의적인 아이디어로 연결될 것이라는 믿음에서 벗어나지 말아야 한다. 실마리가 부드러우며 회의의 목표와 거리가 있어 보일 때, 구성원들은 더 자유롭고 상상력 있는 생각을 말한다.

실마리가 공통적인 화제라면 더 좋다. 거기에서 이야기가 시작되어 적당히 무르익었을 때, 방향을 선회해야 한다. 어디로? 회의의 목적을 향해서 자연스럽게 빠져들게 만든다면, 분위기가 무르익은 것이다. 이때 구성원들이 회의에서 '몰아'의 경지에 들어가기가 쉽다. 이런 실마리의 제공과 방향전환은 누가 할까? 진행자가 그런 책무가 있지만, 구성원 중의 누구라도 상관없다.

진행자의 역할

브레인스토밍에서 가장 적합한 인원은 3~5명이라고 얘기했다. 이렇게 팀원이 작은 경우에 진행과 서기를 따로 두는 것은 조금 이상하다. 감투를 남발하는 느낌을 준다. 서기가 진행과 기록을 맡는 것이 자연스럽다.

진행자는 브레인스토밍을 원활하게 진행하며, 회의 결과에 책임을 지는 사람이다. 그렇기에 다른 참가자들보다 더 강박적이기 쉽다. 결론적으로 그럴 필요는 전혀 없다. 교통정리만 잘하면, 팀원들의 말에 추임새를 잘 넣어주고 용기를 북돋기만 하면, 회의는 저절로 생산적으로 바뀐다.

진행자는 아이디어의 특징과 개요를 간단하게 메모해가며, 아이디어가 어느 정도 형태를 갖추었다고 생각하면 다른 화제로 넘겨야 한다. 무르익은 아이디어를 더 발전시키는 것은 브레인스토밍의 목적이 아니다. 그런 작업은 회의가 끝난 후에, 따로 발전시킬 만한 아이디어를 추려내서 별도로 하는 것이 좋다.

아이디어의 단서를 찾거나 어느 정도의 형태를 갖춘 것을 찾는 것. 이것은 발산적 사고이다. 그리고 그것을 발전시키는 것은 수렴적 사고가 많이 동원된다. 서로 생각하는 방식이 다르다. 그러니 한 가지에 매달려 아이디어를 발전시키면, 새로운 생각의 생성이 방해받고 더뎌진다.

진행자는 수시로 기록한 것을 살피면서, 다음 화제로 넘겨 새로운 아이디어를 만들어내도록 유도한다. 이런 작업을 통해서 브레인스토밍이 목표로 하는 '많은 숫자'를 달성하게 된다.

하나의 화제에서 아이디어가 그 이상 생산되지 않는 순간이 닥쳐온다. 이렇게 생산성이 저하될 때, 진행자들은 대부분 더 좋은 아이디어를 내라고 직접적으로 요구한다. 결과는? 한참의 침묵이 흐르고, 회의는 지지부진하게 변한다. 결국 누군가 말한다. 쉬었다 하죠? 이래서 진행자가 중요하다. 진행자가 별다른 역할을 하지 않더라도, 이런 결정적인 순간에는 자신의 역할을 충분히 수행할 수 있어야 한다.

그런 때, 어떻게 해야 할까? 답은 새로운 화제에 있다. 회의는 실마리로부터 시작된다. 그리고 대화가 무르익으며, 본격적으로 화제를 떠올린다. 아이디어는 거기에서 생산된다. 이제 광맥이 수명을 다한 거다. 새로운 화제를 제시할 필요가 생겼다. 그 새로운 화제는 연관된 단어가 만드는 이미지(그림)에 의해서 연상을 불러일으키고, 그 연상이 필요한 아이디어를 끌어낸다. 이렇게 화제와 화제를 옮겨 다닐 때, 발견되는 생각의 숫자가 늘어간다.

"화제가 그렇게 많지도 않은데……, 찾기가 힘들어요."

"어떤 화제가 아이디어 생산을 보장할 수 있을까요?"

화제를 찾기는 쉽지만, 아이디어 생산을 보장할 수 있는 아이디어는 없다. 다만, 화제는 당대의 생각을 반영하는 것이 좋다. 누구나 아는 것이니까. 또 창의적 생각은 현재를 바탕으로 생성되어 미래에 실현되는 것이니까 그렇다. 이런 이유로 시대정신을 담은 단어는 화제로 제격이다.

어디에서 찾을 수 있을까? 광고다. 소비자를 유혹해야 하기에, 광고는 당대의 사람들이 공통으로 갖는 의식구조를 포괄한다. 그럼 일일이 광고를 서핑하거나 찾아야 할까? 아니다. 이틀 치 신문이면 해결된다. 작업을 하다가 생각이 고갈되는 느낌, 화제가 그 이상 생산하지 못하는 느낌, 그런 때 신문을 넘긴다. 광고가 아니라도, 당신의 눈을 사로잡은 단어가 하나쯤은 발견된다. 그것이 화두가 된다. 거기에 다른 사람이 추임새를 덧붙이면, 회의는 다시 생산성을 보이며 흘러간다.

브레인스토밍의 집단심리

브레인스토밍이 이렇게 오랫동안 사랑을 받아온 이유는 어디에 있을까? 새로운 아이디어를 찾기 위해서 이것보다 더 효율적, 생산적, 그리고 혁신적인 아이디어를 생산하는 회의 방식이 없었다는 것이 이유다. 이렇듯 훌륭한 회의 방식이지만 단점이 없지는 않다. 알렉스 오스본이 말한 4가지 브레인스토밍의 원칙은 이 회의 방식을 효율적이며 단점이 없는 회의로 만들고자 하는 노력의 일환이었다.

왜 그런 원칙이 필요했을까? 그것은 브레인스토밍이 집단회의이며, 집단이 모였을 때의 심리적 움직임인 집단심리가 작용하는 탓이다. 자주 목격되는 몇 가지 심리적인 움직임을 설명한다면, 모든 회의에서의 효율성을 높일 수 있다. 또한 어떻게 회의를 운영해야 하는지 잘 이해할 수 있다.

집단의 경우에는 누군가는 지배력이 강한 사람이 있게 마련이다. 대개 성격이 강한 사람들이다. 대화는 이런 사람들이 독차지한다. 그들이 이야기할 때, 다른 사람들은 그저 고개를 끄덕이거나, 마음에 들지 않아도 무표정을 가장하며 듣기만 한다. 시간은 대부분 그런 사람들이 소비하며, 성격이 섬세한 사람들은 자신의 의견을 내세울 기회마저 박탈당한다. 결과적으로 회의는 소수의 의견으로 점철되며, 브레인스토밍의 목표는 상실 당한다.

발언을 전혀 하지 않는 사람도 있다. 이런 사람들은 자신의 의견이 평가당하는 것을 두려워한다. 자신의 아이디어를 사람들이 이상하다고 평가하지 않을까? 겉으로는 좋다고 이야기하지만, 마음속으로는 비웃지 않을까? 이런 의견을 이야기하면, 나의 내면을 지나치게 많이 보여주는 건 아닐까? 이 모두가 평가에 대한 두려움 때문에, 의견 제시하기를 두려워하는 사람들이 마음에 품는 생각들이다.

이들은 어쩌면 가장 내밀한 평가자인지도 모른다. 자신이 타인을 그렇게 평가하는 탓에, 자신도 그렇게 평가당할 걸 예측할 수도 있다. 도덕적으로 옳다 그르다를 따지는 것은 여기에서 논외의 문제이다. 브레인스토밍의 목적 달성이 우선이니까. 그렇기에 이런 분들이 자유롭게 의견을 제시할 분위기를 만들어야 한다.

다른 집단심리로는 사회적인 태만이 있다. 무임승차(Free Riding)라고도 한다. 좋은 뜻으로 해석해보자. 다른 사람들이 나보다는 더 좋은 의견을 제시할 거야. 그들이 훌륭한 아이디어를 내도록 조용히 기다리는 편이 더 낫지 않을까? 이들은 이렇게 생각한다. 다른 사람의 아이디어가 훨씬 좋기에, 타인이 아이디어를 내도록 기회를 양보하는 셈이다. 좀 나쁘게 해석하면, 자신이 말하지 않아도 누군가는 말할 것이기에, 게으름을 피울 수 있다고 믿는 탓이다.

어찌 되었든 사회적 태만, 또는 무임승차가 생산적인 브레인스토밍을 방해하는 것은 틀림없다. 팀원의 숫자를 3~5명으로 제한하는 이유가 여기에 있다. 다른 사람들이 빤히 보고 있으면 친밀감이 형성되는 공간창출이 가능해서, 사회적 태만 또는 무임승차가 저절로 방지된다.

마지막으로 소개할 것은 다분히 브레인스토밍의 약점에 속한다. 아니, 모든 회의의 속성이 그렇다. 소위 창출저지(Production Blocking)라고 번역한다. 지나치게 한자 용어라서 마음에 들지는 않지만, 그런대로 의미전달은 잘하고 있는 용어이다. 이 말은 용어가 나타내는 대로 아이디어의 생산이 꽉 막히게 된다는 의미이다. 어느 때 그런 일이 발생하는가? 회의에서 누군가의 의견을 집중해서 듣다 보면, 아이디어가 떠오르다 사그라든다. 이것이 창출저지(Production Blocking)이다.

이것이 발생하는 것은 어쩔 수 없다. 말을 하는 동안에는 늘 발생하는 일이다. 그래서 브레인스토밍에서 파생되어 나온 것이 브레인 라이팅(Brain Writing)이다. 6명 정도의 인원이 모여서, 5분 동안 3가지 아이디어를 종이에 적은 후에 그 종이를 다른 팀원에게 돌린다. 진행자의 요구에 따라 다시 5분 동안 3가지 아이디어를 종이에 적는다. 이런 방법을 되풀이하는 것이 브레인 라이팅이다.

매우 효율적으로 보인다. 그렇지만, 이런 방법도 약점이 없는 것은 아니다. 다른 사람이 자신의 아이디어를 보고 평가할 시간이 없기에, 사회적 태만이 일어날 확률이 매우 높다. 브레인스토밍이 지향하는 본질이 전혀 달성되지 않는다는 약점도 있다. 새로운 의견은 생각과 생각이 충돌해서 발생하는데 그것이 불가능하다. 브레인스토밍이 오랫동안 사랑받는 이유는 이 본질적인 것에 있다.

회의를 왜 할까? 이에 대한 근원적인 답을 브레인스토밍은 제시한다. 회의는 다른 사람들의 생각을 확인하고, 자신의 의견과 비교하며, 그것을 바탕으로 발전된 아이디어를 생성할 때, 생산성이 높다. 또 구성원끼리 공감대를 형성하며, 동질감을 가지고, 같은 목표를 향해서 나아갈 수 있는 토대를 제공할 때 훌륭한 회의가 된다.

브레인스토밍에는 이들 모두가 있다.

브레인스토밍에서 발생하는 집단심리는 사실 얼마든지 긍정적인 방향으로 바꿀 수 있다. 그 집단심리의 부정적 측면을 방지하는 방법을 알렉스 오스본은 4가지 원칙으로 제시하기도 했다. 또 이 책에서 제시하는 회의 방식도 브레인스토밍의 본질을 해치지 않는 범주에서 집단심리를 극복할 수 있는 회의 방식이다.

1분 정리

- 브레인스토밍은 문제를 맹공해서 해결책을 찾는 회의 방식이다.
- 적절한 회의 인원은 3~5명이다.
- 의지가 가장 중요하며, 해결책을 얻을 수 있다는 자신감이 들게 한다.
- 실마리와 화제를 옮기면서 아이디어를 찾는다.
- 주의할 집단심리: 창출저지, 평가의 두려움, 무임승차

15. 브레인스토밍에서 발견하는 창의성의 원리

알렉스 오스본은 1953년에 펴낸 그의 책 '상상력의 적용'(Applied Imagination)에서 브레인스토밍을 할 때 지켜야 할 4가지 원칙에 관해서 설명했다. 그것을 요약하면 다음과 같다.

* 숫자가 중요하다. 혁신은 숫자에 달려있다.
* 거칠고 이상한 아이디어를 환영해라.
* 판단은 뒤로 미루어라.
* 아이디어를 결합하고 펼쳐내라.

첫 번째의 '숫자'가 어쩌면 브레인스토밍의 모든 것일지도 모른다. 브레인스토밍은 질 좋은 아이디어 하나 보다는, 그것만은 못하다고 하더라도 많은 숫자의 아이디어를 생산하는 것을 목표로 하는 회의방식이다. 숫자에 연연하는 것이 브레인스토밍의 본질인 셈이다. 그 이유는 어디에 있을까?

매개변수의 숫자와 아이디어의 숫자

현실에서 만나는 모든 문제는 매개변수가 무척이나 많다는 것이 특징이다. 책에 나오는 문제, 혹은 수학적인 문제는 매개변수의 숫자를 의도적으로 줄인다. 다른 매개변수가 모두 전과 같은 상태를 유지할 경우, 매개변수 x, y, z가 변화함에 따라서 결과물이 어떻게 달라질까? 이런 정도가 답을 요구하는 수준이다.

사실 이것도 그리 간단치는 않지만, 현실에서는 이 매개변수가 3개 수준은 무조건 뛰어넘는다. 여기에 제한조건까지 포함한다면, 고려해야 할 조건이 수십 개에 이르기도 한다. 이런 경우에는 정답이 존재하지 않는다. 어떤 답이 존재할까? 다만 '만족할만한 답'을 찾아내기만 해도 성공한 것으로 평가받는다.

더구나 수십 개의 매개변수를 적절하게 통제할 수 있는 사람은 없다. 아니, 통제할 수 있다면, 굳이 회의가 필요하지도 않다. '그런 분'이라면, 이미 정답을 찾아냈을 것이기 때문이다. 정답은 늘 통제 가능한 범주에서만 나온다. 수십 개의 매개변수에 대한 통제는 당연히 인간의 능력 범위를 넘어선다. 이때는 정답이 있어도 알아챌수 없다. 그러므로 최선의 것이라고 평가받을 수 있는 답을 찾아내는 것이 목표가 된다. 여러 개의 아이디어 중에서 가장 정답에 근접해 '보이는' 것이 최선의 답이 된다.

이러니, 숫자가 중요해질 수밖에 없다. 어떤 것이 정답인지 모르는 상태에서는, 다양한 선택지가 필요하다. 생산된 아이디어의 숫자가 많다면, 그중에는 정답에 근접한 답이 있을 확률이 높다. 이런 추정과 논지가 브레인스토밍의 목표를 숫자에 두게 만든다.

자! 이해를 돕기 위해서 1940년대의 알렉스 오스본에게 주어진 상황을 상상해보자. 광고회사 임원인 알렉스 오스본의 업무목표는 광고효과를 높이는 것에 있다. 하지만, 광고가 대중에게 선보이기 전 급선무는 광고주가 광고에 대해서 만족감을 표시하는 일이다.

광고주는 사람이며, 사람의 생각은 절대로 통제되지 않는다. 광고회사에 돈을 지급하는 고객은 만족할 때까지 새로운 아이디어를 요구한다. 이런 통제되지 않는 변수를 가진 '사람'을 만족시키기 위해서는, 절대적으로 숫자가 중요하다. 광고주에게 보여줄 광고 시안이 다양해야 하며, 광고기법에 있어서도 서로 달라야 한다.

이런 관점에서 브레인스토밍을 바라본다면, 당연히 숫자의 중요성에 동의할 것이다. 통제되지 않는 매개변수를 가진 '사람'의 생각을 어느 정도라도 충족시키려면 아이디어가 여럿 있어야 한다. 광고를 떠나서 다른 산업분야에서 브레인스토밍이 사용되더라도 결론은 같다. 또 까다로운 최고 경영자를 만났을 때도 이 숫자는 위력을 발휘한다. 숫자는 정답 근처에 갈 확률을 높여주고, 선택할 수 있는 여지를 열어둔다.

다양성과 색다른 시선

브레인스토밍은 어떤 아이디어도 환영한다. 표현의 자유를 정의

한 미국의 수정헌법 1조를 들먹이지 않더라도, 이 회의에서만큼은 어떤 언사도 환영해야 한다. 이것은 브레인스토밍에 참여하는 사람들이 지켜야 할 도덕이며 의무이다. 이렇게 하는 이유는 무엇일까? 그것도 역시 매개변수와 관계가 깊다.

매개변수의 종류가 다양하고 많아서 모든 것을 다 만족시킬 수는 없다. 그런 이유로 대개는 주요 매개변수에만 초점을 맞춘다. 가장 중요하다고 생각되는 몇 가지를 상정하고, 그것을 해결하면 답으로 인정하는 방식이 일반적이다.

조금 이상하게 보이며 문제의 핵심과 동떨어진 것처럼 느껴지는 아이디어는 어떨까? 이런 것은 주요 매개변수에 초점을 맞추고 있지 않은 경우가 대부분이다. 그래서 일반적인 관점으로 바라보면, 어딘지 모르게 이상하게 느껴지고 어색해 보인다. 그렇다고 해서 이런 점 때문에, 그런 의견을 제시하는 사람이 무시당해도 좋은 것은 아니다. 그들이 중요하다고 생각하는 것과 나머지의 사람들이 중요하다고 생각하는 것이 다를 뿐이다.

그러나 누가 알겠는가? 그렇게 변방의 매개변수에 집중한 답이 주요 매개변수의 문제까지도 해결할 수 있을지. 아무도 모른다. 우리가 매개변수를 전혀 통제하지 못하고 있다는 가정에서는 그렇다. 그러므로 무시당해도 좋은 의견은 브레인스토밍의 어디에도 존재하지 않는다. 만약 매개변수가 아주 적다면, 브레인스토밍을 애초에 시작도 하지 않았을 것이기 때문이다.

그러니, 고마워하자. 아주 이상하고 색다른, 전혀 다른 사람과 동떨어진 의견을 제시하는 사람은 오히려 새로운 통찰을 제공하는 사람일 수 있다. 그들은 다른 사람과 다른 시선으로 세상을 바라본다. 그런 사람들이 있어서 예상치 않았던 돌파구가 열리지 않는가? 또 그런 사람들이 있어서, 우리 같은 보통 사람들이 세상을 다르게 바라볼 기회가 생기지 않는가?

아주 거칠고 야만적으로 보이는 의견을 제시하는 사람도 있다. 그런 의견도 존중받아야 할까? 물론 그렇다.

"그런 의견도 정말 필요한 겁니까?"

"무식하게 말하는 것을 들을 때면, 귀를 막고 싶은 심정이랍니다."

앞으로는 그러지 말기 바란다. 이왕 매개변수로 시작했으니, 매개변수로 이야기를 정리해보자. 이런 분들은 매개변수를 아주 무시해버리는 사람들이다. 다른 사람들은 매개변수가 만들어내는 여러 가지 상황에 집중한다. 그리고 그에 따른 해결책을 제시하려는 도중에, 그들의 머릿속에는 다음과 같은 상황이 그려진다.

"그것들이 왜 필요한 거야?"

그것들이라는 것은 매개변수를 말한다. '그것들'을 모두 무시해버리면 간단한 것을! 얼마나 편하고 좋아! 그들이 속으로 생각하는 마음이 이럴 수도 있다. 그리고 그들은 용감하게 자신의 의견을 피력한다. 그들이 제시하는 답은 매우 간단하며, 매우 용감해 보이고, 매우 무식해 보이는 것이 특징이다.

실제로도 그럴까? 절대 그렇지 않다. 그들의 성격은 그럴지 모르지만, 그 의견도 그런 것은 아니다. 그것은 나름의 통찰을 제공한다.

지나치게 매개변수에 매달려서 전전긍긍하고 있는 사람들에게 앞으로 나아가도록 용기를 준다. 또, 매개변수가 전적으로 무시될 것은 아니지만, 지나치게 고려해야 할 대상이 아니라는 식견도 준다.

브레인스토밍에서는 어떤 의견도 존중받아야 한다. 이상한 의견일수록 환영받아야 한다. 또, 거칠고 무식해 보이는 의견도 고개를 끄덕이며 긍정적인 표현으로 수용해야 한다. 이런 때에 소심한 사람도 용기를 갖고 의견을 제시한다. 더불어 브레인스토밍에서 생산하는 아이디어들이 풍성해지고 다양하며 정답에 가까워진다.

평가를 통해서 얻을 것은 없다

브레인스토밍에서 가장 중요한 덕목은 회의 도중에 절대로 판단하지 말라는 것이다. 많은 회의에서는 회의의 시작부터 판단을 내린다. 현상을 분석하고 왜 그런 일이 부정적인 영향을 미치고 있는지 설파한다. 그런 후에 해결책이 무엇인지 제시하라고 요구하면서 참석자들의 얼굴을 쏘듯이 바라본다. 그 순간 용기는 움츠러든다. 맨 먼저 의견을 개진하는 사람이라면, 담대함과 뻔뻔함으로 무장하지 않으면 견디기 힘들다. 왜 이런 일이 일어날까?

어떤 것이든지 세상에서 가장 편하게 말하는 방법은 다른 사람의 의견에 토를 다는 일이다. 이것처럼 쉬우면서도 높은 평가를 받는 일은 없다. 대다수는 자신의 의견은 피력하지 않으면서 다른 사람들의 말에 대해서 평가를 한다. 이런 경우 평가하는 사람들은 심리적으로 우월적 지위를 획득한다.

"당신 정도의 의견을 높이 평가하는 것은 나의 수치야!"

"당신은 말해! 나는 그것이 올바른 의견인지 평가할게."

이런 것들이 평가하는 사람들의 마음속 깊은 곳에 도사리고 있는 심리이다. 절대로 그런 생각을 한 것은 아니라고? 그 말이 옳을 수도 있다. 그렇지만, 적어도 무의식의 밑바닥에서는 그런 생각이 깔려있다고 인정하는 것이 정직한 편에 속한다.

다른 한편으로는 평가하는 사람들은 어떤 조직에서든지 우월적 지위에 있는 사람이다. 대개의 팀장은 팀원들이 말하는 의견을 들은 다음에 평가한다. 그리고 팀원은 팀장의 의견을 존중하면서 적어도 겉으로는 '역시 팀장은 어디라도 달라!' 이런 표정으로 상대의 의견을 받아들인다. 사실 이렇게 끝까지 들어주는 것만도 황송한 일이다. 대부분 중간 정도에서 말이 잘린다. '무슨 이야기인지 짐작이 가네.' 이런 말과 함께 의견 제시는 끝이 난다. 뒤에 나올 말이 중요하다니까요? 마음속으로 외치지만 기회는 사라진 것이다.

그렇다. 평가하는 사람은 우월적 지위를 갖는 사람이다. 그런 사람들을 본받는 게 나쁠까? 절대로 아니다. 남보다 우월한 지위를 원하는 것은 모든 동물의 본성이다. 그러니 평가를 통해서 우월적 지위를 차지하는 것이 나쁠 까닭이 없다.

그렇지만, 브레인스토밍에서는 다르다. 브레인스토밍은 우월적 지위를 차지하고자 투쟁하는 공간이 아니다. 그 공간은 창의적인 해결책을 또는 창의적인 아이디어를 생산해내는 공간이다. 여기에서 평가를 통해서 우월적 지위를 탐하는 자는 추방의 대상이다. 절대로 회의에 도움을 주지 못하는 사람이다. 평가를 통해서 얻을 것은 아무것도 없다.

문득 어떤 작가가 했던 말이 생각난다. 글을 끝마치기 전까지, 검열관은 캐비닛 속에 가둬두라. 이런 정도의 이야기였다. 자신의 글에 대해서 이리저리 따져보는 순간, 글이 앞으로 나아가지 않는다는 의미다.

브레인스토밍에서도 마찬가지다. 평가를 시작하고 나서부터는, 어떤 의견도 새로 나오지 않는다. 그저 평가를 통해서 드러난 약점을 보완할 방법이 무엇인지 골몰할 따름이다. 그러니 적은 숫자의 아이디어로 창의적 해결책을 만들어야 한다. 질적 수준이 떨어질 것은 분명하며, 회의를 마친 후에 검토하고 싶은 아이디어의 숫자와 질도 당연히 빈약하다.

결국 다시 숫자로 돌아간다. 나온 아이디어의 숫자가 형편없다. 평가하는 동안 새로운 아이디어도 나오지 않는다. 수준 높은 아이디어도 생산되지 않는다. 더구나 솔직하고 정직한 의견은 어디에서도 찾기 힘들다. 혁신적인 생각은 더더구나 그렇다. 또 평가 자체가 회의 참가자들의 기분을 꺾는다. 평가가 사람들을 소심하게 만들고 의견 내는 일을 주저하게 만든다. 누군들 평가를 좋아하겠는가? 그저 이 순간을 모면해서 평가를 피하자는 생각이 사람들의 뇌리를 지배할 것이다.

평가가 미치는 부정적인 영향은 이렇게 파급효과가 크다. 그 부작용에 브레인스토밍은 멍이 들고 결과는 빈약하게 변한다. 숫자는 형편없고 생산수율은 낮아진다. 브레인스토밍의 정신, 특수작전을 펼치듯이 맹공하지도 못하고, 목표인 많은 숫자의 아이디어 산출은 절대로 달성되지 않는다.

모든 아이디어는 결합하고 전개하고 발전시켜야 한다

알렉스 오스본이 제시한 브레인스토밍의 마지막 원칙은 나온 아이디어를 그대로 보존하지 말라는 의미이다. 세상에 완벽한 생각이나 완벽한 방법은 존재하지 않는다. 어떤 것도 끊임없이 보완하고 발전시켜야 한다. 앞서 강조한 숫자, 어떤 생각도 환영, 비판금지, 이 세 가지가 향하는 방향은 이 마지막에 있다고 볼 수도 있다. 많은 아이디어, 희한하고, 급진적이고, 다른 사람들과는 동떨어진 생각, 비판하지 말고 이런 의견도 있다고 받아들이는 태도. 이런 과정을 통해서 생각의 갈래는 다양해지고, 각각의 아이디어는 나름의 의미를 갖고 존재한다.

이런 아이디어를 결합하면, 다른 생각이 나오지 않겠는가? 또, 아주 혁신적이지만 받아들이기 힘든 의견을 수용해서 어떤 아이디어를 전개한다면? 현실에 바탕을 두지만, 미래를 향한 아이디어로 변모하지 않겠는가? 그렇다. 아이디어는 끊임없는 변화가 생명이다. 어떤 생각도 그 자체로 완벽하다면, 새로운 아이디어가 필요 없다. 우리가 아이디어라고 말하는 순간, 생각이 변화를 거듭하고, 진화해야 한다는 것을 의미한다. 아이디어는 발전을 전제로 나온다는 것이 이유다.

이 결합하고 전개하며 발전시킨다는 개념과 비판을 금지하는 것을 결합하면 어떤 일이 발생할까? 누구나 비판하고 싶어 한다. 또, 그 행위는 그리 어려운 일도 아니다. 그렇다면 비판이 아이디어의 발전에 도움을 주도록 하면 된다. 비판하는 대신에 비판의 대상과 다른 방향, 비판하려는 방향으로의 아이디어를 제시하면 된다. 자연스럽게 아이디어의 숫자도 늘고, 풍성해지며, 또 지금까지와는 전혀 다른 방향의 아이디어가 생성된다.

"비판은 편하지만, 그것을 아이디어 형태로 내는 것은 어렵지 않나요?"

"부정적인 표현을 긍정적인 표현으로 바꾸는 것이 얼마나 힘든 것인데……."

누군가는 여전히 비판과 부정의 언사를 남발하고 싶은 욕망을 자제하지 못할 수도 있겠다. 늘 비판만 하고 실제로 건설적인 이야기는 아무것도 하지 못하는 집단도 있다. 비판과 부정의 언사 대신에 대안을 제시하고 어떤 방향으로 나아가자는 말을 하지 못하는 경우다. 이런 행위는 창의력이 부족한데도 그것을 발전시키려는 노력도 하지 않음을 방증할 뿐이다.

아주 새로운 아이디어를 만들어내는 것은 어렵지만, 다른 사람이 말하는 것을 수정하는 것은 그리 어렵지 않다. 아이디어를 발전시킨다는 것은, 결국 앞서 소개한 구성요소의 분할과 결합, 스캠퍼,

다섯 가지 먹기 등의 기법을 사용해서 새로운 아이디어를 구성하는 행위다. 더구나 브레인스토밍의 원칙이 어떤 의견도 환영해야 한다는 것이니, 회의의 참여자가 자신의 몫을 하기가 쉬워진다. 아이디어의 품질이나, 쓸모, 참신성 등을 고려함이 없이 무엇인가를 제시만 하면 된다.

여기에서 작용하는 것이 연상이다. 다른 사람이 말한 아이디어나, 단어, 문장 등에서 약간의 상상력을 발휘하면 자신의 역할극을 완성하는 데 지장이 없다. 그러다 혹시 아는가? 다른 사람들이 그 의견에 대해서 높은 평가를 할 때, 우쭐한 마음에 스스로 생각해도 훌륭한 다른 아이디어를 생산할지.

브레인스토밍의 최대 장점은 회의 구성원 모두가 평등하다는 것이다. 4개 원칙을 잘 들여다보면, 이런 평등주의가 밑바탕에 아주 진하게 깔려있음을 알 수 있다. 좋은 의견이든 그렇지 않든 같은 선상에 있으며, 긴 이야기를 하든, 짧은 이야기든 같으며, 아주 혁신적인 생각을 말하든, 다른 사람이 말한 것을 살짝 수정해서 말하든 같다는 것이다.

1분 정리

- 최선의 답을 찾으려면, 아이디어의 숫자가 중요하다.
- 매개변수 때문이라도 다양한 의견이 필요하다.
- 훌륭한 생각은 비평을 통해서 나오지 않는다.
- 결합하고 전개하고 발전시키기만 해도 생각을 생산할 수 있다.

16. 문제를 제대로 정의할 때, 가장 좋은 해답이 나온다

문제에 대한 정의가 창의적으로 문제를 해결하는 모든 단계 중에서 가장 중요하다고 창의성을 연구한 학자들은 주장한다. 멈포드 (Mumford)는 창의적 사고가 이루어지는 과정을 8단계로 분류하였다. 그중에서 첫 번째 단계인 문제에 대한 이해와 정의가 창의적 해결책의 질적 수준을 좌우한다고 강조한다. 슈뢰더(Schroeder)는 브레인스토밍의 과정을 7개의 항목으로 정리하였다. 여기에서 맨 처음에 등장하는 것이 문제에 대한 정의이다. 두 번째가 적절한 인원과 자료 준비이며, 그 뒤는 오스본의 4가지 원칙의 반복이다.

문제를 제대로 해석할 때, 정답이 나온다

이렇게 문제에 대한 정의를 중요하게 생각하는 이유가 무엇일까? 역시 쉽게 설명하려면 예를 들어야 한다. 많은 학생이 시험문제가 요구하는 지식을 잘 이해하고 있어도, 엉뚱한 것을 정답으로 제시하는 경험을 한다. 자신이 예상한 것보다 시험 결과도 좋지 않다. 적어도 10점 많게는 20점까지도 차이가 난다. 시험 후에 그 문제에 관해서 설명을 요구하면, 매우 잘 알고 있음이 밝혀진다. 그런데도 정작 문제 풀이에는 실패한다. 문항의 글을 제대로 이해하지 못해서 그렇다.

창의력을 통해서 문제해결을 요구받는 때는 특히 더하다. 앞 장에서 설명한 것처럼, 매개변수가 많아서 혼란스러운 탓이다. 해결책을 찾아내기 위한 회의에서도 제대로 방향을 잡지 못한다. 그리고 문제를 전혀 다른 방향에서 해석하고는, 문제가 놓여있는 상황과는 거리가 있는 해결책을 제시한다. 어떻게 그런 일이 일어날까? 설마! '설마'에 동의하지만, 현실에서 그런 일은 얼마든지 발생한다.

학자들의 말을 빌려 마무리하면 어떨까? 학자들의 연구는 앞서 말한 그대로다. 문제를 잘 해석하면, 창의적 해결책의 질도 매우 뛰어나다. 이어지는 질문. 어떻게 해야 주어진 문제를 잘 해석할까? 그것은 문제가 놓인 상황과 관계가 있다.

문제를 해석하는 것은 상황을 해석하는 것과 같다. 문제를 해결하는 방향은 주어진 조건에 따라 달라진다. 그리고 상황은 시간이 흐름에 따라서 변화하게 마련이다. 그러니 문제도 시간이 지나가면, 다른 방향으로 변화한다. 결국 주어진 시간 상황에서 최선의 답이 무엇이냐가 늘 관건이 된다.

어떤 회사에서 재정적인 문제가 발생했다고 하자. 이런 상황은 대부분 이익률은 감소하고 매출은 줄어드는 때에 발생한다. 영업부서에서는 매출을 늘리기 위해서 여러 가지 마케팅 기법을 적용하려고 애쓴다. 관리부서에서는 비용을 줄이기 위해서 아이디어를 짜낸다. 그리고 최후에는, 가장 큰 고정비용을 부담하게 하는 종업원 숫자를 줄이기 위해서 명퇴라는 카드를 꺼낸다.

비용을 줄이면 종사자들의 사기가 떨어진다. 명퇴는 더더구나 회사가 존망의 기점에 있다는 느낌을 던진다. 거기에 더해서 마케팅 기법을 사용하면 할수록, 대부분 장기적으로는 제품의 이미지에 타격을 준다. 이런 것들이 일반적인 해결책이며 결코 부정적인 영향에서 벗어나지 못한다.

문제를 근원적으로 파악할 때 창의적 해결책이 나온다

창의적인 해결책은 문제에 대해서 보다 근원적인 접근을 요구한다. 어쩌면 근원적이라는 것은 단순화해서 상황을 파악하는 것과 같기도 하다. 회사의 재원이 모자란다는 것을 한마디로 정리하면 이렇다. 가용할 수 있는 재원에 비해서 지출되는 비용이 많다는 의미다. 매출을 늘리는 것은 더 많은 수익을 올리며 가용할 수 있는 재원을 늘릴 수 있다는 점에서, 인원을 줄인다는 것은 고정적으로 지출되는 인건비를 줄임으로써 가용재원에 탄력성을 부여한다는 점에서, 다른 비용을 줄이는 것 역시 가용재원이 늘어나는 효과를 거둘 수 있다고 보는 것이다.

이 모든 것을 한마디로 정의하면, 쓸 돈을 더 마련하면 해결되는 문제로 귀결된다. 그걸 달성하기 위해서 부정적인 영향이 가장 적은 방법은 무엇인가? 이것이 결국 문제가 되는 것이다. 그렇다면, 앞서 내세운 영업전략의 수정, 비용절감, 인원감축, 이 세 가지가 정답이 아닐 수도 있다. 또는, 그 세 가지가 단견이거나 수준이 낮은 해결책일 가능성도 있다.

"그것 말고 더 좋은 해결책이 있을까요?"

"그런 비결이 있겠어요? 있다면 누군가 경영의 신으로 불렸겠지."

창의적 해결책은 생각을 하나의 틀에 가두지 않는다. 그리고 이미 나와 있는 답에서 벗어나는 새로운 답을 제시하는 순간, 새로운 경영의 신이 탄생할 것이다. 그 사람이 당신이 되지 말라는 법은 없지 않은가? 열심히 생각해 보기 바란다.

1분 정리

- 문제를 제대로 해석해야 정답을 얻을 수 있다.
- 근원적으로 접근할 때만, 창의적인 해결책이 나온다.

17. 생각의 눈덩이 굴리기

브레인스토밍은 더 참신하고 멋진 광고를 광고주에게 제안하기 위해서 시작되었다. 그로부터 수십 년이 지난 후에도, 브레인스토밍은 창의적인 활동을 하는 데에 있어서 필수적인 요소로 자리하고 있다. 이렇게 시간을 넘어, 분야를 가리지 않고 쓰이는 이유는 무엇일까? 그것은 브레인스토밍이 많은 창의적 사고의 원리를 담고 있기 때문이다. 그런 이유로 브레인스토밍은 창의적 사고의 고전이 되었으며, 현재에도 여전히 유효한 방법이다.

브레인스토밍에서 발견되는 창의적 원리에 대해서는 설명해야 할 것은 아직도 많다. 이 책의 3분의 1 이상을 할애해도 얼마든지 채울 수 있을 정도다. 그렇지만, 좀 지루하지 않은가? 그럴 것이다. 그래서 브레인스토밍을 이용한 창의적 사고의 방법을 설명하는 것으로 브레인스토밍을 마무리하려고 한다.

마인드 스토밍(Mind Storming)과 4가지 변화

회의를 하는 것이 번거로울 때, 그리고 혼자서 차분히 생각을 정리하고 아이디어를 찾아내고 싶을 때, 그런 때가 있다. 브레인스토밍은 이런 때에도 응용될 수 있다. '창의적 문제해결(Creativity and Problem Solving)'이라는 책을 펴낸 트레이시 브라이언(Tracy Brian)은 마인드 스토밍(Mind Storming)을 제안한다. 제목이 비슷한 데서 알 수 있듯이 마인드 스토밍은 브레인스토밍을 응용한 것이다. 방법은 이렇다.

어떤 문제를 만났을 때, 맨 먼저 해야 할 일은 문제를 아주 구체적인 표현으로 다시 정리하는 것이다. 그리고 그것을 달성하는 방법을 20가지 이상을 찾아내서 종이 위에 적어 내려가면 된다. 어떤 문제에 대해서 20가지 이상을 찾는다는 것은 그리 어려울 것 같지 않지만, 실제로는 매우 힘든 작업이다. 그래서 트레이시 브라이언은 다시 팁을 제공한다.

그 책은 변화를 이끌어내기 위한 4가지 방법을 제시한다. 이 부분은 아주 간단하지만, 특히 감명 깊었다. 이것을 기억하면, 20가지 방법을 찾아내기가 한결 수월해진다. 어떤 일에 변화를 주려면, 어떤 일의 일부분을 조금 더 하는 것, 아주 새로운 일을 하는 방법, 어떤 일의 일부분을 덜 하는 것, 그 일을 전혀 하지 않는 것. 이렇게 4가지다. 외우기도 쉽지 않은가?

이것을 참고로 해서 20가지 이상의 방법을 종이 위에 써 내려가면, 숫자를 채우기가 조금 편해진다. 그래도 20가지 이상을 채우기 위해서 별 방법을 다 찾게 되는데, 맨 마지막쯤에서 참신하고 마음에 쏙 드는 아이디어가 생성된다는 것이 이 방법의 핵심이다.

생각의 눈덩이를 굴려보자

눈덩이 굴리기도 역시 이와 비슷한 관점을 취한다. 눈덩이는 굴릴수록 커지며, 생각은 거듭될수록 더 멋지게 진화한다. 그렇다고 생각만을 계속한다고 해서 이 목표가 달성되지는 않는다. 더구나 혼자서 생각하다 보면 자가당착에 빠지기 쉽다. 이를 탈피하기 위해서는 시간을 두고 단계를 높여가는 것이 좋다.

처음엔 생각의 실마리를 잡고, 유치하더라도 생각의 씨앗을 찾아낸다. 종이 위에 적으면 더 좋다. 물론 기억력이 비상한 분들은 그런 번거로운 일을 하지 않아도 된다. 그런 기초적이며 초보적인 생각을 계속해서 종이 위에 적는 것이다. 아마도 어느 아이디어도 마음에 들지는 않을 것이다. 그렇지만, 우리에게는 브레인스토밍이 있다.

"브레인스토밍에서는 그런 대목은 없었던 것 같던데요?"

"생각을 발전시키는 브레인스토밍을 혼자서 어떻게 하는 게 좋은가요?"

브레인스토밍을 하겠다는 생각은 전혀 없다. 브레인스토밍의 원리 중에서 생각을 발전시키고, 서로 결합하라는 대목이 있을 것이다. 그것을 가져다가 쓰면 된다. 하나를 배워서 열 가지로 써먹는다. 이 말은 내가 가장 좋아하는 말이다. 앞서 설명한, 구성요소의 분할과 결합, 스캠퍼, 다섯 가지 먹기, 브레인스토밍의 여러 요소. 이런 것들을 버무려서 생각을 발전시키고 아이디어를 서로 결합하는 것이다. 하루아침에 될 것 같지 않다고? 그럴 것이다. 그래서 눈덩이 굴리기가 필요하다.

생각의 눈덩이를 굴리는 것은 시간을 두고 해야 한다. 마음속에 생각이 고일 때를 기다린다. 생각의 저수지가 적당히 차오를 때, 종이 위에 적어놓았던 초보적이고 유치한 단계의 생각들이 스스로 굴러가기 시작한다. 거기에 하나둘 다른 요소들이 덧붙여지면서 생각이 완성되고, 종래에는 아주 혁신적인 생각이 떠오른다.

이런 방법은 '집중해서 생각하고 잠자기'와 비슷하다. 한참을 생각한 후에 잠을 자면, 무의식이 작동해서 새벽녘쯤에 멋진 생각이 튀어나오는 수가 있다. 정말로? 많은 사람이 이런 경험을 한다. 그리고 창의성을 연구하는 많은 학자도 이런 방법을 제시한다.

시간을 두고 생각의 눈덩이를 굴려보자. 의외로 결과가 좋다. 골머리를 앓으면서 패닉상태에 빠지지 말고, 마음의 여유를 갖자. 틀림없이 생각해낼 수 있다는 자신감과 함께 기다림의 미학을 발휘해보자. 눈덩이가 생각보다 더 크게 굴려져 있을 것이다.

1분 정리

- 변화의 4가지 방법: 조금 더하기, 아주 다른 일 하기, 조금 덜하기, 아주 하지 말기.
- 생각하고 기다리면 생각이 눈덩이처럼 굴러간다. 커다란 생각으로.

part *3*

창의성,
생각을
발견하는 작업

Creativity

사랑으로 그녀와 그가 단단한 결속을 이루었다.

그들은 사랑에 대해서 생각하지 않았고 무엇인지 알 필요도 없었다.

그저 사랑의 충만감이 주는 기쁨을 누렸다.

세상의 모든 사물이 그러하듯,

그들의 사랑도 시간의 풍화를 넘지는 못했다.

제빛을 잃었으며 색깔은 바랬다.

이제 사랑을 다시 찾을 시간이 되었다.

그렇지만 마음의 어디에서도 그 실마리조차 발견되지 않았다.

생각이 없는 곳에서는 사랑도 자라지 않았다.

18.   생각을 발견하는 방법이
필요한 이유는?

　지금까지 창의적 사고를 가능하게 해주는 직접적인 방법에 관해서 구성요소의 분할과 결합, 스캠퍼, 다섯 가지 먹기, 브레인스토밍 등 크게 4가지 기법을 설명했다. 이들 4가지만으로 어떤 창의적인 결과물도 만들 수 있다면 얼마나 좋을까?

　"4가지 기법도 복잡한데, 더 있다는 것인가요?"

　"이것만 잘 사용해도 웬만한 것을 다 커버할 것처럼 보이던데?"

　스스로 질문하든지 다른 사람에게 묻든지, 질문 그 자체가 질문이며 답이다. 창의적 생산물을 만드는데 도움 되는 기법이 무려 300가지가 넘는다는 것은 이미 밝혔다. 그리고 지금까지 설명한 4가지를 잘 활용한다면, 굳이 다른 기법을 사용하지 않아도 결과를 도출하기에 지장이 없다. 그런데도 다른 것에 대해서 언급하려고 시도하는 이유는 무엇일까?

　그것만으로는 아주 혁신적인 결과물을 생산하기에는 부족한 탓이다. 또 인생의 전환점이 될 수 있는 생각, 창의성의 4가지 단계와 전문분야의 4가지 단계에서 상위의 단계에 진입하기에는 부족한 점이 많다고 믿기 때문이다. 그러니 다른 방법을 동원해야 한다.

창의적 영감을 찾기 위해서 동원하는 방법들

4차 산업혁명의 시대, 융합과 초연결의 시대가 되고 인문학이 각 광받는다. 인문학은 생각을 깊게 하도록 유도하고, 유연한 사고를 가능하게 하며, 또 세상을 다른 눈으로 보도록 만든다고 많은 사람이 증언한다. 성공한 기업인들이 인문학 공부를 하면서 영감을 얻었다는 인터뷰도 많다. 어떤 이는 시인의 관점에서 영감을 얻기도 했다는 경험을 이야기한다. 시인은 우리가 보지 못하는 것을 보는 사람이며, 그것을 드러내어 우리에게 알려주는 사람이다. 그런 점에서 시인이 쓴 시가 자신의 영감에 대한 원천이었음을 밝히는 것이다.

창의성을 기르기 위해서 학교에서는 또 얼마나 노력하는가? 특히 IT산업의 발달, 4차 산업시대의 도래, 이 변화의 물결은 지식산업의 대두라는 키워드를 머리에 심어주었다. 그리고 바뀌지 않을 것 같던 학교 수업도 마침내 변화를 겪기 시작했다. 교육의 모든 단계에서 창의성은 가장 큰 덕목이 되었다. 어떤 과목이든지 창의성을 강조하지 않는 수업은 없다. 교육의 모든 단계, 초등학교, 아니 유치원부터 대학원에 이르기까지 창의성은 교육이 지향하고자 하는 목표가 되었다.

이렇게 어린 시절부터 창의성을 훈련받고 또, 성인이 된 이후에도 인문학, 시, 업무 등을 통해서 창의력을 키우기 위해서 애를 쓰는데도 여전히 손에 잡히지 않는다. 인문학이나, 시 모두가 창의성이 발현되어 탄생한 것은 틀림이 없다. 그렇지만, 그에 관한 공부가 창의력을 키우거나 창의성을 보장하는 것 같지는 않다.

왜 이런 일이 일어나는가? 인문학이나 시가 창의력의 소산임은 틀림없다. 그렇지만, 그 창의적 산물의 뒤에 있는 사람이 전혀 변화를 수용하지 않고 있어서다. 자신의 눈을 절대적으로 맹신한 탓이다. 세상과 시대가 시간의 흐름을 따르건만, 여전히 같은 눈으로 세상을 바라보아서 그렇다. 교육을 통해서 창의력이 제대로 길러졌다면, 현실은 달라졌을 것이다. 그렇지만 창의력에 대한 배고픔은 여전하고, 창의적인 사람은 만나기 힘들다고 말한다. 특히 어느 조직이든 고위급에 있는 사람들이 이런 주장을 더욱더 많이 한다.

창의성은 직접 배울 수 있다

창의성은 그렇게 다른 공부에 숨겨서 가르칠 것이 아니다. 이것이 나의 주장이다. 그것은 생각하는 기술이므로, 직접적으로 가르칠 수 있는 대상이라는 믿음이다. 수학문제를 풀면서 창의력이 길러지도록 하는 것은 아주 간접적이다. 수학은 수학이며 창의력은 창의력이다.

수학책에 있는 창의성의 원리를 따로 뽑아서 정리할 수 있을 정도로 학생들의 능력을 키울 수는 없을까? 그렇다면 창의력과 응용력을 시험한다면서 문제를 비틀고 또 비틀 이유도 없게 된다. 왜 직접적으로 창의적 능력을 키울 수 있도록 가르치면 안 되는가? 수학문제를 내면서 이런 묘사를 하면 어떨까?

"다음에 나오는 질문에는 답을 요구하는 문장이 담겨있습니다. 이 답은 창의적 원리를 발휘해야만 풀 수 있습니다. 먼저 이 답을 푸는데 필요한 창의적 원리를 찾아서 서술하기 바랍니다. 두 번째 는 그것을 이용해서 문제를 풀기 바랍니다. 창의적 원리에는 정답 이 없습니다. 자기 자신의 생각과 논리가 정답입니다. 그렇지만, 답 을 제시하는 데 도움이 되어야 합니다."

이런 정도는 되어야 창의력이 길러지지 않을까? 이렇게 묘사하면, 학생들이 창의성에 대한 깊은 이해에 도달하지 않을까? 이렇게 생 각을 찾고 그것을 정리할 수 있는 능력이 진정한 창의력이 아닐까?

현실은 전혀 그렇지 않다는 것을 모두가 안다. 학교에서 강의하 는 내용, 인문학, 시, 모두가 창의력을 늘리는 간접적인 방법을 제시 하고 있다. 마치 보약 같다고 할까? 특히 병 걸렸을 때 먹는 보약이 다. 몸 전체가 좋아지면 면역력이 생겨서, 몸이 저절로 치료될 것이 라는 견해다.

인문학과 시, 학교 교육이 여기에 해당한다. 몸이 좋아지는 이유 도 잘 모르고, 어디가 좋아지는지도 모르며, 시간이 오래 걸리면서 병이 더 악화하는 수도 있고, 때로는 몸이 전과 별로 달라지지 않기 도 한다. 이런 보약은 증상의 개선을 크게 돕지 못한다.

여기에서 다루는 '생각을 발견하기'는 직접적으로 새로운 생각을 발견하는 방법이다. 창의적 사고를 하는 기초적인 방법을 벗어나고 싶을 때 유용하다. 좀 더 참신하고 창의적인 생각을 찾아내고자 할 때, 직접적으로 도움을 주는 방법을 설명한다.

이런 방법에 관해서 탐구하고 사색한 다음에, 인문학책이나 시, 혹은 다른 사람들의 강의를 들으면, 창의적 사고를 더 잘 할 수 있다고 믿는다. 새로운 생각의 틀(Paradigm)도 더 잘 찾아낼 수 있다고 믿는다. 또, 새로운 생각을 발견하거나, 다른 사람의 생각에서 영감을 얻기도 수월할 것이다.

1분 정리

- 창의적 영감을 주는 방법들은 간접적이라서 효과를 찾기 힘들다.
- 생각을 발견하는 방법은 직접적이며 배울 수 있어야 한다.

19. 단순-복잡화로 펼치는
생각의 발견

원래의 이름은 단순화였다. 단순화 작업부터 시작한다는 이유로 그런 이름으로 불렀다. 시작의 단계인 단순화도 중요하지만, 그것을 펼쳐서 다른 사물로 환원시키는 복잡화의 과정이 사실은 더 중요하다. 이런 개념을 학생들에게 가르쳤더니, 게으른 학생들은 이것을 진짜 '단순화'시켰다. 시험문제를 풀면서, 나머지가 복잡해서 그런지 단순화까지만 서술하는 학생들이 꽤 있었다.

창의력 있는 행위는 이런 상황에 맞게 수정을 가하는 것이다. 그래서 이름을 살짝 바꾸었다. '단순-복잡화'로. 어땠을까? 사람은 의외로 외부환경에 지배를 받는다. 이름 하나 바꾸었을 뿐인데, 복잡화로 펼치는 과정을 쓰지 않으면 점수를 받지 못한다는 사실이 저절로 머릿속에서 떠오른다.

단순화 작업

단순화는 무엇을 말하는 것일까? 구성요소의 분할과 결합에서 느꼈겠지만, 모든 사물은 단순하지 않다. 아무리 간단하게 보이는 사물이라도, 문명의 테두리 안에 있으면 매우 복잡한 양상을 보인다. 사물은 그 안에 포함된 각각의 요소들이 유기적으로 결합해서 탄생한 것이라서 그렇다. 이렇게 복잡한 사물이 간단하게 표현될 수 있을까? 그리 쉽지 않은 작업일 것이다.

그렇지만, 단순화시킬 때에 많은 장점이 드러나는데, 그것은 창의적인 생각을 찾아내는 데 아주 유용한 단서를 제공한다. 이렇게 복잡한 사물을 단순화한 다음에, 다시 다른 방향으로 복잡화를 강제함으로써 새로운 생각을 발견하는 작업이 단순-복잡화의 개념이다.

우리 주변에서 관찰되는 사물은 많은 요소의 결합으로 이루어져 있다. 그래서 그것을 아무리 간단하게 묘사해도 세 줄 이상의 문장을 차지한다. 그것을 더 간단하게 줄일 수는 없을까? 이렇게 줄이는 순간 표현이 달라진다. 그 사물의 본질을 나타내지만, 그 본질을 뛰어넘는 다른 대상으로 사물의 핵심이 전이된다. 풀어서 설명하면, 우리가 그 핵심이나 본질을 수용하고 마음으로 받아들이는 순간, 그 본질은 우리의 심상과 작용하여 다른 것으로 성격이 바뀐다고 주장하는 것이다.

이것도 예를 들면 설명이 편할 것 같다. 어떤 책의 제목이 정해졌을 때를 가정하자. 저자는 책의 핵심내용을 제목으로 정한다. 그렇지만, 독자가 그 책의 제목을 인지하는 순간, 그것은 저자의 생각을 떠난다. 저자가 상정한 것과는 다른 느낌을 독자에게 전달한다.

이 책은 창의성과 창의력에 관한 내용을 다룬다. 이 책의 가장 단순화된 형태는 제목이다. 있는 제목과는 다르게 다른 제목을 붙여보자. '창의력에 대한 참으로 진지한 탐색'이다. 이 제목이 이 책의 제목과는 다르지만, 그것을 대신하는 제목으로 꽤 훌륭하다. 이 단순화된 표현은 관찰자에게 이 책의 내용을 뛰어넘는 다른 느낌과 생각이 들게 만든다. 단순화하는 목적은 여기에 있다. 이런 노림수를 이용하기 위함이다.

우리는 어떤 사물에 이름을 부여하는 행위를 통해서, 그 사물을 구분하고 지칭하며 묘사한다. 그 이름은 다시 사물 자체의 이야기를 전달할 뿐 아니라, 연관되는 다른 대상을 상상하도록 이끈다. 사물 자체가 스스로 이야기를 전달하도록 만드는 것이다.

어떤 건물에 이름을 달았을 때, 그 이름은 건물의 특징과 세운 이유, 이용하는 사람들에게 전달하고 싶은 메시지, 또는 지향성 등 표현하고 싶은 의도를 포괄한다. 그 이름을 음미하면서, 건물과 거기를 드나드는 사람과의 관계, 공간이 주는 느낌과 그 영향 아래에 있는 사람들의 정신적인 고양감, 그 공간 안에서 이루고자 하는 인생의 목표 등에 대해서 사람들은 생각한다. 그렇게 사고하는 과정에서 새로운 생각을 펼치며, 그때까지는 만나지 못했던 생각의 지평에 들어서게 된다. 단순화한다는 것은 이런 것이다.

단순화는 사물에 대한 묘사를 극명하게 줄이도록 요구한다. 그 작업은 사물의 특징에 매달려서 이루어진다. 단순화된 표현을 처음 듣는 사람이라도, 그것이 어떤 사물을 나타내는 것인지 인지할 수 있을 정도가 되어야 한다. 문장이 짧을수록 더 단순화에 가깝게 처리된 것으로 간주한다.

이런 과정에서 사물의 특징은 단순 명쾌하게 정리되며, 문장은 사물의 핵심에 접근한다. 특히 핵심을 표현할 때 기능, 정체, 상징, 역할 등을 그 단순화된 문장이 담으면, 더 확실하게 단순화시킨 것이다. 비유나 은유 또한 단순화 작업에서는 절대적으로 환영받는다.

이렇게 단순화시켜놓은 문장은 일종의 상징과도 같다. 상징은 사물에서 나왔으나, 사물이 겉으로 추구하는 것을 뛰어넘는 새로운 본질로 우리를 이끈다. 사람의 의식을 한 차원 높은 곳으로 이동시킨다. 그 의식의 지평에서 사고가 다시 확장되며, 그것은 다시 새로운 생각을 발견하도록 사람들을 유도한다.

사물을 단순화하는 작업의 맥락은 이와 같다. 단순화시킴으로써 지금까지와는 다른 생각이 우리의 의식에서 생성되게 한다. 사물의 핵심이 단순화될 때, 의미는 응축되며 사물이 주변에 발산한 에너지는 한 곳으로 집중된다. 단순화 작업으로 인해서 만들어진 문장은 지금까지와는 다른 방향성을 지닌다. 특정 사물을 관찰할 때 느끼지 못했던 다른 의미와 감성을 관찰자의 내부에 촉발한다.

하나의 사물에서 출발했지만, 그 사물과는 다소 유리된 감성. 그 감성이 확장을 거듭하여 만들어내는 생각의 편린. 그것들을 발견해내는 작업이 단순화를 창의적 사고에 사용하는 방식이다.

복잡화와 콘텐츠 생산

복잡화는 이 작업에서 단순화와 짝을 이룬다. 단순화한 것을 복잡화한다면 다시 사물을 묘사한 처음의 상태로 돌아가는 것일까? 그리고 그 돌아가는 과정을 반추하면, 또 다른 생각이 발견될 수 있을까?

이런 순환과정도 재미있겠다. 단순화 작업을 수행하고, 각각의 단계를 거쳐서 원래의 단계로 돌아가는 것. 어쩌면, 사물을 처음 만들었던 사람의 생각을 음미할 수도 있을 것이다. 거기에 서려 있는 창의적 원리를 감상할 수도 있겠다. 그것을 찾아내서 학습하며, 자기 나름의 방법을 개발할 가능성도 있다. 이것도 매우 유용한 방법이다. 또 필요한 작업이기도 하다. 하지만 복잡화는 그런 정도로는 만족하는 작업이 아니다. 그것과는 조금 다른 방식이 사용된다.

단순화된 표현은 무한한 가능성에 문을 연 대상물이다. 보석을 어떻게 가공하는가에 따라서 찬란함의 양상과 질적 수준이 달라지는 것과도 같다. 단순화된 표현을 어떻게 가공하느냐에 따라서 창의성의 다양성과 수준이 달라진다. 그렇지만 가공된 결과물은 사물과 한참 다르다. 생각을 가공할 때, 우리의 지각은 그 방향성을 예측하지 못한다. 우리의 예상을 뛰어넘는 것이다. 또한 가공할 때마다, 닳아 없어지는 것이 아니라 오히려 풍성해진다.

그렇기에 단순화한 표현은 사물에서 시작되었지만, 사물을 떠남으로써 여러 가능성을 동시에 내포한다. 이 가능성을 모두 열어둔다면? 그리고 그 가능성의 갈래 하나하나를 추적해서 생각을 펼치고 모두 묘사한다면? 결과로 나오는 것은 다양하고 수준 있는 창의적인 생각이다.

"단순하게 생각해! 그게 편하다니까!"

"단순한 것이 가장 아름다운 것이다!"

이렇게 말하기는 쉽다. 그렇다고 단순화하는 과정도 그런 것은 아니다. 오히려 매우 복잡하며, 어려운 사고의 과정을 거친다. 그때 에너지가 응축된다. 거기에서 사물의 단순화된 표현이 스스로 무엇인가를 말하기 시작한다. 생각의 갈래를 추적하는 것은 스스로 전달하는 이야기를 찾아서 기록하는 작업이다. '이야기'라는 단어가 여기에서부터 어떤 작업을 펼쳐야 하는가에 대한 단서를 제공한다.

단순화에서 생각을 펼치며 창의적인 생각을 발견해내는 작업, 그것은 이야기를 만들어내는 것과 같은 작업이다. 아주 간단한 한 줄짜리 이야기를 찾아내는 것. 그것을 시작의 구조로 삼는 것. 하나의 이야기 구조에 다른 구조를 덧대고, 복선을 미리 깔아두고, 결말을 위해서 작은 이야기들이 서로 만나도록 장치를 하는 것. 이야기를 진행시키면서, 구조에 살을 붙여넣고 글에 감성을 입혀서 완성하는 것. 이것이 모든 콘텐츠에서 공통으로 이루어지는 작업 양상이다. 단순화에서 복잡화로 나아가는 것이 이와 흡사하다.

콘텐츠를 생산하는 방식을 이해한다면, 단순화된 표현에서 복잡화로 나아가는 과정이 이해된다. 구체적인 사물을 결합하고 변형해서 다른 구체적인 사물을 생산하는 것이 콘텐츠 생산방식이다. 하지만, 똑같이 콘텐츠 생산방식으로 환원된다고 해도, 단순-복잡화는 사물을 생산하는 것의 직전 단계가 된다. 이것이 둘의 차이다.

다른 차이도 있다. 콘텐츠를 생산하는 것은 전문가의 영역에 속하는 일이다. 반면에, 단순-복잡화는 전문지식이 없어도 누구든 시도하면 생각을 발견할 수 있도록 해주는 방법이다. 그러니 콘텐츠 생산방법과 흡사하다는 말에 지레 겁을 먹지는 말자. 설명은 어렵지만, 실행으로 옮기는 방법도 어려운 것은 아니다.

콘텐츠를 생산하는 방법과 단순-복잡화를 수행하는 방법이 이렇게 흡사한 이유는 무엇일까? 거기에는 아주 중요한 이유가 있다. 그리고 그 이유로, 이야기 구조에서 사용되는 창의적인 원리들이 실제 세상의 다른 사물에도 사용될 수 있게 된다. 물론 사용되는 창의성의 원리를 충분히 이해하고 그것을 추출할 수 있어야 가능한 일이기는 하다.

모든 사물이 구체적인 모습을 갖추고 우리의 눈앞에 나타나기 이전의 단계는 무엇일까? 이미 힌트를 제공한 탓에, 이런 질문은 설명에 대한 시작 이상의 의미는 없다. 심각하게 상황을 살폈든 무심히 대답하든 답에 도달한다. '콘텐츠'이다. 그 이유? 그것을 설명해야 납득할 것이다.

생각이 밖으로 나오면 이야기가 된다

먼저 우리의 생각이라는 것이 무엇인가를 살펴보자. 생각은 매우 추상적인 형태를 지니고 있다. 의미는 있지만, 표현은 없는 것이다. 우리의 말이 그 생각을 표현하는 순간, 생각은 구체적인 형태를 갖춘다. 말이 생각을 모두 표현할 수는 없지만, 생각은 어쨌든 말에 의해서 내면에서 밖으로 이동한다. 그것은 구체적인 형태로써, 그것을 꺼낸 사람을 설득한다. 그런 다음, 다른 사람에게 전달되고, 그 것이 다시 그 사람의 머리에서 생각으로 환원된다.

이 과정을 잘 음미해보자. 생각은 생각으로 존재하는 것이 아니라 '말'로 번역되고 그 말에 동의하는 사람의 생각으로 다시 번역되는 것이다. 생각이 밖으로 나왔을 때, 그것은 말이나 글의 형태이다. 그 말과 글의 형태가 만드는 문장이 모였을 때, 그것을 우리는 이야기라고 부른다.

결론적으로 모든 생각은 결국 이야기로 번역된다. 동시에 우리가 다른 사람에게 생각을 전달하는 행위는, 이야기와 이야기 구조를 다른 사람에게 전달한다는 것과 다름이 아니다. 창의적 사고도 생각인 만큼 여기에서 벗어날 수는 없다. 그것은 이야기이며, 이야기의 구조가 창의성의 구조가 되는 것이다.

세상의 모든 사물, 인간이 만든 모든 사물(Artefact)의 시초는 생각이었다. 그 생각은 말(글)의 형태로 모습을 바꾸었고, 결국은 사물이 되었다. 모든 사물이 사물로 존재하기 이전의 상태는 결국 이야기이며, 그 이야기에서 발견되는 창의적 원리가 그 사물을 구성하는 창의성이 되는 것이다. 그러므로 단순화를 펼쳐서 새로운 생각으로 나아가는 작업은, 이런 이야기 구조를 다른 구조로 바꾸는 것과 다르지 않다.

이제 조금은 편하게 되었다. 단순화한 표현을 조작하고 가공하는 것은 결국 콘텐츠를 생산하기 위해서 단순한 이야기를 가공하는 작업에 해당한다.

"쉽다고 생각했는데, 잘못 해석한 것 같아요. 더 어려워졌어요."

"글쓰기가 얼마나 어려운데……. 이메일 쓰기가 힘이 들어서 음성통화로 한단 말입니다."

"더구나 창의적인 글을 쓰는 거라면, 포기하는 게 낫겠어요. 창의력은 역시……."

걱정할 것 없다. 좋은 글, 다른 사람들조차도 아주 멋진 글이라고 평가할 만한 콘텐츠를 만들라고 요구한 적은 없다. 그래야 단순-복잡화를 이용해서 창의성이 듬뿍 담긴 생각을 발견해낸다고 보지도 않는다. 여기에서 강조하고 싶은 것은 '글 쓰는 방식에서 사용되는' 그런 방식으로 단순화된 표현을 가공하면 된다는 것이다. 우리의 목표는 멋진 글이 아니며, 글 자체가 창의성을 담지도 않는다. 흔하게 관찰되는 콘텐츠 가공방식을 도입해서, 단순화된 표현을 가공하면 된다고 말하고 싶은 것이다. 이런 정도는 할 수 있지 않은가?

그런 방식으로도 창의성이 확보될까? 표현이 새롭지 않은데 거기에 담긴 생각이 새로울 수 있는가? 작가들이 새로운 표현을 찾아서 머리를 쥐어뜯는 노력을 할 때, 그것이 모욕당해도 마땅한 것일까? 이런 물음과 의구심을 잠재우는 것은, 표현은 진부해도 생각은 진부하지 않을 수 있다는 사실이다. 인터넷 뉴스나 신문에서 읽는 글들이 얼마나 천편일률적이며 진부한가? 그런데도 또 얼마나 새로운 요소를 그 글들은 담고 있는가?

자! 이제 의구심을 떨쳐버리자. 자신이 알고 있는 모든 콘텐츠 가공방식에 전방위적인 동원령을 내리자. 단순화한 표현에 이야기 구조를 입히고, 살을 붙여보자. 지금까지 경험한 콘텐츠에서 방법을 빌려오자. 단순화된 표현은 새로운 방향으로 확장된다. 방법은 진부하지만, 그 표현이 나아가는 방향은 지금까지 경험하지 못한 것이다. 새로움은 거기에서 발견된다. 유용성을 덧붙여보자. 사람들의 행위를 다르게 유도하는 표현이 결국은 단순-복잡화로 찾아내는 새로운 생각의 틀(Paradigm)이 된다.

간단한 중간 정리

지금까지 설명한 것을 정리하면 이렇다. 복잡한 사물에서 단순화한 표현을 찾아낸다. 이것은 콘텐츠를 생산하는 과정과 흡사한 방식으로 새로운 생각을 생산해낸다. 모든 사물이 기획 단계에서는 글이나 그림으로 표현되기에, 결국 사물이 생성되기 전의 단계는 콘텐츠나 다름없다.

단순화된 표현은 새로운 생각, 창의적 사고의 시작점이 된다. 그것은 생각의 실마리를 제공하고, 생각을 확장하는 시발점인 동시에 이야기의 주제나 소재의 역할을 한다. 그것을 중심으로 콘텐츠는 풍성한 이야기 구조를 지니게 된다. 그 과정이 풍요로울수록, 생산되는 사물은 더 많은 창의성을 지니게 된다.

단순-복잡화 작업에서는 이야기가 아주 중요한 역할을 한다. 새로운 이야기를 덧붙일 때마다, 내용은 달라지고 이야기는 수시로 전개 방향을 바꾼다. 그때마다, 새로운 이야기가 탄생하는 것이다. 각각의 이야기는 결국 각각의 사물로 환원된다. 이렇게 해서 다시 콘텐츠에서 사물로 탈바꿈하고 각기 고유의 특징을 지니게 된다.

이때 주의할 점이 하나 있다. 전문작가나 글 잘 쓰는 사람들처럼, 이야기가 완결구조를 가질 필요는 없다. 중요한 것은 이야기의 결말이 아니다. 이야기의 형태가 사물로 환원될 수 있느냐다. 이야기가 시작하다 말았더라도, 그것이 사물로 환원된다면 이 작업은 크게 성공한 것이다. 이때의 사물은 이미 밝힌 것처럼, 물건뿐 아니라 서비스, 시스템, 양식, 행위의 패턴 등 가시적인 형태의 모든 것을 포함한다.

단순화-복잡화 작업 구체적으로 어떻게 할까?

단순화 작업의 시작은 기존에 존재하는 사물로부터 단순화시킨 표현을 뽑아내는 것이다. 그것이 아주 세련될 필요도 없다. 그저 사물을 묘사하는 표현이면 된다. 어떤 때에는 그것이 핵심일 필요도 없다. '다섯 가지 먹기'에서 뽑아먹기를 설명했다. 그것을 여기에 적용한다면, 굳이 핵심에 매달릴 필요도 없음이 설명된다. 어찌 되었든 작업자(기획자)가 자신의 입맛에 맞는 표현 하나를 찾아내기만 하면 된다.

여기에 새로운 표현을 덧붙인다. 이 표현은 아무것이라도 상관없다. 그저 이야기 구조에 들어갈 수 있을 정도면 충분하다. 그것을 무심히 덧붙이다 보면, 이야기가 성립될 수도 있고 그렇지 않을 수도 있다. 사실 콘텐츠의 세상에서 가능하지 않은 이야기 구조는 없다. 이런 무한한 가능성이 단순화된 표현에 수많은 선택지를 갖게 하며, 고유한 전개방향을 지니게 한다.

이 덧붙여진 문장. 그것은 단순화시킬 때에 고려사항에 넣었던, 기능, 역할, 정체, 상징 등 다양한 개념들이 담겨있는 문장이다. 이런 문장을 덧붙인다면, 기존의 단순화한 문장과 결합해서 새로운 주제나 소재로 발전한다.

사물을 직접적으로 덧붙이거나 대체할 때는 주어진 조건들이 발전 방향에 제한을 가하는 경우가 많다. 그렇지만, 말이나 글, 또는 그림이 덧붙여질 때는 무엇이든지 가능하다. 생각에는 제한이 없으며, 생각을 물리적인 형태로 만들어 놓은 말이나 글에도 그와 같은 제한은 없다. 말과 글은 실제의 세상이 아니라 세상을 반영한 표현일 뿐이기 때문이며, 그 안에 생각의 추상성이 담겨있는 그릇이라는 것이 그 이유가 된다.

단순화한 것에 새로운 표현을 덧붙이는 작업을 반복적으로 실시할 때, 단순화된 표현은 점점 복잡하게 변화한다. 단계마다 담고 있는 내용은 달라지며, 각각의 이야기가 각각의 생각을 대변한다. 최종적으로 그 이상 새로운 이야기가 나오지 않을 때, 작업이 완성된 것이다. 이제 무엇을 할까? 마음에 드는 문장을 선택해서 좀 더 발전시키고, 그것을 다른 사물로 전환할 방법을 모색한다.

단순화한 표현에 다른 문장을 덧붙여 새로운 이야기를 만드는 방법이 최종적인 것은 아니다. 나온 문장들을 정리해서 주어, 술어, 목적어를 바꾸는 방법도 있다. 이것을 최초의 단계에서 실행할 수도 있고, 맨 마지막 단계에서 실행할 수도 있다. 최초의 단계에서는 작업이 상대적으로 간단하지만, 마지막 단계에서는 문장이 긴 탓에 작업이 복잡하게 변한다.

그러므로 처음의 단계에서 주어, 목적어, 술어를 바꾸는 것을 권장한다. 그럴 경우, 단순화한 문장의 최초 형태에서 영감이나 전개의 방향성을 얻기가 쉽다. 주어, 술어, 목적어를 다른 것으로 바꾸면, 그때마다 이야기의 전개방향이 다르게 변화한다. 그 반응을 살피면서 단순화한 표현에 어떤 표현을 붙이는 것이 좋을까 판단하는 여지를 남기는 것이다.

결론: 단순-복잡화에서의 생각의 발견

단순-복잡화에서 처음 사물을 단순화한 표현으로 옮겼다. 그 표현은 하나의 원형이 되었고, 그것이 전개되어서 복잡화의 길을 걸었으며, 다른 이야기 구조로 전개되었다. 그때마다, 처음의 생각은 다른 생각으로 확장되거나, 대체되거나, 변형되었다. 결국 생각을 찾게 된 것이다. 단순화에서 복잡화로 단계를 바꾸었을 때, 생각이 스스로 모습을 바꾸면서 새로운 생각이 떠오르게 된 셈이다.

이 단순-복잡화는 이런 과정을 거쳐서 기존의 사물로부터 새로운 생각을 얻게 한다. 이 새로운 생각이 새로운 사물을 만드는 밑거름이다. 이미 존재하는 사물과는 전혀 다른 방향의 사물을 생산하고자 할 때, 아무런 생각도 들지 않을 때, 그리고 전혀 감도 잡지 못하고 헤매게 될 때, 단순-복잡화는 기존의 사물에서 생각을 뽑아내고, 전개하며, 확장해서, 새로운 생각을 발견하게 하는 도구로 역할을 한다.

세상에 아무것도 없는 상태로부터 존재하는 것은 없다. 어떤 사물이든지, 이미 존재하는 것, 기존의 형태를 갖춘 것, 익숙하게 경험하는 것에서 출발하여 변형이 이루어진 것이다. 생각 또한 그러하다. 이미 있는 생각의 원형에 다른 생각이 붙여지며, 생각은 진화하여 새로운 단계의 생각으로 발전한다.

창의적인 생각을 찾아내는 단순-복잡화는 이런 생각의 진화를 구체적인 방법으로 실행에 옮기는 작업이다. 이 과정에서 만나는 것이 아주 유치한 수준의 이야기 구조일 수도 있다. 또, 이야기가 전혀 완성되지 않았을 수도 있다. 그래도 사물의 구체적인 모습으로 환원된다면, 작업은 성공한 것이며 창의성이 발현된 것이다.

단순화-복잡화 예시

어떤 개념을 설명하는 것은 매우 어렵다. 설명을 충분히 했다고 해도, 또 논리에 딱 맞는다고 해도 해석은 각자의 몫이 된다. 어떤 경우에는 아주 간단한 표현조차도 다양한 방식으로 풀이된다. 예를 들어두면, 이런 일이 방지된다. 개념적인 작업이 구체화하며, 나중에 그것을 응용하여 다른 작업을 할 수 있게 해준다. 작업은 3단계로 이루어진다.

* 하나의 문장으로 축약한다.
* 이것에 변화를 가한다.
* 개념이나 요소를 확장한다.

이번 예는 백화점이다. 백화점은 누구든지 이용하는 것이며, 우리의 경험 속에서 아주 익숙한 존재로 자리한다. 여기에서 어떻게 새로운 생각과 사물을 추출하는지 보여준다면, 단순-복잡화가 더 잘 이해될 것이다.

먼저: 백화점을 간단한 문장으로 정리하기 위해서 여러 이미지를 떠올린다.
다음: '백화점은 세상의 모든 생필품을 한곳에 모아서 파는 장소' 이렇게 단순화해본다.

백화점이 이렇게만 정의될 수 없다는 것을 안다. 다른 가능성도 있다. 표현을 다르게 한다면 시작점이 달라지며, 확장되고 전개되는 방향도 달라진다. 위의 '다음' 단계에 변화를 준다.

다음: 사람과 물건을 만나게 하며 정신적인 고양감을 통해서

이렇게 정리할 수도 있다. 앞에서와는 전혀 방향이 달라짐이 표현에서도 나타나지 않는가? 단순화하는 작업의 방향도 상황에 따라서 다르게 선택할 수 있다. 원하는 방향이 개괄적으로라도 주어진다면, 그에 따라서 표현을 다르게 한다. 이렇게 선택을 달리할 때마다, 작업의 방향이 변화한다. 주어진 시간이 충분하다면, 단순화 작업에서 문장을 2~3개로 정리하여 서로 다른 방향으로 발전시킬 수도 있다. 작업 결과물의 숫자가 늘어나며, 당연히 선택의 여지도 넓어진다.

2단계 작업으로 들어가 보자. 단순화한 표현에 변화를 주는 방법이다. 주어, 술어 목적어를 바꾸는 방법을 써보자. 먼저 목적어를 바꾸는 방법을 사용해본다. 컴퓨터, 학교, 미용사, 넥타이, 스카프, 와인. 버스, 공연, 영화 어떤 생각이 떠오르는가? 바로 그것이다. 이런 단어들이 백화점을 묘사하는 문장에서 '생필품'을 대신할 때마다, 다른 일이 벌어진다.

동사를 바꾸어 보자 '모여있다'를 다른 단어로 바꾸어 본다. 동사를 바꾸면 하는 일이 달라진다. 어느 백화점에서 새로운 상품을 기획하고 있다고 가정하자. 백화점은 전혀 바꿀 수 있는 단어가 아니다. 그때 '모아서 파는'이라는 단어를 다른 단어로 바꾸어 보자. '사람들이 물건을 집으로 옮겨가거나 물건을 감상하는'으로 바꾸어 보자. '옮겨가는' 것은 이미 백화점에서 사람들이 하는 일이므로 '감상하는'이라는 단어가 추가된 것이다.

이 단어를 최고 경영자가 받아들일 때, 그 백화점에는 대대적인 변화의 물결이 일어난다. 고객들이 상품 감상을 더 잘 할 수 있도록 모든 노력이 기울여진다. 그 백화점의 모든 종사자는, 고객들이 상품을 구매하여 옮겨가는 과정에서 적절한 미적 체험을 할 수 있도록 방안을 마련해야 한다.

고객이 상품을 선택할 때도, 그것이 감상의 대상이 될 수 있는가에 초점이 맞추어진다. 만약 미적 기준에서 다소 모자라는 상품이 있다면, 그 백화점에서의 입점은 금지된다. 상품의 전시도 마찬가지다. 가장 잘 감상할 수 있도록, 가장 적당한 동선과 거리를 확보하는 전시계획을 짠다.

각각의 계획에는 필연적으로 질문이 따른다. 감상이 매출과 직결되는가? 아무도 가보지 않은 길을 가는 상태이기에, 그것은 추측과 예측을 통해서 분석되고 계산된다. 고객들의 성향이 분석되고 감상할 공간을 확보한 다음 매출이 증대된다는 결론이 나오면, 그 백화점은 2개월 동안 문을 닫고 대대적인 변화를 이루어낼 것이다. 어떠한가? 단순화시키고 그것을 가장 간단한 형태로 변화를 주었음에도 결과와 영향은 이렇게 심대할 수 있다.

이제 다른 형태의 변화를 주어보자! 개념이나 요소를 확장하는 단계이다. 이번에는 두 번째 단순화된 문장을 이용하여 이야기 구조를 바꾸어 본다. 주어진 문장은 '사람과 물건을 만나게 하며 정신적인 고양감을 통해서 즐거움을 추구하는 장소'였다. 여기에 여러 가지 문장을 덧붙여서 이야기를 만들어 보자. '사람과 물건이 만나는'에 새로운 이야기를 덧붙여본다. 다음은 그 예시이다.

"사람과 물건이 만날 뿐 아니라 경험을 하기도 한다. 어떤 이들은 자신의 물건을 새로 진열한 상품과 비교하기도 한다. 손때 묻은 물건이 다른 사람들의 손으로 옮겨갈 때, 자신이 그 물건을 쓰면서 경험했던 일이 생각나기도 한다. '잘 가, 물건아!' 떠나보내는 자는 그렇게 자신의 마음을 전한다."

여기까지다. 단순화한 작업에 붙여진 이야기이다. 원래의 단순화된 표현이었던, 사람과 물건이 만나서 정신적 고양감을 맛보는 백화점이라는 장소에 다른 이야기가 덧붙여지고 스토리가 조금 변했다. 그리고 백화점이라는 장소의 뒤에 자리했던 '생각'이 달라진다. 새롭게 제시한 이야기는 전혀 백화점에 관한 이야기가 아닐 수도 있다. 어쩌면 중고물품과 새로운 상품이 함께 자리하고 사람들이 경험을 나누는 장소가 될 수도 있다. 백화점처럼 수많은 상품이 존재하지만, 이 이야기는 백화점에서는 맛볼 수 없는 다른 즐거움을 주는 장소를 떠올릴 수도 있다.

정신적인 고양감을 줄 수 있는 종류의 감성은 또 얼마나 많은가? 그것은 세상에 존재하는 물건의 숫자만큼이나 많다. 앞의 이야기에서 발견할 수 있는 것은, 사람과 물건이 만난다는 것에 다른 이야기가 붙여지면서, 경험과 그것이 주는 감성이 진화하고 있다는 점이다. 어쩌면, 새로운 백화점을 구상하자면서 아이디어를 찾고 있던 최고 경영자는 외칠지도 모른다. 이것이 바로 그것이야!

시작점을 어떻게 가져가는가는 그렇게 중요하지 않다. 거기에 문장이 더해지고 새로운 이야기가 만들어지면서 백화점은 다른 모습의 유통업으로 진화했다. 그것이 지금까지 나온 상품 유통의 형태일 수도 있고, 앞으로 등장할 새로운 유통 서비스일 수도 있다. 어찌 되었든, 모두가 단순화한 표현에 다른 표현이 붙여지고, 이야기가 변화하면서 생긴 사물이다.

"아직 마음에 들지 않아요. 더 없을까요?"

이번에는 직접 하기 바란다. 어떤 간접 경험도 직접 자신의 손으로 실행에 옮기는 것보다 못하다. 이야기를 하나만 만들지 말고 여러 가지 버전으로 만들어 보자. 그때마다 변화하는 '생각'에 대해서 스스로 신통방통함을 느끼며 자신을 대견스럽게 여길 것이다.

1분 정리

- 모든 사물은 결국 생각과 이야기에서 출발했다.
- 사물을 단순화한 표현으로 바꾸면 생각과 이야기가 된다.
- 이것을 가공해서 이야기를 확장하며 생각의 방향을 전환해본다.
- 생각을 덧붙이거나 주어, 목적어, 술어를 바꾸면서 이야기를 완성한다.
- 이 새로운 이야기를 새로운 사물로 전환한다.

20. 개념화와 생각의 확장

개념화라는 것은 이미 단순-복잡화에서 경험한 것을 좀 더 심도 있게 수행하는 방법이다. 이것 또한 생각을 발견해내는 작업이며, 단순-복잡화가 어느 정도는 구체적인 이야기에서 시작점을 찾는다 면, 개념화는 말 그대로 '개념'을 시작점으로 삼는다.

사실 어떤 개념도 시작점으로 삼을 수는 있다. 개념이란 일종의 '화두'이기 때문이다. 그렇지만, 아무 개념이나 새로운 생각을 찾을 가능성이 있는 것은 아닐 것이다. 불교의 화두도 그렇지 않은가? 아 무것이나 참선 수행할 때의 화두는 아니지 않은가? 오랜 경험과 연 구 끝에 화두가 될 수 있는 것들을 선택해서, 스승이 그중의 하나 를 제자에게 준다. 그리고 마침내 '깨달음'이라는 '생각을 발견'하는 경지에 도달한다. 이것이 화두의 등식이다.

새로운 생각을 발견하기 위한 작업으로써 개념을 찾아내는 것도 이와 비슷하다. 어떤 생각에서 출발하든지 새로운 생각을 발견하기 만 하면 된다. 그래도 확률이 높은 것은 따로 있다는 것이 나의 신 념이다. 그 신념은 어디에서 왔을까요? 이렇게 묻는 사람도 있을 것 이다. 그냥 '감'과 경험에서라고 주장한다고 말하면 무책임하다고 화낼 일이다.

세상의 모든 사물은 무의미하게 존재하지 않는다. 사물로써 존재하는 데는 필연적인 이유가 있다. 특히 사람이 만들어낸 사물은 더욱 그러하다. 사람의 손에서 세상에 모습을 드러낸 순간, 그것이 의미를 주지 못하면 어떤 일이 발생할까? 그 사물은 자연스럽게 생명을 잃고 세상에서 모습을 감추게 된다. 사람들이 그것을 선택하지 않기 때문이다.

그렇다면, 이렇게 세상에서 모습을 드러낸 사물에서 개념을 추출하면 어떨까? 거기에서 추출한 개념은 충분히 가치가 있을 것이다. 이미 사물이 가치를 증명했으며, 그 사물의 용도, 기능, 역할, 정체성 등이 충분히 평가를 받았다. 결과로 그 사물의 존재를 가능하게 만든 이면의 '생각' 또한 의미 있으며, 가치 있는 것으로 평가받았다고 간주해야 한다.

이제 이유는 충분히 제시했다. 세상의 모든 사물은 평가를 통과한 것이고, 그 뒤에 자리한 생각도 이미 가치에 대한 심판을 받은 것이다. 개념화는 이 사물에 들어있는 생각을 존중해서 그것을 시발점으로 삼는 방법이다.

이편이 훨씬 더 안전하지 않을까? 그냥 마음속에서 떠오르는 추상적인 개념을 시작점으로 삼는 것보다는 성공할 확률이 훨씬 높지 않겠는가? 또 막상 개념을 떠올리라고 요구받으면, 머릿속이 비는 듯한 느낌을 받는 사람도 있다. 이런 때에 단서와 힌트를 제공하는 대상이 있다면, 얼마나 많이 의지가 되며 심리적 여유를 얼마나 잘 찾을 수 있을까? 또 얼마나 일이 쉽다는 느낌이 들겠는가?

개념의 추상성

개념이라는 것은 무엇일까? 매우 추상적이라는 사실은 누구나 잘 안다. '개념이 없는 사람'이라는 말을 많이들 쓴다. 마음에 들지 않는 행위를 하며, 그 행위를 통제하는 의식수준이 형편없다는 의미일 것이다. 이 표현에서도 개념이라는 말은 마음의 상태를 나타낸다. 그 상태가 올바르지 않기에, 행위 또한 그러하다는 의미다. 개념이 없다는 말은 그러므로, 행위가 미치는 영향에 대해서 스스로가 책임을 져야 한다는 것을 강조하는 말이다. 한마디로 사람이 덜되어서 개념이 없고, 그 결과 행위에 부족한 면이 많다는 뜻이다.

개념이 이렇게 약간은 본래의 뜻과는 다르게 쓰일 때도, 추상적인 마음의 상태를 나타내는 건 틀림없다. 자! 개념의 본래 의미는 무엇일까? 앞서 이미 단서를 제공했듯이, 개념은 마음, 말, 혹은 사고에서 비롯된 추상적인 생각을 포함한다. 또는 어떤 사물의 일반화된 표징이다.

이렇게 정리하니 '개념'이 알다가도 모를 상태로 변한다. 그냥 우리의 생각이나 믿음, 세상에 대한 이해를 구성하는 근원적인 것, 이렇게 정의하는 것이 낫겠다. 개념은 생각이나 의식의 가장 밑바탕에 있는 기본이 되는 것. 이렇게 표현하니 조금은 받아들이기가 쉽게 되었다.

어떤 심오한 책도 처음은 개념에서 시작한다. 그것으로 단어와 용어를 정의하고, 거기에 얽힌 생각의 실타래를 펼쳐서 보여준다. 또는 개념과 관련한 구체적인 사물의 예를 들고, 출발점을 거기에서 찾으면서 점점 깊숙한 사고의 영역으로 읽는 이를 끌고 들어간다. 이런 개념 이야기는 피로감을 부르기가 십상이다. 머리가 복잡해지며, 윤활유를 치지 않은 기계처럼 뇌세포가 비명을 지르며 힘들어한다.

"말만 들어도 머리가 아파집니다. 쉬운 방법 없나요?"

"꼭 개념이라는 것 아니면 창의적 생각이 발견되지 않나요?"

안심해도 좋다. 개념화를 통해서 새로운 생각을 발견하는 것은 이런 힘든 과정을 거치지 않는다. 개념이라는 것을 이용할 뿐이다. 개념이 아니라 '개념화'라는 단어를 쓰는 데는 이유가 있다. 개념 비슷한 형태를 추출한다는 뜻이다. 단순화에서 조금 더 깊이 들어가는 형태로 간주해도 무방하다. 조금 더 추상적이며 애매하게 단순화시킨다고 간주하면 된다.

개념으로 다시 돌아가자. 개념은 사물에 어떤 속성, 특징, 역할, 정체성 등을 부여할 때 발생하는 생각이다. 단어는 어떤 사물을 지칭하며, 그 사물의 속성과 연관되는 여러 가지 상념들을 불러올린다. 그리고 마침내 일반화된 표현이 의식의 지평에서 떠오른다. 그것이 개념이다. 말은 어렵지만, 개념을 추출하는 것이 그렇게 어려운 것도 아니다. 개념을 의식하지도 않고 추출하지도 않지만, 우리는 개념으로 사물을 구분하며 개념으로 세상을 구성한다.

예를 들어서 '개'라는 단어가 있다고 하자. 개는 동물을 구분하는 이름일 뿐이다. 그렇지만, 우리의 의식이 개에게 투사된다. 자신이 키우는 개를 바라보면서 아무런 생각도 하지 않는 사람은 없다. 절대로 충직한 존재, 바라만 보아도 위로를 주는 생물, 나만을 기다려주는 유일한 친구, 여러 가지 개념들이 여기에서 추출될 수 있다. 개념화는 이런 작업을 수행하는 것이다.

개념화가 창의적인 생각을 생산하는데 어떻게 기여할 수 있을까? 그것은 앞서 단순-복잡화에서와 비슷한 방식에서 가능하다. 그렇지만, 단순-복잡화처럼 이야기를 만들기보다는 개념을 발전시킨다고 보면 된다.

그 이유는 개념의 추상성에 있다. 개념은 우리 눈으로 보이지 않으며, 물리적인 영역을 떠난 것이다. 세상에는 없지만, 머릿속에는 존재한다. 말이나 글의 형태로 표현된, 우리의 생각이다. 그것은 매우 함축적이며 또한 그 형태가 매우 모호하다. 구체적으로 물어보면 대답하기 곤란하다. 그와 동시에, 그것은 인간이라는 사회적 동물의 공통적인 인식에 바탕을 두고 있다.

매우 추상적이며 개념적인 단어인 '행복'을 예로 들어보자. 이 단어를 이해하지 못하는 사람은 없다. 세상의 모든 사람에게 매우 공통적인 인식을 하게 만드는 단어이다. 어떤 사람이라도 그 단어가 대략 무엇을 의미하며 어떤 심리적인 상태인지 이해한다.

막상 이 단어의 뜻이 무엇이냐고 물어본다면, 사람마다 다르게 대답한다. 특히 문화권마다 편차가 존재한다. 어떤 문화권에서는 개인의 만족감을 행복이라고 말하며, 다른 문화권에서는 사회적인 성공을 의미한다. 이런 다름에 대해서 다른 사람이나 집단이 반론을 제기하지도 않는다. 그에 대한 대략적이며 개괄적인 생각의 범주 안에 그 대답이 들어있기 때문이다.

개념화를 이용한 생각의 발견

개념을 이용하여 생각을 발견하는 방법은 앞에서 설명한 '편차'를 이용하는 것이다. 미술에 있어서 추상화를 감상할 때, 사람마다 다른 상념을 떠올리는 것과 같다. 어떤 방향에서 바라보며, 바로 그 순간 어떤 심리적인 상태에 있느냐에 따라서, 감상자는 서로 다른 느낌을 받을 것이다. 같은 추상화를 같은 사람이 감상한다고 해도 느끼는 감성은 수시로 변한다. 바로 이런 점들을 이용하여 개념을 확장하며 '생각을 발견'하는 방법이다.

개념화 작업에서 개념을 추출한다고 표현하는 것이 구체적인 사물로부터 개념을 뽑아내는 것을 의미하는 것은 아니다. 그저 개념 비슷한 것으로 사물에 대한 묘사를 축약한다는 것을 뜻한다. 그러기에 개념이라는 단어가 아니라 '개념화'라는 단어를 사용한다. 이 것의 진정한 의미는 개념 비슷한 표현을 찾아보자는 것이다. 이것이 첫 번째 단계이다.

이 개념적인 표현은 매우 모호하고 추상적이며 구체적인 사물의 형태를 갖춘 것이 아니기 때문에, 마치 개념이 다양한 갈래의 사물로 변환되듯이 다양한 사물로 변환될 수 있다. 개념에 대해서 사람들은 서로 다른 생각을 품는다. 이 개념화된 생각도 사람에 따라서 그의 가치관과 신념, 경험 등과 결합하여 다양한 방식으로 확장되고 전개된다. 이 작업에서 다른 사람들이 어떻게 생각할까? 다른 사람들도 이런 생각을 할까? 이런 질문에 답을 함으로써 객관적인 관점을 찾으려고 노력하지 않는다. 오로지 기획자 내부의 심리적인 동인에 의해서 개념화된 표현을 확장한다.

이런 사고의 확장 과정에서 어떤 검증도 필요하지 않다. 생각이 꼬리를 물고 발생하며, 각각의 생각은 나름의 가치가 있다고 여긴다. 그것은 과거 경험의 유산에 바탕을 두고 탄생한 것이며, 기획자가 어떤 사람인가를 반영한다. 모든 상상은 나름 동등한 가치를 지니고 각각의 방향으로 전개된다. 이런 생각의 단서들을 메모하면 된다. 그 생각들이 전개될 때마다, 구체적인 사물로 환원될 단서들이 생성된 것이다. 검증은 이 모든 상상이 끝난 후에 이루어져야 하며, 그때 구체적인 사물로 생성될 가능성에 비추어서 선택하고 추가 작업에 들어가면 된다.

개념화된 표현이 확장되고 전개될 때, 작업이 그냥 이루어지지 않는다. 무엇인가를 거기에 결합해야 한다. 그것은 의미이다. 의미는 사람이 살면서 설정한 대상과의 관계로 정의될 수 있다. 이것을 적용하면, 개념화된 표현이 구체적인 사물로 환원되는 시점에서 작업자가 그 개념적 표현에 의미를 덧붙여야 한다는 것을 알 수 있다. 물론 의미는 매우 주관적인 가치관의 토대에 있다. 앞서 작업자의 경험을 말한 것은, 이런 주관적인 경험이 개념화된 표현에 붙여져서 구체적인 사물로 환원될 수 있다고 말하고 싶어서다.

정리해보자. 어떤 사물을 분해하면, 구성요소로 나눌 수 있다. 이 구성요소가 결합할 때 결합의 기제가 작용한다고 이미 설명했다. 단순-복잡화에서는 사물을 간단하게 핵심만을 짚어서 묘사하는 것에 대해서 설명했다. 그것은 하나의 이야기 구조를 나타낸다. 이 이야기 구조가 다시 추상적이며, 모호한 개념으로 축약될 수 있다고 설명한 것이다. 순차적으로는 사물, 구성요소의 결합, 이야기 구조, 개념화된 표현, 이렇게 점점 생각의 원형으로 깊숙이 들어간다.

이런 순차적인 구조에서 개념화된 표현을 어떻게 구체적인 사물로 다시 환원시킬 수 있을 것인가? 개념화는 그에 대한 방법을 제시한다. 다시 앞의 순차적인 설명을 역순으로 만들어 보자. 개념화된 표현, 의미부여, 이야기 구조, 구성요소의 집합, 결합, 구체적인 사물, 이런 순서가 된다.

단순-복잡화 모델에서 한 발자국 더 들어간 것이 개념화라고 설명한 까닭이 이것이다. 단순-복잡화와는 약간 다르지만, 대략적인 설명으로는 단순화를 좀 더 심도 있게 처리하는 작업으로 보아도 무방하다. 단순-복잡화는 사물의 상태를 간단하게 묘사한 것에서 출발하여 복잡한 표현으로 발전시키며, 그 과정에서 이야기 구조를 어떻게 바꾸는가가 중요한 역할을 한다. 이에 반해서, 개념화는 이야기 구조를 만들어내는 과정을 생략할 수 있다. 개념화된 표현에 대응하는 사물의 요소를 바로 이끌어내어, 개념을 사물로 직접 전환하는 것도 가능하다.

개념화를 이용해서 생각을 발견하는 작업에는 콘텐츠를 가공하듯이 개념을 바꾸는 것도 포함된다. 사물로부터 개념화된 표현을 도출하고, 그것을 조작하여 가공하는 것이다. 작업의 과정은 단순-복잡화에서 경험한 것과 같다. 개념화된 것은 개념과는 달리 개념적 요소의 결합체로 존재한다. 개념과 개념이 결합한 형태로, 구체적인 사물을 개념적으로 나타내는 표현이다. 여기에 기획자가 원하는 방향으로 수정을 가하거나 다른 개념을 더함으로써, 새로운 개념화된 표현을 만들어낸다. 이것이 시작점이 된다.

개념화의 예시

모든 복잡한 설명은 역시 예를 드는 것이 가장 전달이 쉽다. 주변에서 가장 많이 관찰되는 것. 스마트폰을 개념화한다고 가정하자.

'1미터 안의 연결고리.'

'세상을 나에게 보여주는 창'

진부할 수도 있지만, 공감을 얻기 위해서 다소 쉬운 표현을 사용했다. 이런 표현을 어떻게 가공할까? 스마트폰을 두 개의 표현으로 개념화했다. 이것 자체만으로도 다양한 사물과 연결될 수 있다. 자신의 주관적인 경험을 관조하여 '1미터 안의 연결고리'라는 개념을 해석한다면, 새로운 사물을 만들어낼 수 있다. 스마트폰의 성공요인이 이런 개념에 있다고 보고, 같은 개념의 다른 사물을 만든다는 것을 의미한다. 이런 경우는 개념이 여러 가지 구체적인 사물로 직접 환원될 수 있다는 점을 이용한 것이다.

따라서 사람의 신체 1미터 안에서 그를 세상과 연결하는 수단은 성공적인 사물이 되는 개념인 셈이다. 이런 조건을 충족시키는 사물이 스마트폰만 있는 것은 아닐 것이다. 어떤 사람의 1미터 안에 접근해 있으며, 그에게 다른 사물과의 연결성을 제공할 수 있다면 어떨까? 시장의 반응이 스마트폰처럼 폭발적이라는 예측을 해본다. 이미 시장에 나와 있는 어떤 사물이 이에 해당할까? 그것에 바탕을 둔 다른 사물을 생각해낼 수는 없을까? 그 답이 새로운 사물이다.

이제는 다른 방식을 사용해보자. '1미터 안의 연결고리'에서 다른 개념을 더해보는 것이다. 여기에서 '1미터'를 빼어버리는 것도 생각할 수 있지만, 그때는 '연결고리'만 남기 때문에 지나치게 모호하게 된다. 대개는 다른 개념을 덧붙이는 편이 새로운 생각을 찾을 때 도움이 된다. 여기에 다른 개념으로 추상성을 덧입힌다면 어떤 일이 벌어질까? 이런 예에는 역시 진부한 것이 편할 것이다. '행복'이라는 단어를 붙여본다. 개념은 변화하여 다른 조건을 그 안에 함유한다.

"행복감을 주는 1미터 안의 연결고리."

이제 여기에 대응하는 사물은 스마트폰이 아닐 가능성이 생겨났다. 행복감은 여러 가지 스펙트럼으로 해석된다. 그런 만큼, 사람들에게 행복한 느낌과 연결성을 제공하는 것은 다양한 방향성을 지닐 것이다. 이제 이런 변화된 개념에 대응하는 사물의 구체적인 요소에는 어떤 것이 있을까? 주변을 살피면 결과가 나온다. 그리고 그 구체적인 요소와 요소의 결합을 통해서, 각각의 스펙트럼에 따라 여러 가지 구체적인 사물로 환원하면 된다.

개념을 구체적인 사물로 환원하기 위해서는 많은 시간을 소비해야 한다. 그렇지만, 사람들의 마음을 움직일 '개념'을 찾는 데는 더 많은 시간이 걸린다. 몇 년을 노력했음에도 소비자의 마음을 얻지 못한 회사는 얼마나 많은가? 제품의 성능이 뛰어남에도 그들은 결국 시장에서 퇴출당한다. 그 상품을 관통하는 적절한 개념을 찾지 못한 탓이다. 이런 때 개념화는 해답이 된다. 개념화를 통해서 '새로운 생각을 발견'하는 데는 많은 시간이 걸리지도 않는다. 이렇게 생각의 방향이 성립되면, 적절한 개념을 장착한 사물을 만드는 나머지 작업은 시간함수에 불과하다.

어느 회사에서 새로운 제품을 개발한다고 가정하자. 어떤 제품을 만들까? 이렇게 최고 경영자가 이런 질문을 던진다. 그리고 최고 경영자는 선택된 제품에 대한 개괄적인 제안을 하는 사원에게 진급과 인센티브를 내건다. 최고 경영자와 임원들의 마음에 쏙 들어오면서 회사의 운명을 가를만한 것이 나올까? 그렇지 않을 확률이 훨씬 높다. 이미 있는 제품에 어떻게 변형을 가해서, 새롭게 보이도록 만드는 데만 생각을 집중하기 때문이다. 그것만으로는 혁신성 있는 것이 나오지 않는다. 다시 최고 경영자가 닦달한다.

"새로운 개념을 찾아내서 거기에 합당한 제품을 만드세요!"

"도대체가 혁신이 없어요. 남들이 그 나물에 그 밥이라고 하지 않을까요?"

최고 경영자가 '남들이'라는 말로 약간 부드럽게 질책했지만, 임원들은 그것이 얼마나 무서운 말인지 실감한다. 생각이 그러하면, 사람 또한 그러하기 때문이다. 그러한 사람들이 오래 버티는 것을 보지 못했을 것이기에, 그들의 미래가 갑자기 어둑어둑하게 변한다.

개념화는 이런 때에 필요하다. 새로운 생각을 찾아낼 때! 아무것도 없는 곳에서 무엇인가를 만들어낼 수는 없다. 어떤 힌트도 없는 곳에서 새로운 사물을 찾아낼 수는 없다. 그런 때, 기존의 사물에서 얻는 단서라도 있다면, 작업은 목표를 향해서 순조롭게 진행될 수 있다.

시장에서 압도적인 위치를 점유하고 있는 물건은 어떤 개념을 당신에게 던지는가? 다른 사람도 그런 개념에 동의하는가? 그렇다면 그것은 무엇인가? 그것만으로도 사람들을 설득할 수 있는가? 좀 더 변화를 준다면 어떤 표현을 덧붙일 수 있는가? 이것 역시 다른 사람들을 설득할 수 있는가? 그렇다면 여기에 해당하는 사물의 구체적인 형태와 기능은 무엇인가? 이런 것들에 답을 할 수 있다면 개념화를 이용해서 최고 경영자를 성공적으로 만족시킬 것이다. 그리고 그 회사는 새로운 성장동력을 얻는다.

"개념화의 예는 이것으로 끝인가요? 세상을 보여주는 창도 작업 해봅시다."

너무 많이 하면 재미없다. 개념화의 예는 여기에서 마치는 것으로 하자. 두 번째는 여러분이 직접 하기 바란다. 재미있을 것이다.

아! 이것도 좋은 방법이네? 이런 감탄사로 스스로에게서 대견함을 느껴보자. 가슴이 뿌듯하고 충만감이 생길 것이다.

단순-복잡화와 개념화의 순환사용

단순-복잡화와 개념화는 새로운 생각을 발견하려는 목표를 달성하기 위해서, 매우 흡사하게 작동하는 창의적 사고의 기법이다. 구체적인 사물로부터 단서를 찾아내서 그것을 조작하고 가공하여 다른 생각으로 확장하고 전개하는 것이 그렇다.

그렇지만, 근본적으로 다른 점이 있다. 단순화는 기능, 역할, 물성 등 사물의 특성에 충실하다. 반면에, 개념화는 특성 이전의 것에 자리하고 있다. 개념화는 단순화보다 더욱더 생각을 중시하며 동시에 훨씬 모호하다. 개념화는 어떤 면에서는 사물이 주는 통찰을 의미하기도 하고, 사물을 관통하는 추상적인 생각의 단면을 나타내기도 한다.

단순-복잡화와 개념화는 따로 사용할 수도 있지만, 순환하여 사용할 수도 있다. 개념화를 이용하여 사물로부터 근원적인 '생각'을 찾아내고 그것을 전개하여 구체적인 사물로 변환시킨다. 그것이 목표로 하는 것이 아니거나, 혹은 더 혁신적이고 획기적인 것을 생산하고자 할 때는 다시 개념화를 시도한다. 처음의 '생각'에서 다시 진화된 생각이 생성될 것이다. 이것을 다시 확장하여 구체적인 사물로 전환한다.

이런 방식으로 순환하여 작업을 계속 수행하다 보면, 처음의 생각은 형태를 잃고 전혀 다른 '생각'이 눈앞에 떠오른다. 그것은 처음의 사고방식과 연관되어 있지만, 실제로는 전혀 관계없는 생각으로 발전한 상태에 있게 된다. 이제 눈앞에는 아주 새로운 생각이 발견되기를 기다리면서 놓여있다!

단순-복잡화도 이와 같다. 단순화한 표현을 전개하고 발전시켜서 다른 사물로 전환한다. 이것이 목표로 하는 것이 아닐 수 있다. 이런 때 처음의 단순화된 표현으로 돌아가서 새로 작업하는 것이 아니라, 생성된 사물에 다시 단순화 작업을 시도한다. 이것이 단순화되어 새로운 이야기 구조를 지니게 될 때, 이 이야기는 최초에 나온 이야기와는 무척 다른 이야기가 된다. 여기에 대응하는 구성요소나 사물을 찾아낸다면, 아주 획기적인 형태의 사물이 세상에 모습을 드러내게 된다.

다른 방법도 있다. 그것은 개념화와 단순-복잡화를 교차하여 사용하는 방법이다. 예를 든다면, 단순-복잡화를 시도하여 작업한 사물에 개념화를 시도하는 것이다. 이런 때에도 '생각'은 전혀 다른 방식으로 발전하여 발견된다. 예측한 것을 뛰어넘는 혁신성에 도달할 확률이 매우 높아지는 것이다. 또는 개념화하여 나온 사물이 흡족하지 않다면, 이를 단순화하여 확장하고 전개하는 방법도 있다. 이렇게 교차하여 개념화와 단순-복잡화를 사용한다면, 아주 새롭고 혁신적인 '생각을 틀림없이 발견' 할 수 있을 것이다.

창의력이 필요한 작업에서 아무런 생각이 나지 않아서, 생각조차

하지 못하고 포기한 경우는 얼마나 많은가? 실패해도 시도는 해야 하지 않을까? 이런 생각으로 머릿속에 들어있는 정보를 샅샅이 살피며, 생각을 찾으려고 얼마나 노력을 많이 했는가? 이렇게 고민하다가 다른 사물에서 힌트를 얻으려고 노력한다. 하지만, 그것은 결코 쉽사리 모습을 드러내지 않는다. 단서를 찾았다고 해도, 이미 다른 사람이 그것을 작업에 사용한 경우다. 그거라도 흉내 내려고 애쓰면서 또 얼마나 실망감을 감추었던가?

전혀 새로운 생각은 세상에 존재하지 않는다. 그것은 과거의 석학들이 이미 보증한다. 그렇다고 다른 사람들의 생각을 흉내 내는 것은 자존심에 상처를 입힌다. 그리고 실망 끝에 지레 포기한다.

개념화와 단순-복잡화는 이런 때를 위한 것이다. 생각을 발전시키는 길을 열어주고, 그것이 전혀 자존심과 자부심의 문제가 아님을 인식시킨다. 결국 생각이라는 것은 발견되는 것이며, 그것에 대한 단서를 찾는 방법을 개념화와 단순-복잡화는 제시한다. 더 나은 방법이 있는가? 이렇게 물을 수도 있겠다. 이 책의 나머지에 그런 것이 제시될까? 아니면, 그것을 찾는 것은 여러분들의 몫인가?

1분 정리

- 단순 – 복잡화 모델에서 한 발자국 더 들어간 것이 개념화.
- 개념화 추출의 순서: 사물 –〉 구성요소의 결합 –〉 이야기 구조 –〉 개념화된 표현.
- 개념화와 생각의 확장 작업순서: 개념화된 표현 –〉 의미부여 –〉 이야기

구조 →〉 구성요소의 집합 →〉 결합 →〉 구체적인 사물.

- 개념화와 단순화를 순환적 혹은 교차 사용하면 더 혁신적인 생각을 발견한다.

21. 관찰은 생각을 발견하는 커다란 도구

관찰은 사물을 바라보며 논리적으로 분석하여 무엇인가를 찾아 내는 작업이다. 관찰은 모든 학문의 기초에 해당한다. 세상에 대한 관찰로부터 학문이 시작된 만큼, 관찰에 대해서만 아주 두꺼운 책을 쓰기도 한다. 여기에서는 그것을 요약하지 않는다. 그것과는 방향이 다르다.

창의적인 사고가 생각을 발견하는 작업이라면, 관찰만큼 도움을 주는 것도 없다. 지나가는 사람을 물끄러미 바라보기만 해도 수많은 상념이 스쳐 지나간다. 그중에서 마음에 각인되는 것을 고르기만 해도 만족할 만한 '생각'을 찾아낼 수 있다. 그것이 전적으로 과학적인 방법에 바탕을 둔 관찰이 아니라고 해도 도움이 된다. 시간을 투자하는 만큼, 관찰은 새로운 생각의 지평을 열어준다.

창의적 사고의 관찰은 다르다

일반적인 형태의 관찰은 사실을 알아내기 위해서 수행한다. 그래서 대부분의 관찰은 방법과 과정을 엄밀하게 따진다. 가장 심각하게 평가를 받는 것은 자연과학 분야에서의 관찰이다. 관찰에 관해서 서술하고 있는 대부분의 두꺼운 책들은 이런 엄밀성을 어떻게 지킬 것인가를 알려준다. 특히 관찰자의 주관이 사실을 어떻게 왜곡시키며, 진실에 어떤 영향을 주는지 밝힌다. 관찰대상에 대한 관찰자의 영향에 의해서 관찰의 결과가 오염되고 '노이즈'가 발생하며, 결과적으로 신뢰성에도 문제가 발생한다고 본다.

창의적 사고의 관찰도 이런 엄밀성을 지켜야 한다고 주장할 수 있다. 관찰이라는 이름을 내세우는 순간, 관찰의 과학적인 절차를 지켜야 한다고 그런 사람은 말한다. 그럴 수도 있지만, 여기에서는 관찰을 창의적인 사고, 새로운 생각을 발견하는 단서로만 사용한다. 이렇게 하자면, 엄밀성과 정확성이 필요한 것이 아니다. 또 그런 관찰법은 진실을 찾아낼 수는 있지만, 창의적 생각을 찾아내는 데 많은 도움을 주지 못한다. 그러므로 일반적인 관찰의 사용법과는 다른 방법으로 관찰해야 한다.

앞서, 단순-복잡화와 개념화에서 어떻게 사물에서 생각을 찾아내며, 그것을 어떤 방식으로 가공하여 새로운 생각으로 발전시키는지 설명했다. 관찰 또한 새로운 생각을 발견하기 위한 도구의 하나다. 창의적 사고를 하기 위한 수단으로써 관찰을 사용하는 방식은, 학문에서 관찰을 사용하여 사실을 찾아내고 진실이 무엇인지 알아내는 것과는 방향이 다르다.

창의성을 확보하기 위해서는 과학적인 엄밀성보다는, 새로운 생각이 찾아지느냐가 관건이 된다. 사실관계, 사물을 구성하고 있는 요소 사이의 관계보다는, 거기에 어떤 새로움이 있는가를 알아내는 것이 여기에서 관찰을 다루는 목적이다.

새로운 생각을 찾아내기 위해서 사물에 어떤 작업을 해야 할까? 지금까지는 이런 관점에서 사물을 바라보았다. 창의적 작업자는 사물에 생각을 덧붙이고 변화를 주어서, 어떻게 새로운 사물로 발전시킬까 탐색한다. 사람이 작업해야 할 대상(오브제)으로 사물이 존재하는 것이다.

여기에서 다루는 관찰은 그 방향을 바꾼다. 사물은 그대로 존재하며, 변화하는 것은 사람이다. 관찰자는 자신이 바라보고 있는 세상에 대한 선입견, 신념, 가치관, 경험, 지식 등 사물과 맺은 관계를 변화시키면서 사물을 바라볼 것을 요구받는다. 사물에 대해서 기존에 지닌 마음(인지)의 상태를 변화시키면서 사물을 관찰하는 것이다. 그때 이제까지 가졌던 생각과는 전혀 다른 심상이 떠오른다. 구체적인 말과 글로 옮기면, 그것이 창의성을 확보하는 새로운 생각이 된다.

어떻게 보면 그것은 관찰이 아니다. 관찰을 이용하여 새로운 생각을 찾아내는 것. 그것이 새로운 생각을 발견하는 방법으로써의 관찰이다.

"관찰이라는 것이 이렇게 피곤한 것인지 몰랐어요."

"꼭 이런 방법이 아니라도 그냥 세상을 쳐다보면 생각이 떠오르지 않겠어요?"

당연히 머리 아픈 작업에 대한 두려움이 있을 것이다. 자신의 상태를 변화시켜가며 세상을 바라보는 것. 이런 것이 불가능한 사람도 있다. 절대로 자신의 눈과 생각을 바꿀 수 없다는 것을 신념으로 삼는 사람도 의외로 많다. 그런 사람에게 이런 방법은 다른 사람이 되라고 요구하는 것과 같다.

안심해도 좋다. 개념적으로 그렇다는 것이다. 실행에 옮길 때는 다른 느낌이 든다. 이것이 그것이었어? 이런 말과 함께 입가에 미소가 떠오를지도 모른다. 자! 이제 구체적으로 어떤 관찰의 방법을 사용해서 생각을 주워 올려볼 것인지 살펴보자.

관점과 생각 찾기

스테픈 월트셔(Stephen Wiltshire)라는 이름의 영국 화가가 있다. 그의 그림은 상당히 유명해서 꽤 높은 가격에 팔린다. 그는 마치 사진을 찍듯이 그림을 그린다. 그것이 왜 이 화가의 특징일까? 카메라의 렌즈가 만들어낸 사진은 사람의 눈으로 보는 세상과 다르다. 사람과 렌즈가 비슷하기는 하지만, 완전히 같지는 않기 때문이다. 사람의 눈이 멋진 풍경으로 인식하고 있는 경치를 사진으로 찍으면, 그리 멋지지 않게 느껴지는 것은 그런 이유에서 비롯된다. 또 그저 그런 풍경도 카메라로는 매우 멋진 사진을 얻을 수 있는 것도 마찬가지이다.

스테픈 월트셔의 그림은 사람의 눈이 인식하는 풍경 속의 모든 사물을 하나도 놓치지 않는다. 그것도 사람의 눈이 인식하는 구도와 전혀 다른 점이 없이 그대로 그려낸다. 이런 것은 보통 사람들과 무척이나 다른 방식이다. 사람들이 사물을 아무리 자세히 관찰해도 놓치는 부분이 많다. 우리 눈에 들어오는 모든 시각 정보를 신경세포가 다 처리하지 못해서 그렇다. 또 많은 정보를 처리하기 위해서는 그만큼 많은 에너지를 소비하기 때문에, 필요하다고 인식하는 시각 정보만을 받아들인다. 그래서 우리가 인식하는 세상은 실제의 모습과 다르다.

이 화가의 그림이 실제의 세상을 그대로 묘사하는 것은 그가 보통 사람들과는 다르기 때문이다. 사실 그는 일종의 결함에 의해서 세상을 보통 사람들과는 다르게 인식한다. 그는 있는 그대로의 모습을 '있는 그대로' 받아들이고, 그것을 캔버스 위에 옮긴다. 일반적인 화가가 풍경화를 그릴 때, 특정한 것은 두드러지게, 나머지는 생략하거나 윤곽만 그리는 것과는 다르다. 스테픈 윌트셔의 그림은, 사람들이 인식하는 세상이 실제와는 다르다는 것을 가시적으로 보여준다.

그것이 관점이다. 우리는 세상을 있는 그대로 인식하지 않는다. 생물학적으로도 세상을 있는 그대로 받아들일 수 없게 되어 있다. 더구나 수많은 사념에 사람은 지배를 받는다. 우리의 시각세포는 가치중립적으로 정보를 받아들이지만, 그것을 두뇌가 처리하는 과정에서 가중치를 두게 마련이다. 어느 것은 중요한 것이기에 상세한 정보가 필요하고, 어느 것은 덜 중요하기에 무시해버리는 것이다.

심리학자들의 연구에서는 '게으름'으로 이런 현상을 해석하기도 한다. 심리적인 게으름으로 인해서 덜 생각하거나 대충 생각하고 만다는 이론이다. 이 게으름은 사람의 본성에 심겨 있으며, 우리를 세상의 자극으로부터 보호하기 위해서 성립한 생물학적 기제이다. 어찌 되었든, 사람은 세상을 있는 그대로 바라보지 못한다.

"아니! 그러면 객관적인 것이 없다는 말인가요?"

"세상이, 내가 보는 세상과 그가 보는 세상이 다르다는 건가요?"

그렇다. 객관적인 것은 없는 것이나 마찬가지다. 사람들이 객관성을 두고서 수없이 말다툼하는 이유는 어디에 있을까? 그것은 객관이 없다는 것과 같다. 나의 관점과 너의 관점이 서로 만나는 공간이 있다면, 당연히 객관성이라는 것도 있을 것이다. 그러나 누군가와 깊은 이야기를 나누다 보면, 그와 내가 서로 다르다는 것만 인식한다. 우리는 같은 세상을 바라보고 있지만, 서로 다른 것을 보고 있는 거나 마찬가지다.

이것을 우리는 관점이라고 부른다. 왜 이런 일이 일어날까? 우리의 생물학적인 눈은 모두 같다. 그렇지만, 우리의 두뇌에는 수많은 종류의 렌즈가 들어있다. 더구나 사람마다 사용하는 렌즈의 종류가 다르다. 그러니 각각 다른 렌즈와 렌즈를 조합할 때, 얼마나 많은 종류의 조합이 나올 수 있을까? 마치 사람마다 서로 다른 망원 렌즈로 세상을 바라보고 있다고 묘사하면 정확할 것이다.

선입견, 신념, 자기 정체성, 동기, 경험, 가치관, 성격, 종교관 등 이 모든 것들이 머릿속에 들어있는 렌즈의 종류다. 이런 렌즈의 조합은 그가 어떤 사람인가를 나타낸다. 동시에 그가 세상을 바라보는 방법을 결정한다. 거기에 마치 변덕과도 같은 심리적인 움직임도 가세한다. 일관성 있게 세상을 보다가도, 심리가 급변하여 다른 방식으로 보겠다는 의지가 작동한다. 한마디로 변화무쌍한 방식으로 우리는 세상을 바라본다.

유년 시절부터의 이런 경험을 통해서, 우리는 관점이 있다는 사실을 저절로 안다. 그리고 다른 사람의 관점을 이해하는 능력을 키운다. 그렇지만, 때로는 관점의 다름이 서로 지나쳐서 전혀 다른 사람의 관점을 받아들이지 못하기도 한다.

관찰을 주목적으로 다루는 많은 학술서적에서는, 관점이 서로 다르다는 것에 주의할 때 진실에 접근할 수 있다고 설명한다. 관점에 의해서 관찰이 얻고자 하는 핵심이 오염되지 않도록 여러 가지 주의점들을 말한다. 이런 책들 가운데 인상 깊었던 것이 에이미 허먼(Amy E. Herman)이 저술한 '시각적 지능(Visual Intellgence)'이라는 책이다. 이 책은 우리나라에서는 '우아한 관찰주의자'라는 우아하고 매력적인 제목으로 번역되었다.

이 책에서 에이미 허먼은 COBRA(코브라)로 명명한 관찰할 때의 주의점에 관해 설명한다. 이것은 그가 제시한 설명의 첫 글자를 따서 만든 제목이다.

숨겨진 것에 집중하기(Concentrate on the camouflaged),

한 번에 하나씩(One at a time),

쉬면서 하기(Break),

예상을 재배치(Realign),

다른 사람에게 물어보기(Ask).

이렇게 다섯 가지로 요약된다. 에이미 허먼이 관찰력을 높이기 위해서 제시한 것은 미술작품의 감상이다. 그림 속에 등장하는 소재가 전달하는 정보를 찾는 훈련을 하다 보면, 실제 상황에서 더 정확하게 관찰하는 방법을 터득할 수 있다고 주장한다.

관찰의 결과로 정확한 사실을 알아내기 위해서, 이 책의 내용을 일부 인용한 것은 아니다. 이 책은 우리의 눈이 정확하지 않다고 끊임없이 주장한다. 우리가 가진 관점이 어떻게 진실을 파헤치는 노력을 배신하고 있는지 알아야 한다고 강조한다. 이 다섯 가지 방법은 우리 자신이 그렇게 믿음직스러운 존재가 아니라는 것을 반증한다. 그러므로 숨겨진 것을 잘 찾지도 못하며, 제대로 파악하지도 못하고, 집중하다 보면 피로해서 부정확해지며, 미리 예단하여 그에 맞추어 관찰하고, 자신의 시각이 옳다는 믿음으로 세상을 바라보고 있다는 시각이 깔려있다.

과거의 실수를 따라가면, 그가 지적한 흔적이 발견된다. 살면서 경험한 것들이다. 그리고 실수를 보완하는 그의 방법론을 수용하며 공감을 표시한다. 하지만, 창의적인 관찰은 정반대. 창의력을 돋보이기 위해서는 이런 인간적인 약점을 잘 활용해야 한다. 창의적으로 생각을 발견하기 위해서, 관찰의 이런 맹점을 적극적으로 이용할 것을 제시한다. 관점을 뛰어넘는 하나의 진실을 찾는 일에서 벗어나야 한다. 관점에 따라서 사물을 살펴보고, 특정한 관점과 사물의 관계를 추적할 일이다.

"정확한 것이 좋은 게 아닌가요? 생각을 발견했더니 착각이었다면요?"

"그러게요. 사실에 바탕을 두지 않는 아이디어가 무슨 소용이 있겠어요?"

당연한 의문이다. 기껏 '생각을 발견'했더니 착각에 바탕을 둔 것이라면 무슨 의미가 있을까? 우리가 살아가는 세상은 정확하다. 모든 것에는 정확한 인과관계가 성립한다. 이유와 결과가 명확하다. 하지만, 우리의 인식도 그럴까? 세상의 수많은 사물에 대한 우리의 인식은 사람마다 제각각이다. 각자의 관점에 의해서 같은 사물도 다르게 인식한다. 그리고 그것은 인간의 다양성이라는 것으로 설명이 된다.

관점은 옳고 그름을 따지지 않는다. 그것은 다름이 있다는 사실을 정당화하며, 그 다름에 대해서 다른 사람들을 설득한다. 창의적인 생각은 다양함이다. 그리고 그 다양함을 찾아내는 방법으로 관점의 사용을 강력하게 제시한다. 나의 관점으로 세상은 '그렇다.' 그러나 다른 사람의 관점으로는 세상이 '저렇게' 변화한다.

또, 앞서 비유한 수많은 렌즈 가운데 어느 하나를 강조할 때도 관점은 변화한다. 일반적으로 사용하는 렌즈를 통해서 세상을 관찰하지 않게 되는 것이다. 이 관점으로 세상을 바라보면 새로운 '생각을 발견'할 수 있지 않을까?

관점에 대한 이해는 정확한 사실을 찾아내기 위해서 매우 중요한 역할을 한다. 그렇지만, 관점은 사람이 세상을 바라보는 방법이다.

이 방법이 주는 다름을 인정하고, 그것을 적극적으로 사용하면 세상이 다르게 보인다. 관점의 이런 변화에서 생각이 새로운 옷을 입게 된다. 결국 목표로 하는 창의성이 확보되는 것이다.

관점은 사람에 따라 다르다. 내가 다른 사람이 될 수는 없지만, 일시적으로 다른 관점으로 세상을 바라볼 수는 있다. 그 관점에 따라서 다르게 보이는 세상을 관점의 조건과 함께 기록한다. 그때마다 관점에 따른 차이가 생성될 것이다. 이것이 관점에 따른 생각의 스펙트럼이다. 그리고 그중에서 가장 많은 지지를 받을 수 있는 관점과 생각을 선택하면 된다.

정리하면 이렇다. 관점은 사람이 세상을 관찰하는 방식이다. 사람마다 고유한 관점이 있다. 그것은 다양성을 확보하는 수단이다. 어떻게 할까? 정확한 사실을 찾아내는 데도 관점을 이용하지만, 역으로 사용하는 것도 가능하다. 관점에 따라서 대상을 살펴보자. 그것이 창의적인 생각을 발견하게 만드는 관찰법이다.

소설 속의 시점과 관찰 결과의 다양성

소설에서 시점은 매우 중요하다. 이야기를 진행하기 위해서 등장인물의 행동을 누가 어떤 방법으로 관찰하느냐가 시점이다. 일인칭 시점에는 일인칭 주인공 시점과 일인칭 관찰자 시점, 그리고 삼인칭 시점에는 작가 관찰자 시점과 작가 전지적 시점이 있다. 이들 4가지 시점에 따라서 이야기를 풀어나가는 방식이 달라진다.

주인공의 생각과 다른 사람의 생각이 교차하며 진행되는 일인칭 주인공 시점, 등장인물의 행동을 밖으로 보이는 대로만 서술하는 일인칭 관찰자 시점, 작가의 눈에 보이는 것만을 서술하는 작가 관찰자 시점, 그리고 작가가 인물들의 내면과 외면을 모두 파악한다고 가정하면서 서술하는 것이 작가 전지적 시점이다.

소설을 쓸 때는 이 4가지 시점에서 하나를 선택해서 인물들의 행위를 서술하기 마련이며, 특별한 경우는 두 가지 시점을 사용하기도 한다. 또 두 명의 작가가 각각 두 개의 시점을 사용할 때는 모두 4가지 시점까지도 소설에 담을 수 있다. 시점이 이야기의 서술방식을 지배하기 때문에 작가는 시점의 선택에 고심한다. 시점에 따라서 이야기 구조와 그것이 함의하는 생각이 달라지기 때문이다.

앞에서 관점에 의해서 많은 생각이 발생하며, 그 갈래의 하나를 선택함으로써 창의적인 사고가 가능하다는 주장을 제시했다. 이를 증명하는 것이 소설 속의 시점이다. 소설을 읽으면서 이야기의 시점이 어떻게 새로운 이야기를 만드는가를 경험했을 것이다. 그에 따라서 이야기의 서술방식뿐 아니라, 세상에 대한 묘사가 달라짐을 알아챘을 것이다.

여기에서 이야기의 서술방식의 하나인 시점에 대한 변화를 모색해보자. 소설 속에는 일인칭과 삼인칭의 시점 밖에는 없을까? 이인칭의 시점은 왜 존재하지 않을까? '네'가 '나'를 관찰하고 그 관찰한 내용이 이야기로 전달되는 방법은 없을까? 이런 의문에 대해서는 이미 많은 사람이 생각했을 것이다. 그리고 불가능한 것으로 결론을 내렸을 것이다. 그러니 시점에는 4가지 밖에 없다고 단언하지 않았을까?

창의적인 사고는 이를 거부한다. 이인칭의 시점도 이야기 구조에 포함할 수 있다고 주장하고 싶은 것이다. 네가 나를 관찰하여 서술한 것, 또 네가 다른 사람들을 관찰하여 서술한 것, 이 모든 것이 가능하다고 말하고 싶다. 네가 나를 바라본 이야기, 또 네가 제3의 인물을 관찰한 이야기가 가능하다고 믿는다면, 시점이 증가한다. 동시에 담긴 '생각'도 새로워지며 더 많아진다. 한마디로 창의력이 증가하는 것이다. 또한 타인의 시선으로 자신의 내면을 바라보는 것도 가능하게 된다. 창의적인 사고의 관점은 이렇다. 어떤 제약도 거부하며, 생각을 찾아내기 위해서 모든 가능성을 동원한다.

3차원 물체를 관찰하기

세상의 모든 사물은 3차원이다. 물론 물리적인 사물의 경우에 그렇다. 3차원 물체를 관찰하는 것은 따라서, 모든 관찰의 기본이다, 이런 관찰에 익숙하면, 관점의 변화에 대한 통찰을 얻을 수 있다. 또 세상을 관찰할 때, 관점의 다양성에 대해서 뚜렷하게 인지할 수 있다. 이런 이유로 3차원 물체를 잘 관찰하면, 생각 찾기가 보다 수월하도록 훈련된다.

물리적인 형태를 갖춘 3차원 사물은 수학적으로는 세 개의 좌표로 표시된다. x, y, z라는 3개의 변수에 의해서 그 물체의 위치가 결정되며, 그 형태도 이 세 개의 축을 기준으로 묘사할 수 있다. 그러므로 가장 기본적으로 관찰 방법은 3가지가 된다.

더 없을까? 여기에 3차원 물체인 정육면체가 있다고 가정하자. 이것을 몇 가지 방법으로 바라볼 수 있을까? 3가지가 아닐까? 이것은 수학에 기초한 답변이기도 하지만, 일반적인 우리의 행동도 된다. 가장 먼저 정면으로 바라본다. 그리고 측면을 바라보며 그리고 위에서 바라본다. 그리고 결론을 내린다. 세 개의 방향에서 바라보았을 때, 각각의 면이 모두 정사각형이다. 그러므로 이것은 정육면체다.

이것으로 끝일까? 그렇다면 3차원 물체를 관찰하는 방법을 서술하지 않았을 것이다. 더 찾아보자. 물체의 주위를 돌아보면서 바라보는 방법이 있다. 앞, 옆, 위에서 바라보는 것으로는 충분하지 않다. 눈에 보이지 않았던 다른 면이 앞이나 옆에서 바라본 것과 같다는 짐작이 틀릴 가능성은 얼마든지 있다. 그러니 밑바닥을 바라보기도 한다. 혹시 그곳의 색상은 다르지 않을까? 혹은 거기에는 어떤 무늬가 있지 않을까?

정육면체를 3차원 물체로 등장시키면서 관찰하는 방법을 물으면, 많으면 이렇게 4가지 아니면 5가지를 제시한다. 이것은 겉모습으로 사물을 판단하는 방식이다. 사물에 대한 우리의 인식은 겉모습에 의해서 좌우된다. 심리적으로도 이 정도로 조사했으면 이 물체의 정체가 드러났다고 믿는다. 우리의 사고방식은 이런 정도에서 만족을 느끼도록 장치되어 있다.

창의력에 대한 갈망을 느낀다면 달라야 하지 않을까? 더 많은 관찰 방법으로 더 많은 이야기를 찾아내고, 그 안에 담겨있는 '생각'을 추출해야 하지 않을까? 그렇기 위해서 정육면체의 내부에 무엇이 들어있는지 살펴야 하지 않을까? 그렇다. 관점의 숫자를 늘리고 시선을 달리할 때, 더 많은 이야기를 찾을 수 있다.

그렇다면 내부를 바라보는 것도 정육면체의 한 면을 제거하여 들여다보는 방법, 그 면을 투시해서 보는 방법으로 나누어본다. 발견되는 이야기와 생각이 다양해진다. 정육면체의 내부에서 외부를 바라본다면 또 어떨까? 그 외부에서 내부를 갖가지 방법으로 바라보는 것처럼, 내부에서 외부를 바라볼 수도 있다. 이런 방법으로 관찰의 결과가 나타내는 이야기와 그 안에 담긴 생각은 기하급수적으로 늘어난다.

어떤 시선으로 물체를 바라보느냐를 결정하는 것은 전적으로 관찰자의 몫이다. 관찰자가 얼마나 다른 방식으로 물체를 관찰하는가에 따라서 생각의 질적 수준이 달라지며, 그 종류 또한 다양하게 변한다. 그 다양한 조합을 찾아내는 것이 창의적인 관찰 방법이다. 그리고 그에 따라서 새로운 생각이 발견될 것이다.

수학에서의 관찰

숫자도 관찰하는 것일까? 가능하다. 숫자의 배열을 관찰하면서 수학의 법칙을 찾아낸 수학자들도 많으니까. 여기에서는 그런 관찰을 의미하지 않는다. 수학적으로 표현된 물리학에서의 관찰이다. 이해가 어려울까? 그렇지 않다. 창의적인 관찰은 유연하다고 믿어주면서 여기까지 읽은 독자들을 위해서도, 정신적인 피로도를 증가시키지는 않을 작정이다.

3차원 물체를 물리학에서는 두 가지 방법으로 관찰한다. 그 관찰 방법이 수학적으로 표현할 수 있기에 수학에서의 관찰이라고 말하는 것이다. 18세기에 활동했던 수학자인 오일러(Leonhard Euler)는 물체를 관찰하기 위해서 수학적인 방법을 사용했다. 그가 사용한 방법은 관찰자의 고정된 위치를 중심으로 물체가 어떻게 움직이며 변형하는가를 수학적으로 나타내는 것이었다.

18세기와 19세기에 걸쳐서 활동한 수학자 라그랑주(Joseph-Louis Lagrange)는 거기에 덧붙여서 다른 관찰 방법을 수학적으로 표현했다. 그가 제시한 개념은 움직이는 물체에 좌표의 중심을 두고 관찰자가 움직이면서 물체를 관찰하는 방법이었다.

수학적인 이야기는 여기에서 그친다. 이것 이상으로 수학적 해석을 덧붙인다면 지루할 뿐 아니라, 이 책의 원래 목표에서 벗어난다. 간단하게 이 두 가지 수학적인 관찰 방법을 일반 언어로 정리하면 이해하기가 쉽겠다. 어떤 물체를 관찰하기 위해서 사람이 고정된 위치에서 물체를 관찰하는가? 혹은 사람이 물체와 함께 움직이면서 관찰하는가? 이 두 가지가 수학에서의 관찰 방법이다.

이것은 누가 가르쳐주지 않아도 흔히 사용하는 방법이다. 특히 고정된 위치에서 관찰하는 것을 사람들은 즐겨 하며, 호기심이 많은 사람은 움직이는 관찰대상을 따라다니면서 관찰한다. 이런 행위에서 어떤 일관성이 발견되지는 않는다. 그저 그렇게 하는 것이 필요하다는 생각에서, 고정된 위치를 고수하다가 마음이 강하게 끌릴 때 대상을 뒤따르며 관찰한다.

이 두 가지를 조직적으로 사용하면 어떨까? 이것이 창의적 사고를 확보하는 수단이 된다. 동시에 이 두 가지 방법을 사용하면, 주어진 상황을 입체적으로 재구성할 수 있다. 일반적인 시각으로는 보이지 않던 것들이 드러나게 된다. 그 순간 새로운 생각이 다가온다.

"구체적으로 설명하면 좀 더 잘 이해되지 않을까요?"

"역시 예를 드는 것이 쉽게 가는 지름길입니다."

동물의 세계를 그린 다큐멘터리는 대부분 이런 방법을 사용한다. 하나의 장소에서 동물을 관찰하는 것으로 시작한다. 그러다 계절이 우기에서 건기로 바뀌면서 물웅덩이가 마를 때, 동물 무리들이 이동을 시작한다. 카메라는 동물의 이동 경로를 따라서 움직인다. 그리고 동물들이 어떤 행동패턴을 보이는지 추적하여 작품에 담아낸다. 오일러와 라그랑주의 방법을 혼용한 것이다.

디스커버리 채널에서 방송한 자연 다큐멘터리에서는 이와는 다른 방식을 채택했다. 인공적으로 물웅덩이를 파놓고 주변에 카메라를 설치했다. 거기에 오가는 동물들이 어떤 행동을 하는지 관찰해서 프로그램을 완성했다. 일반적인 다큐멘터리가 먹이를 찾아 움직이는 동물을 묘사하는 데 비해서, 이 작품에서는 물웅덩이 주변에서 벌어지는 먹이 사슬의 이야기가 집요할 정도로 펼쳐진다.

백화점에서 손님들은 어떤 반응을 보일까? 마케팅을 담당하는 직원이 이 두 가지 방법을 채택해서 관찰한다면, 좋은 보고서를 쓸 수 있다. 매출이 전혀 오르지 않는 상품 앞에서 고객이 어떤 반응을 보이는가를 고정된 시각으로 관찰한다. 또 어떤 특정한 고객이 매장에 들어서면서 밖으로 나가기까지 어떤 행동패턴을 보이는지 알아낼 수 있다. 이 두 가지를 종합해서 새로운 마케팅 전략의 바탕이 되는 새로운 생각을 발견할 수 있다.

오일러의 방법과 라그랑주의 방법은 많은 경우에 혼용해서 사용된다. 굳이 가르쳐주지 않아도 누구나 사용하는 방법이기도 하다. 이 둘을 의도적으로 사용할 때, 지금까지 눈에 띄지 않았던 것이 드러난다. 또한 사람들의 행위에 대한 의미가 다르게 전달되며 새로운 아이디어를 얻을 수 있다.

평범한 곳에서 찾는 비범함

지금까지 관점을 이용하여 다양한 시각과 식견을 얻는 방법, 소설의 작가가 사용하는 시점에 따라서 달라지는 이야기 구조, 3차원 물체의 정체 파악하기와 더불어 생각을 끌어내는 바라보기, 그리고 수학에서의 관찰에 관해서 설명했다. 이들 모두의 목표는 무엇인가?

"생각을 발견하는 것입니다."

"새로운 이야기를 찾아내고 거기에서 새로운 아이디어를 얻고자 하는 것이죠."

누군가가 이렇게 답을 했다면, 이 책을 매우 충실히 읽은 것이다. 그런 답도 맞지만, 더 근원적인 설명을 하기 위해서 위의 질문을 던졌다. 우리가 맞닥뜨리는 현실은 어떠한가? 그것은 특별한 '그 무엇'을 포함하고 있지 않다. 어제 보았던 걸 오늘 또 경험하며, 내일 또한 오늘과 그리 다르지 않을 것이다. 어떤 특별함도 시간이 지나면, 평범한 것으로 변화한다. 그러니 우리의 눈에 들어오는 세상은 모두가 평범한 것이며, 사람들은 특별한 것을 경험하기 위해서 아낌없이 비용을 지출한다.

낯선 동네에서 타인으로 살아보자. 처음에는 모든 것이 신기하고 특별한 경험이 된다. 개선해야 할 것들은 왜 그렇게 잘 보이는지? 이런 것을 원용하면, 신입사원에게 물어보았을 때 가장 신선한 생각을 얻을 수도 있다. 그렇지만 그 신입사원도 시간이 지나면 경력사원으로 변한다. 신선한 시각을 잃는 것이다. 사물이 평범하게 변화한 것이 아니다. 오히려 세상을 비범하게 바라보려는 사람의 눈이 평범을 향해서 추락한다.

창의력 있는 사람으로서의 우리는 세상을 새롭게 바라볼 책무가 있다. 그렇지만, 세상은 전혀 새롭지 않다. 신입사원의 의견이 실제로 신선할 수도 있지만, 경력사원들이 신입이었을 때도 똑같이 이야기했음을 기억한다. 젊은 사람들의 의견을 나이 든 사람들이 들으려고 하지 않는 것은 고집이 세기 때문이 아닐 수 있다. 그들이 이미 생각해 보았던 것들이기 때문인지도 모른다. 그러니 어떻게 할까? 어떤 방법으로 새로운 시각을 얻고 세상에 대한 신선한 감각을 얻을 수 있을까?

베른하르트 슈뢰더(Bernhard Schroeder)는 그의 저서 'Simply Brilliant'에서 그 문제를 다루고 있다. 이 학자의 고민도 마찬가지였다. 평범한 눈으로는 세상이 그저 그렇게 보이며, 생각은 발견되지 않는다. 세상은 평범하며, 설사 평범하지 않다고 하더라도 그렇게 인식되는 세상이다. 어떻게 새로운 아이디어를 찾아낼 수 있을까? 그에 대한 대답을 그 책의 일부에서 설명한다.

이런 고민은 모든 창의적인 노력을 기울이는 사람들이 함께 겪는 현상이다. 슈뢰더가 제시하는 방법은 질문이었다. 어제도 보았고 오늘도 바라보며 내일도 똑같은 모습으로 눈에 들어오는 사물에 대해서, 질문을 제대로 던지면 해답을 얻을 수 있다. 이것이 그의 주장이다.

이런 질문은 비단 그의 책에서뿐 아니라 모든 창의력을 발휘하려는 사람들이 기울이는 노력이다. 그들은 주변의 사물에 대해서 수많은 질문을 한다. 지금까지 '당연하다'고 여겼던 것들이 정말일까? 그 이유는 무엇일까? 왜 다른 것을 주목하지 않았을까? 사람들이 그렇게 행동하는 이유는 무엇일까? 어제와는 다른 반응을 사람들이 보이고 있는데, 그것은 무슨 까닭일까? 왜 이 장소에만 오면 커피가 마시고 싶을까? 그녀의 목소리가 이때쯤이면 올라가는 이유는 무엇일까? 말하면서 얼굴을 찡그릴 때, 그가 어떤 마음을 가지고 있는 것일까?

질문을 하다 보면 끝이 없다. 이런 질문을 스스로 던지고 스스로 답을 하는 것은 매우 힘들다. 자신이 어제까지도 아무런 의문도 없이 바라보았던 사물이나 사람에 대해서, 오늘 갑자기 질문을 던질 소재가 눈에 띄겠는가? 또는 그럴 소재가 마음속에 다가오기는 하겠는가? 이 모든 것이 낯선 경험이 될 것이다. 지금까지 한 번도 시도하지 않았던 질문을 이제부터는 시도해보자. 그에 대한 대답을 통해서 세상이 다르게 해석될 것이다.

모든 관찰의 대상은 사실 평범하며, 그 평범한 곳에서 특별한 것을 찾아내면 성공이다. 그 특별한 것이 무엇일까? 특별한 사물이 아닐 경우가 대부분이다. 특별함은 사물에서 나오는 것이 아니라, 관찰 대상인 사물이나 사람이 전달하는 통찰이다. 평범한 것에 대해서 던지는 수많은 질문은 그 통찰을 찾기 위한 과정이다.

질문을 던지는 행위는 실제로는 관계를 묻는 것과 같다. 질문하는 사람과 관찰의 대상인 사물이나 사람과의 관계가 그것이다. 질문은 대상에 대한 우리의 생각을 반영한다. 그 생각이 어떠하든지 생각하는 순간에 관계가 성립한다. 그리고 그 관계를 인식하는 순간, 대상과 질문자가 그때까지 막연히 가졌던 관계의 범주를 벗어나서 새로운 관계를 맺는다. 관찰자와 대상과의 관계가 질문이라는 언어를 통해서 드러나는 것이다. 그것이 통찰을 얻는 과정이다.

질문은 관점이기도 하다. 모든 질문은 시각을 포함하고 있으며, 관찰자의 렌즈를 통해서 바라보는 세상의 모습이 어떠한지를 묻고 있다. 다양한 질문은 자체로 다양한 렌즈의 조합을 의미하며, 각각의 렌즈의 조합에 의해서 다른 모습의 영상을 얻게 한다. 이 영상이 관점에 의해서 만들어진 세상에 관한 이야기이며, 동시에 통찰이다.

어떠한 것도 당연한 것은 없다. 모든 관찰의 대상은 관찰자와의 관계로 실체를 드러낸다. 그 순간 관찰대상은 그 안의 이야기를 관찰자에게 털어놓는다. 그것은 질문에 의해서 파악되며, 예기치 않은 이야기를 질문자에게 던진다. 평범한 일상에서 비범한 생각을 얻고 싶은가? 질문하라. 가능하다면 많이. 그리고 가능하다면 다양한 시각으로.

문화기술지(Ethnography)

이 이름은 매우 생소하게 느껴질 수도 있다. 인류학을 공부한 사람이라면 익숙한 제목이다. 마케팅을 연구한 사람에게도 그리 낯설지 않은 분야다. 문화기술지라는 이름은 문화에 관해서 서술한 것이라는 의미를 담고 있는 번역어다. 그리스어 'Ethnos(사람들)', 'Graphein(기록)' 이 두 단어가 만나서 만들어진 이름이다. 굳이 의미를 붙여본다면 사람들에 관해서 기록 정도일까? 어떤 사람에 대해서 어떤 기록을 하는 것일까? 이것에 대한 답이 문화기술지에 대한 설명이다.

기록을 바탕으로 한 문화기술지의 설명은 기원전 5세기로 올라간다. 당시 그리스의 역사학자이며 여행가인 헤로도토스(Herodotus)는 여행하면서 경험했던 것을 책으로 엮었다. 직접 만났거나 다른 사람들을 통해서 들었던 50여개 민족의 법률, 생활관습, 종교와 외모 등에 대해서 글을 씀으로써, 그는 다른 지역의 문화와 생활을 묘사했다. 일반적인 기행문보다 심도있는 이런 종류의 글이 학문적인 성취를 이룬 것은 두 사람에 의해서였다.

폴란드 출신의 영국인 인류학자 브로니슬로 말리노프스키 (Bronislaw Malinowski)는 1915년 멜라네시아의 트로브리안드 섬에서 원주민에 관한 연구에 문화기술지를 이용하였다. 그리고 1925년 미국의 유명한 인류학자인 마가렛 미드(Margaret Mead)는 사모아 섬에서 현장조사를 실시하면서 문화기술지의 기법을 사용하였다. 이들은 모두 문화기술지를 심도있는 여행기에서 학문적인 바탕을 이루는 정밀한 기법으로 탈바꿈시켰다.

이 문화기술지(Ethnography)가 학문적인 영역을 벗어나서 산업분야에 쓰이기 시작한 것은 비교적 최근의 일이다. 1980년대 이후로 새로운 개념을 경영학이나 마케팅에 도입하면서 문화인류학의 한 갈래인 문화기술지를 사용하게 된 것이다. 그 목적은 무엇일까? 결국은 사람과 사물을 새로운 각도에서 분석하고 바라보기 위해서였다. 창의적인 사고를 가능하게 해주는 방법으로 제시된 것이다.

이제 구체적으로 들어가 보자. 여기부터는 문화기술지라는 이름이 적합하지 않다. 문화를 기록하는 것이 아니라 사람들을 기록하는 것이기 때문이다. 그렇기에 오히려 영어를 사용하는 것이 더 어울린다. 그러니 '에스노그래피'라는 말로 옮겨간다.

이 에스노그래피를 만들기 위해서는 잘 기록해야 한다. 어떻게? 신념이나 가치판단, 분석, 상념 등을 모두 버리고, 눈에 들어오는 그대로 기술해야 한다. 한번 상상해보자. 어느 낯선 원주민이 사는 1910년대의 이름 모를 섬에 도착했다. 그 섬의 언어를 모른다. 그리고 원주민들이 하는 몸짓의 의미도 모른다. 그들이 하는 행위가 무엇을 향하고 어떤 의도를 지니고 있는지 이해하기 어렵다. 그런 난처한 상황에서 그들과 함께 '기묘한 동거'를 시작한다. 기간은 6개월이다. 이들에 관한 논문을 써서 후원해준 '분'들의 정성에 보답해야 한다. 어떻게 해야 할까?

앞서 이들이 세운 방법의 일면에 관해서 설명했다. 눈에 들어오는 대로 기록한다. 말리노프스키나 미드는 그들의 눈에 들어오는 대로 기록을 시작했다. 아침에 일어나서 맨 처음 만나는 사람이 어떤 특정한 말을 했을 때, 그것이 아침 인사라고 깨닫는 데는 한참의 시간이 걸렸을 것이다. 매일 관찰하여 기록한 것을 토대로 탐구해보면, 공통적인 요소가 나온다. 그 연구를 바탕으로 언어에 대한 이해가 넓어지며, 특정한 행위가 어떤 의미를 지니는지 알게 된다.

현대적인 에스노그래피도 이와 같다. 우리가 사는 삶의 터전으로 장소가 이동되었을 뿐이다. 텔레비전 다큐멘터리에서 자주 사용하는 기법이기도 하다. 이 에스노그래피를 이용해서 이태원의 외국인 식당을 운영하는 이주민의 이야기를 작품으로 만들 수도 있다. 한국인의 시각을 배제하고 해석을 가하지 않는 '날 것으로' 그들의 삶의 모습을 추적하는 프로그램이다. 이렇게 '있는 그대로' 바라보는 데에 에스노그래피의 목표가 들어있다.

이미 관점에서 설명했듯이, 우리가 바라보는 세상은 우리의 관점에 의해서 해석된 세상이다. 따라서 '있는 그대로'의 세상이 아니며, 우리가 가진 렌즈에 의해서 굴절되고 왜곡된 세상이다. 이런 세상에 대해서 새로운 해석을 가하기 위해서는 자신의 렌즈를 제거한 상태에서 세상을 바라보아야 한다. 아니 어쩌면 이것은 불가능할 수도 있다. 그렇지만, 적어도 잘 알고 있다는 생각을 버리고 전혀 모르는 상태에서 '있는 그대로' 기록하겠다는 의지를 담고 있다면, '있는 그대로'의 세상에 가까워질 수는 있다.

　이때 우리는 사물을 '있는 그대로' 인식하게 된다. 전혀 꾸미지 않은 민얼굴이 어떠한지 알게 되는 것이다. 그것은 우리의 렌즈에 의해서 해석된 눈으로 바라보는 세상과는 다르다. 지금까지 생각하지 못했던 것, 관찰하지 못했던 것, 눈에 띄지 않았던 것들을 '있는 그대로'의 모습으로 맞닥뜨릴 수 있다. 이렇게 생각의 지평을 새로운 방식으로 열기 위해서, 에스노그래피가 필요하다.

　간단하게 에스노그래피를 작성하는 요령을 제시하고자 한다. 먼저 일체 관점을 배제하려고 노력한다. 관점이라는 것이 쉽게 포기되는 것은 아니지만, 글을 적을 때마다 그것이 관점에 의한 것인지 확인하는 마음이 필요하다. 그 관점에 영향을 주는 요소 중의 하나인 가치도 마찬가지이다. 어떤 행위를 관찰하든지 거기에 가치를 두지 않아야 하며, 자신의 가치에 의해서 그것을 판단하지 말아야 한다. 그때서야 사물이나 사람이 민얼굴을 내보인다.

　글을 쓰면서 가능하다면 행위를 상세히 묘사해야 한다. 무엇을 누락시키거나 빠뜨리거나 하는 것은 글쓴이의 의도에 의한 것이다.

설사 직접적인 의도가 있지 않다고 하더라도 무의식적으로 렌즈에 의해서 굴절된 세상을 묘사하는 수가 있다. 그것을 배제하기 위해서 가능하다면 행위를 상세히 적는다.

형용사와 부사의 사용에도 매우 커다란 주의가 필요하다. 형용사와 부사는 관찰자 자신의 가치관이나 관점을 포함하기 매우 쉬운 단어다. 예를 들어 '아름답다'라는 형용사가 그렇다. 누구의 눈으로 아름다운 것인가? 왜 아름답다고 느꼈는가? 그 순간 그렇다는 것인가? 그것은 지속적인가? 이런 질문이 가능한 까닭은 이 단어가 지극히 주관적인 인식의 틀, 관점에 매달려있기 때문이다.

그러면 행위의 의미는 언제 파악할까? 묘사가 끝난 후에 문장을 검토하고, 필요하다면 인터뷰도 해서 찾아낸다. 감정없이 매우 메마르게 진행되는 묘사를 보완하는 것이 인터뷰다. 이런 과정을 통해서 보지 못했던 것이 보이며, 알지 못했던 것을 알아내게 된다.

다음은 현대적인 에스노그래피가 어떤 것인지 알 수 있도록 간단히 기록한 것이다. 완벽하지는 않지만, 에스노그래피를 통해서 사람의 행위를 있는 그대로 바라보고, 거기에서 새로운 의미를 추출할 수 있다는 점을 염두에 두면서 읽어보자.

그녀는 자신이 앉아있던 탁자의 옆에 있는 다른 둥근 탁자로 나를 안내했다. 의자를 빼내며 손과 팔을 비스듬히 뻗어서 그 의자를 가리켰다. 내가 그 의자에 앉았을 때, 그녀의 걸음은 벽에 붙은 직사각형의 탁자로 향했다. 거기엔 음료수와 인스턴트커피가 놓여있었다. '뭘

드시겠어요?' 그녀의 몸은 탁자를 향했고 고개는 나를 향해 돌려져 있었다. 잠시 내 입에서 침묵이 이어졌다. 그녀의 눈이 나를 향했다. 초점이 내 눈에서 떠나지 않았다. 눈가의 근육이 모아졌다. 눈이 조금 더 크게 떠졌다. 눈꺼풀이 약간 올라갔다. 표정이 그 순간 멈췄다. 입술 주위의 피부에 주름이 생겼다. 3초 정도의 시간이 흐른 후, 그녀의 입술이 열리며 얼굴의 근육이 펴졌다. 웃는 표정이 얼굴에 나타나며 그녀의 말이 들렸다. '원하시는 대로 타 드릴게요. 사양하지 마세요.'

물론 에스노그래피는 글이 아니라 카메라를 이용해서 만들 수도 있다. 그렇지만, 결국은 그것도 글로 옮길 때 정리되며, 찾아내려는 정보가 드러나게 된다. 에스노그래피는 사람에 대해서 더 깊은 이해를 우리에게 제공한다. 다른 사람의 행위를 관찰자의 렌즈를 통해서 바라보는 것이 아니라, '있는 그대로'의 모습이 가공없이 기록되기 때문이다.

유명한 자동차 회사가 에스노그래피를 사용해서 자신들이 목표로 하는 고객층이 어떤 자동차를 원하는지 알아낸 적이 있다. 그 결론은 일반적인 통계 조사의 피상적인 추적조사와는 달랐다. 내면의 진정한 욕구를 더 잘 찾아냈다.

이런 에스노그래피를 쓰기 위해서는 대상과 밀착해서 적어도 한두 달 정도 시간을 함께 보내야 한다. 그렇게 에스노그래피를 작성하고 질문에 대한 답변자료의 기록을 기초로 해서, 대상자가 진정으로 원하는 것이 무엇인지 그들이 추구하는 삶의 모습이 어떠한 것인지 알아내게 된다.

  에스노그래피는 사람을 관찰하며, 사람의 행위가 어떤 의미를 함의하고 있는지 알아내는 작업이다. 그것을 위한 기초작업으로 '있는 그대로' 대상을 묘사한다. 자신의 선입견에 영향을 주는 요소들을 모두 제거한 상태에서 대상에 대한 관찰을 기록한다. 이것은 나중에 분석의 텍스트가 된다. 이런 자료를 바탕으로 지금까지 가졌던 생각, 선입견이 무너지며 새로운 통찰을 얻게 되는 것이다.

  에스노그래피를 작성해보자. 개안, 세상을 바라보는 새로운 눈을 얻는다. 가장 가까운 대상이면 어떨까? 그 혹은 그녀에 대해서 더 많은 것을 알게 된다. 가장 가까운 자신의 부모나 형제의 하나를 선택해서 에스노그래피의 대상으로 관찰해보자. 자신의 경험이 아주 피상적인 이해에 바탕을 두었다는 것을 깨닫게 될 것이다. 동시에 인간에 대한 이해의 깊이와 넓이가 확장된다.

1분 정리

- 새로운 생각을 발견하는 도구인 관찰은 관점의 다름을 이용한다.
- 관점을 적극적으로 바꿀 때마다, 새로운 생각을 얻을 수 있다.
- 평범함 속에서 비범함을 발견하려면 질문하라. 가능하면 많이.
- 또는 에스노그래피처럼 관점을 일체 배제할 때, 날 것을 알아낼 수 있다.

22. 결합자
(Bonder)

 구성요소의 분할과 결합을 소개하면서 결합의 기제에 관해서도 설명했다. 결합의 기제는 하나의 요소와 다른 요소가 결합할 때, 그 결합을 보장하는 매개체를 말한다. 이것이 작동하지 않으면 어떻게 될까? 구성요소가 서로 결합하지 않으며 새로운 사물은 생산되지 않는다. 그렇다고 구성요소가 서로 결합하는 경우에만, 이 결합의 기제가 개입하는 것은 아니다.

 어떤 창의적 사고도 사실 생각의 연합체다. 하나의 독립된 생각이 아니라, 서로 다른 생각이 연합해서 복합적인 새로운 의미체로 탈바꿈한 결과물이다. 간단하게는 새로운 생각을 만들어내는 것이 창의성이며, 그 능력이 창의력이다. 이런 능력은 생각의 융합을 통해서 새로운 생각이 만들어질 때 발현된다. 그것을 가능하게 하는 매개체인 결합의 기제가 여기에서 작동한다.

 이렇게 생각의 융합을 가능하게 하며 중간에서 그 결합을 유지하는 매개물을 '결합매체(Bonding Medium)' 혹은 '결합자(Bonder)'라고 저자는 이름을 지었다. 이 결합자가 창의적인 사고와 창의성이 발휘되는 순간에 커다란 역할을 한다고 주장하는 것이다.

만약에 결합자가 없다면, 어떤 새로운 생각도 이끌려 나오지 않는다. 또 각각의 생각이 서로 따로따로 자리하기에, 새로운 의미가 거기에 덧붙여지지도 않는다. 의미가 없다면 당연히 생각은 생각 자체일 뿐, 그것이 사람들에게 공감을 불러일으키거나 통찰력 있다고 인정받지 못한다. 그러므로 결합자에 의해서 공고하게 결합된 새로운 형태와 의미의 생각만이 창의적인 사고로 인정받는 것이다.

이 결합자에 대해서 설명하기 위해서 두 가지의 생각하는 방식을 소개한다. 먼저 다룰 내용은 '이연연상(Bisociation)'이다. 그리고 다른 하나는 '유추'라는 개념이다. 이 두 개의 생각의 틀은 1960년대에 창의적 사고를 이해하는 방법으로 사용되었으며, 지금도 여전히 유효한 창의적인 사고의 틀이다.

쾨슬러의 이연연상(Bisociation)

이연연상이라는 것은 영어의 'Bisociation'의 번역어이다. 잘된 번역처럼 보이지는 않지만, 그래도 이 말의 의미를 전달하기에는 지장이 없는 용어다. 좀 더 쉬운 말로 풀이하면 이렇다. 두 개의 존재가 나란히 배치되어서 서로 연결짓고 새로운 형태를 만든다. 이런 정도의 뜻에서 나온 번역어로 보면 된다. 그러나 세상의 사물들이 모두 두 개가 서로 결합해서 탄생한 것은 아니기에 이런 번역이 정확하지는 않다. 어찌 되었든 영어의 'Bi'라는 접두사에 충실하게 번역되어서 의미 소통에는 전혀 지장이 없다.

'Bisociation'은 헝가리 출신으로 영국에서 저널리스트와 저술가로 활동했던 아더 쾨슬러(Arthur Koestler)가 만든 용어다. 1964년에 펴낸 그의 책 'The Act of Creation(창의성의 작동)'에서 처음 사용되었으며, 창의의 순간에 어떤 일이 발생하는지 설명하기 위해서 개발한 용어이자 개념이다.

세상에 존재하는 사물은 이미 창의적 활동이 발생한 결과물이다. 그것은 생각과 생각이 서로 연결되고 결합한 끝에 나온 것으로, 이미 연결된 형태로 존재하므로 'Association(연상)'이라고 그는 불렀다.

창의성을 기준으로 세상을 바라본다면, 이미 창의의 순간이 끝난 것과 창의의 순간을 맞이할 두 개의 사물로 나눌 수 있다. 우리가 이미 알고 있는 것, 우리의 눈에 나타난 것, 그것들은 모두 연상된(Associated) 것이다. 그리고 앞으로 나타날 사물들은 모두 이연연상(Bisociation)의 작용에 의한 창의적 과정의 결과물이다.

그러므로 이연연상이라는 용어의 의미는 연상된 사물과 사물이 서로 결합하는 과정을 나타낸다. 동시에 이연연상을 통해서 사물이 우리 눈에 익숙한 '연상된 사물(Association)'로 변화하는 과정에 개입하는 기제이기도 하다.

창의성이 작동하는 순간에는 지금까지는 전혀 관계가 없었던 생각이나 사물이 서로 연관을 갖는다. 이미 존재하는 사물(Association)들이 모여서 이연연상(Bisociation)의 과정을 거치며 새로운 사물(Association)이 되는 것이다. 여기에서 가장 중요한 것이 이전까지는 서로 연관되지 않았던 생각이나 사물이 어떻게 갑자기 연관된 생각이나 사물로 변화할 수 있느냐는 물음이다. 이것을 알아낼 수 있다면, 창의성이 어떻게 발현되는지 설명할 수 있다는 게 아더 쾨슬러의 믿음이었다.

여기까지의 설명으로는, 이연연상이 창의적 사고를 이끄는 다른 기법들과 다를 바 없어 보인다. 구성요소의 결합, 스캠퍼에서의 결합(Combine), 다섯 가지 먹기에서의 붙여먹기와 전혀 다르지 않다고 여길 수도 있다. 실제로 창의적 사고에 대해서 강의하는 많은 사람이 이런 생각을 따른다. 이 이연연상의 결합으로 구성된 사물로, 소파베드, 지우개 달린 연필 같은 것이 있다고 말한다. 어떤 글에서는 아르키메데스가 왕관의 금이 순금인지 알아내기 위한 수단으로 밀도를 사용한 것이 이연연상이라고도 주장한다.

이런 설명들이 아주 관련이 없는 것은 아니지만, 이연연상(Bisociation)에 대한 피상적인 묘사에 그친다. 이연연상은 그와는 상당히 다르다. 그것은 창의성이 작동하는 순간 어떤 일이 발생하는지에 대한 설명이다. 아더 쾨슬러는 창의성이 언제 발현되는가? 어떤 조건에서 일어나는가? 이런 의문에 대한 답과 그 이유를 설명하려고 노력했다.

어떤 문제에 대해서 수없이 고민해도 답이 나오지 않는 순간을 우리는 자주 경험한다. 노력한다고 해서 해결책이 나오는 것도 아니고, 온갖 자료조사를 거듭해도 좋은 아이디어가 나오지 않는다. 이젠 생각하지 않을 거야! 이렇게 포기하고 피곤으로 비몽사몽 헤맬 때, 홀연 멋진 생각이 머리의 한쪽 구석에서 시작되어 찬란하게 떠오른다. 그 순간이 "유레카!"를 외치는 순간이라고 말한다. 거의 무의식적인 상태, 합리적인 사고를 포기한 순간, 머리가 텅 빈 듯한 느낌, 이런 상황에서 생각이 저절로 발생하는 것이다.

쾨슬러의 이연연상(Bisociation)은 이런 일이 왜 발생하는가에 대한 설명이다. 그의 책은 매우 두껍고 이해하기도 쉽지는 않지만, 간단히 정리하면 받아들이기 그리 어려운 것도 아니다. 그는 창의의 순간을 세 가지 영역에서 탐구하였다. 유머, 과학, 그리고 예술의 세 분야에서 창의성이 발생하는 과정과 방식을 설명하려고 애썼다. 그리고 그 창의의 순간에 두뇌에서 일어나는 창의의 작동방식(The Act of Creation: 그의 책 제목)은 서로 비슷하지만, 약간씩 다르다는 결론을 내렸다.

이연연상(Bisociation)의 결과로 창의성이 발현된다는 것은 세 영역에서 공통적인 사항이다. 그것이 세 영역에서 약간씩 다르게 발현되는데, 그것을 설명하기 위해서 등장시킨 개념이 매트릭스(Matrix)라는 것이다. 이 매트릭스는 수학에서 행렬을 의미하는 매트릭스와는 조금 다르다. 어쩌면 워쇼스키(Wachowski)의 영화 매트릭스와 비슷한 개념이다. 이 영화에서는 행렬과 그에 연관된 공간이라는 이중적인 의미로 사용된다.

쾨슬러의 매트릭스는 공간이라는 의미에 가깝다. 우리의 두뇌 속에서 지각활동이 일어나는 공간을 가상했으며, 그것을 매트릭스라고 이름 지었다. 그의 매트릭스는 생각이 활동하는 공간이며, 각각의 개인이 가지고 있는 능력, 습관, 기술 또는 고정된 규칙 등의 틀

안에서 정신활동이 질서있게 이루어지는 공간을 의미한다. 우리의 지각 활동은 수많은 매트릭스로 구성되어 있으며, 그 매트릭스 안에서 일관성있는 생각을 하는 것은 이미 연상(Association) 되었기 때문이라고 그는 주장한다.

이때 하나의 매트릭스와 다른 매트릭스는 어떤 관계를 형성할까? 이것이 쾨슬러가 주장하는 창의성의 핵심이다. 하나의 매트릭스는 마치 수학의 행렬처럼 하나의 질서를 의미한다. 두 개의 매트릭스가 만날 때는 어떤 일이 일어날까? 매트릭스들은 서로 연관이 없기에 연결점이 없지만, 아주 특수한 경우에는 두 개의 매트릭스가 서로 연결되어서 새로운 매트릭스를 형성하기도 한다. 이 결과로 창의성이 발현되며, 그의 주장으로는 이것이 이연연상(Bisociation)이다.

이연연상은 결국 쾨슬러의 창의성에 대한 핵심이론인 셈이며, 그것을 보장하는 것은 두뇌에서 지각활동이 이루어지는 공간인 매트릭스가 서로 연결될 수 있다는 사실이다. 그는 이 매트릭스가 연결되는 과정에서 비교, 축약, 분류, 유추, 은유 등이 관여한다고 보았다.

앞서 유머, 과학, 예술의 세 영역에서 각기 다른 양상을 보이며 매트릭스가 연결된다고 설명했다. 유머에서는 하나의 매트릭스가 다른 매트릭스로 대체된다고 그는 주장한다. 유머에서 첫 번째 매트릭스가 심리적인 긴장감을 고조시키면, 두 번째 매트릭스는 그것을 완화함으로써 웃음을 자아낸다고 보았다. 이 웃음을 가능하게 만드는 것이 유머에서의 창의성이다.

긴장시키는 매트릭스와 완화하는 매트릭스가 전혀 연결되지 않을 때는 웃음을 끌어내는 데 실패한다. 하지만, 서로 연관성이 없는 각각의 Association(연상)이 이연연상(Bisociation)의 과정을 통해서 서로 접점을 만들고, 하나의 이야기 매트릭스에서의 지각활동이 다른 이야기 매트릭스로 넘어가며 계속될 때 창의성과 웃음이 동시에 발생하는 것이다.

과학에서는 이와는 약간 다른 방식으로 매트릭스가 접점을 만든다. 과학에서는 두 개의 매트릭스가 접점에서 심리적인 기폭제에 의해서 폭발을 일으키는 것으로 설명했다. 그 폭발의 결과 접점이 용해되어서 서로 녹아 붙어버린다. 일종의 용접과도 비슷한 현상이 두 개의 매트릭스 사이에서 발생한다고 본 것이다.

그러므로 과학에서는 두 개의 매트릭스가 합쳐지며, 하나의 커다란 매트릭스로 전이하는 현상이 발생한다. 각각의 매트릭스가 상징하는 두 개의 질서가 융합해서 확장된 지각의 공간을 형성하고 새로운 질서의 매트릭스를 만들어내는 것이다. 그리고 이때 지각의 공간인 매트릭스가 기존의 질서와 현격한 차이를 보일수록 그 과학적인 발견은 더 커다란 파급효과를 거두게 된다.

예술에서 이연연상이 발생하는 과정은 유머나 과학에서 매트릭스가 연결될 때와는 양상이 사뭇 다르다. 예술이나 의식(Ritual)에서는 두 개의 매트릭스가 서로 나란히 배치되거나 서로 대치를 유지하는 것으로 간주했다. 하나의 이야기 구조와 다른 이야기 구조가 서로 다른 질서를 지닌 채 동시에 존재하는 것이다. 이 둘이 하나의 공간 안에 있음을 인식하는 가운데, 긴장이나 역설 같은 다른 정신적인 활동이 관객에게 생성된다. 서로 다른 매트릭스가 병치를 유지하는 가운데, 작가가 의도하는 병치의 효과를 관객(수용자)이 경험하는 과정을 예술행위로 보는 견해다.

쾨슬러는 병치의 결과로 생성되는 정신활동을 작가의 의도로 보았고, 매트릭스가 접점을 이루는 것이 아니라 하나의 공간에 나란히 배치된 것으로 간주했다. 두 개의 매트릭스가 상징하는 것은, 작품을 구성하고 있는 각각의 요소들이다. 이 각각의 요소는 각각 하나의 매트릭스로 대변된다. 그것들은 작품을 바라보는 관객의 정신활동에 영향을 주어서, 그들의 두뇌에서 매트릭스가 형성되게 한다. 이 두 개의 매트릭스가 병치하는 가운데 일어나는 효과를 이연연상으로 보는 것이다. 매우 느슨한 개념이다.

이것은 매트릭스의 관점에서 다르게도 해석될 수 있다. 작가가 매트릭스를 병치하도록 유도했지만, 따로따로 존재했던 매트릭스가 관객의 두뇌 내부에서는 유머나 과학에서처럼 서로 접점을 찾고 연결고리를 형성한다고 보아도 무방할 것이다.

쾨슬러의 이런 주장들은 그의 가설에 바탕을 두었다. 창의성이 발현되는 순간, 두뇌에서 어떤 일이 발생하는지 어떻게 알겠는가? 다만, 무엇인가가 작용하고 있지 않으면, 창의의 순간은 오지 않는다는 것을 그의 설명은 나타낸다. 지각활동이 일반적인 상황과 다른 방식으로 관여되어 있다고 쾨슬러는 가정한 것이다. 그것을 설명하기 위해서 그는 매트릭스를 끌어들였으며, 그 매트릭스가 결합하는 양상에 따라서 유머, 과학, 예술에서 창의성이 발현된다고 보왔다. 그 현상을 나타내는 표현이 이연연상(Bisociation)이다.

쾨슬러의 주장이 전적으로 맞는다고 볼만한 구체적인 증거는 없다. 그렇지만, 창의성이 발현되는 현상을 상당 부분 해석하는 것도 사실이다. 그의 생각에서 가장 중요한 핵심은 따로 있다. 창의성이 발현되기 위해서 무엇인가가 작용하고 있다는 것이다. 이연연상(Bisociation)에 대해서 설명한 이유는 바로 이것이다. 매트릭스의 결합이든 아니면 다른 형태의 것이든, 창의성이 발현되는 과정에는 어떤 매개체가 반드시 존재한다는 것을 그의 가설은 뒷받침한다.

고든의 유추

아더 쾨슬러의 이연연상과 매우 흡사한 생각을 한 사람이 또 있었다. 윌리엄 고든(William Gordon)은 창의성을 통해서 문제를 해결해주거나 교육하는 '시네틱스(Synetics)'라는 이름의 회사를 1960년대에 미국에서 설립했다. 사람은 바뀌었지만, 이 회사는 지금까지도 같은 분야의 활동을 이어오고 있다.

이 회사의 설립자인 고든이나 이연연상을 주장한 쾨슬러 모두 1960년대에 활동했던 만큼, 매우 흡사한 사고방식이 그들이 제시하는 주장에는 담겨있다. 특히 아주 다르거나 전혀 관계없어 보이는 것을 결합하는 것의 의미인 '시네틱스(Synetics)'라는 회사의 이름에서 더욱더 유사성을 찾아낼 수 있다.

고든 또한 그의 동료와 함께 과학, 예술의 분야에서 창의성이 어떻게 발현되는가를 연구했다. 그의 관찰은 이렇다. 이 두 분야가 매우 다르기는 하지만, 하나의 방식에 의해서 창의성이 작동된다는 것이다. '유추'가 그 밑바탕에서 창의성의 발현을 가능하게 만들고 있다고 그는 결론지었다.

그의 주장은 세 가지이다. 창의성은 가르칠 수 있으며, 과학과 예술은 똑같은 심리적 과정인 유추를 통해서 창의성에 도달하며, 개인이나 집단의 창의성 또한 유추적이라는 것이다. 결국 고든과 그의 동료들은 유추가 창의성의 과정에 깊이 개입되었으며, 그것을 어떻게 활용하는가에 따라서 창의성이 확보될 수 있다고 보았다.

유추(Analogy)는 보통 4개의 항목으로 분류된다. 직접적인 유추(Direct Analogy)는 실제로 비슷하지 않은 두 개의 개념에 대해서 유사성을 찾아서 비교하거나, 유사하지 않더라도 직접 비교하여 현재의 당면하고 있는 문제를 해결하는 방법이다.

의인 유추(Personal Analogy)는 대상을 인물로 가정하고, 대상을 바라보는 사람이 그 대상이 되어보는 것이다. 이때 상상 속에서 경험하는 느낌과 행위를 통해서 감정이입에 도달하게 된다. 이런 방법으로 의인 유추는 적극적으로 문제를 해결하는 실마리를 찾는다.

상징적 유추(Symbolic Analogy)는 서로 멀리 떨어진 개념이나 대상들의 관계를 상징으로 변환시키는 것이다. 이런 상징화 작업을 통해서 그 관계가 밀접하게 만들어지고, 결국은 상징과 상징의 연결성에 의해서 새로운 관계가 형성된다.

환상적 유추(Fantasy Analogy)는 현실을 넘어선 신화와 환상 속에서 문제해결의 실마리를 찾는다. 실제의 세상이 아니라 환상이나 신화 속의 이야기에 현실을 비추어 볼 때, 실제의 세상에 존재하지 않는 새로운 사물이 탄생할 수 있다고 여긴다.

유추의 이런 특징이 예술과 과학 모두에서 창의성을 이끌어내는 공통적인 방식이라고, 고든과 그의 동료 프린스(Prince)는 결론을 내렸다. 유추에 의한 정신활동이 활발할 때, 분석적이며 논리적인 사고가 지배하지 않는다고 그들은 가정했다.

유추의 4가지 분류와 그에 대한 짧은 설명에도 나와 있듯이, 매우 감성적이며 현실과는 다소 거리가 있다. 심지어는 이성적인 것과는 훨씬 멀리 떨어진 상태, 어쩌면 상상이나 공상에 가까운 영역에 정신활동이 자리한다. 그 유추를 통해서 비현실적인 사물이 현실성 있게 가시적인 모습을 드러낸다. 유추가 문학작품에서 특히 자주 사용되는 것은 이 때문이다. 고든은 유추의 이런 특징이 창의적 사고의 밑바탕에 자리한다고 보고, 그것을 의도적으로 사용하는 방법을 개발했다.

그들이 내세운 주장은 이렇다. 친숙하며 이미 잘 알고 있는 것을 새롭게 인식함으로써 이질적인 관점을 찾으며, 이질적이어서 친숙하지 않은 것을 익숙한 사물에 적용하여 새로운 산물을 찾는다. 창의성을 발현시키는 그들의 방법은 여기에 근거한다. 유추가 작용하면, 친숙한 것이 낯선 모습으로 전환되는 현상이 먼저 일어난다. 그리고 이미 익숙한 사물에 그 낯선 것이 달라붙는다. 그 순간 사물은 새롭게 변신하며, 창의적인 사물이 생산된다.

이런 방식은 매우 순환적이다. 세상의 사물은 이미 익숙한 것이며, 더는 손댈 것이 없어 보인다. 쾨슬러의 말을 빌리면, 이미 연상된(Associated) 것이다. 유추가 그것을 낯선 모습으로 바꾼다. 그 낯섦이 사람들에 의해서 수용되면, 새로움으로 변화한다. 이미 익숙한 사물에 유추의 결과가 적용되어, 새로움이 더해진 사물이 탄생하는 것이다. 이런 과정이 마치 쾨슬러의 이연연상이 그렇듯이 끊임없이 되풀이된다, 그리고 창의적인 사물이 익숙한 사물로, 익숙한 사물이 유추를 통해서 새로움을 덧입고 창의적인 사물로 변화한다.

그들은 세상의 모든 사물이 속해 있는 세상을 'Operational World(실제 작동하는 세상)'로 이름 지었다. 그리고 새로운 사물이 속해 있는 가상의 세상을 'Innovation World(혁신적인 세상)로 이름을 붙였다. 환상, 은유 등 유추의 결과로 생성된 사물, 낯설어서 받아들이기 힘든 사물을 실제의 세상이 포용할 때, 창의성이 발현되며 혁신이 뒤따른다고 본 것이다.

고든과 프린스가 찾아낸 생각을 발견하는 방법에서는 유추가 깊이 개입한다. 그것이 전부인가? 유추만 있으면, 모든 창의성의 발현이 설명될까? 당연한 의구심이 있을 것이다. 유추가 어떤 작용을 하며, 영향을 미치는 범위가 어느 정도인지도 매우 중요할 것이다. 그렇지만, 여기에서 유추를 다루는 이유는 따로 있다. 이들의 설명으로 미루어본다면, 적어도 이렇게는 주장할 수 있다. 창의성이 발현되는 순간, 무엇인가가 개입되는 것은 틀림이 없다.

다시 결합자(Bonder)로

창의적인 사고를 한다는 것은 새로운 생각을 발견하는 과정에 있음을 의미한다. 그 새로운 생각을 발견하기 위해서는 아주 특별한 사건이 일어나야 한다. 그 과정에서 특별한 역할을 하는 것이 결합자이다. 쾨슬러에게는 지각의 매트릭스가 만드는 접점이 결합자로 간주될 수 있으며, 고든에게는 유추의 결과물이 결합자의 역할을 한다고 생각할 수 있다. 그 둘 모두가 창의성의 발현을 결합자로 설명하려는 노력에 잘 들어맞는다.

창의적인 활동을 활발히 하는 사람들을 관찰할 때 자주 보이는 현상이 있다. 그들은 마치 광맥을 찾아낸 사람처럼 계속해서 새로운 사물을 생성시킨다. 예술이나 혹은 과학의 발견에서 특히 그렇다. 그리고 유머에서도 그것은 마찬가지이다. 창의적 사물 하나를 생산하는 데 성공한 사람이 계속해서 새로운 사물을 생성한다.

그들의 이런 작업을 관통하는 공통점은 무엇인가? 그것은 하나의 방법이 계속해서 적용된다는 점이다. 상황에 따라서 약간의 차이는 있지만, 각각의 창의적 생산물에서 발견되는 생각은 놀랍도록 유사성을 보인다. 그리고 그 생각이 그 이상 유효하지 않을 때, 창의적인 사물의 생산도 멈춘다. 마치 그 이상 광물이 발견되지 않는 광맥처럼.

창의적 사고의 발현이 사람에 따라서는 마치 연쇄반응처럼 일어나는 이유는 무엇일까? 그리고 그런 연쇄반응을 어떻게 하면 일으킬 수 있을까? 누구든지 이런 그런 수단을 확보하고 있다면, 창의력을 발휘하는 엄청난 잠재력을 지닌 셈이다. 그것이 '결합자(Bonder)'이다.

창의성을 발휘하도록 고안한 수백 가지 방법 모두가 창의성을 확보하기 위한 효율적인 수단이었다. 그렇지만 하나의 방법이 창의성을 그 이상 보장하지 않을 때, 또는 효율성이 떨어졌을 때, 다른 기법들이 개발되고 채택되었다. 이런 식으로 사람마다 더 나은 방법을 찾다 보니 가짓수만 늘어난다. 결합자는 창의적인 기법의 이면을 관통해보려는 노력이다. 겉으로 드러난 기법의 이면에서 창의성의 원리와 작용을 가능하게 하는 것을 찾고자 함이다. 새로운 생각을 만들어내는 동력, 가장 기본적으로 창의성을 보장하는 것, 그것이 결합자라고 본 것이다.

이 책의 앞부분에서 소개한 구성요소의 결합, 스캠퍼, 다섯 가지 먹기, 또는 브레인스토밍, 이 모두가 나름의 장점이 있다. 동시에 그 한계가 존재한다. 하나의 기법으로 모든 것을 포괄할 수 있다면, 굳이 다른 것이 필요할까? 그렇다. 여러 가지 창의적인 기법이 광범위한 지지를 받지 못하는 것은 그것들이 효과가 없기 때문은 아니다. 그 한계 때문이다.

"해보았더니 잘 안되던데요?"

"새로 배운 기법에 따라 실행했는데도 결과가 평범하더라구요."

이런 경험은 누구에게나 닥칠 수 있다. 오랜 시간 연구한 결과로 만들어졌으며, 창의적 원리에 바탕을 둔 사물에 잘 적용되는데도,

왜 이런 평가를 받을까? 더구나 여러 차례의 사용을 통해서 성능을 입증한 창의적 사고의 기법이 왜 이럴까? 어떤 사람에게는 작동되고 어떤 사람에게는 왜 작동되지 않을까? 이런 종류의 물음은 수없이 나올 수 있다.

결론은 이렇게 나온다. 각각의 기법은 사용상의 한계가 있다. 마치 하나의 도구가 하나의 상황에서만 사용될 수 있는 것과도 같다고 할까? 그렇다면, 그 도구가 목적하는 바가 무엇인가를 깨닫는 편이 더 핵심에 도달하는 방법일 수 있다. 기법보다는 그 이면에 자리한 작동의 기제와 방식이 무엇인지 알아내는 것이 창의력에 더 도움될 수 있다. 이런 방법은 숙제를 던진다. 기법에 얽매이지 말라는 것이다. 창의성을 보장하는 것이 무엇인가 찾으라는 언명이다. 거기에 답하기 위해서 창의적 능력이 작동하는 원리에 천착해야 한다.

이제 왜 결합자로 돌아왔는가에 대한 결론을 내릴 때다. 정리하면 이렇다. 모든 창의적인 사물을 생산하는 기법들이 창의적 결과를 보장하지는 않는다. 사람마다, 상황에 따라서 유효성을 입증할 때도 그렇지 않을 때도 있다. 그러므로 창의성을 발현시키기 위해서는, 여전히 다른 방법을 동원해야 한다는 결론에 도달한다. 기법이 아니라 그 이전의 것, 창의적 사물을 생성토록 과정과 절차를 제시하며 기법 뒤에서 작동하는 것에 집중해야 한다.

모든 창의적인 사고의 기법은 창의성을 확보하는 가장 하위단계의 방법이다. 그것만을 통해서는 창의성이 제대로 발현되지 않는다. 창의성을 보장하는 것은 결국 생각을 찾아내고 발견하는 작업이다. 그리고 발견된 생각에서 생각과 생각이 결합하도록 작용하는 것이 결합자(Bonder)이다. 이것은 창의성이 발현되는 모든 순간에서 새롭고 멋진 생각이 탄생하도록 하는 본질적인 존재이다.

결합자(Bonder), 어떤 모습일까?

결합자는 생각을 만들어내는 매개체이다. 그것을 결합의 매개체(Bonding Medium)라고 부르는 까닭은 결합자가 매개가 되어서 새로운 생각에 도달하기 때문이다. 결합자는 하나의 가정인 동시에 실체이다. 가정이라고 말한 까닭이 있다. 새로운 생각을 만들 때, 이미 앞서서 쾨슬러나 고든의 예를 들면서 설명한 것처럼, 중간에 매개하는 존재가 있다고 가설을 세운 것이기 때문이다.

또, 실체적 모습을 하고 있다고 주장하는 이유도 있다. 결합자를 생성시켜서 실행에 옮겨보면, 생각의 지평이 넓어지며 새로운 생각을 생산하는 것이 얼마든지 가능하기 때문이다. 그래서 결합자라는 이 새로운 개념을 창의적인 사물의 기본이라고 주장한다.

창의력이 뛰어난 사람을 볼 때면, 마치 다른 세상에 따로 존재하는 사람 느껴질 때가 있다. 그런 부류에 속하는 사람들은 별다른 노력을 하지도 않는데, 신통한 생각을 잘도 해낸다. 그리고 세상의 칭송을 독차지한다. 그들은 질투와 좌절, 부러움과 부끄러움을 동시에 안겨준다. 이런 사람들이 가지고 있는 것이 무엇일까? 단지 타고난 능력일까?

그런 사람들의 창의력을 지배하는 공통점이 있다면, 그것은 결합자이다. 그들이 가지고 있는 결합자의 숫자가 그리 많지도 않다. 그렇지만 그 결합자는 강력하고 커다란 영향력이 미치는 사물을 생산한다.

결합자라는 것은 생각을 결합해내는 생각이다. 그 또한 생각일 뿐이라는 말이다. 우리 모두 생각하는 사람이 아닌가? 그러니 누구라도 결합자를 생성시킬 수 있다. 인류 문명의 첫 단계에서 돌과 돌을 부딪치는 행위를 통해서 도구를 만들었지만, 그런 행위를 낳은 '생각'은 곧 포기되었다. 이어지는 기술은 돌을 갈아서 무엇을 만든다는 '생각'이었다. 그 생각은 창의적인 생산물인 동시에 결합자가 되었다. 이 '갈아서 무엇을 만든다는 생각'은, 이미 존재하는 다른 사물 그리고 거기에서 파생된 또 다른 사물을 관통하는, 생각과 생각을 결합하는 생각이었다. 결국 마찰을 일으켜서 가공한다는 생각은 결과물을 만들어내는 수단이 된 것이다.

예술작품에 나타난 결합자를 살펴보자. 피카소는 입체를 어떻게 평면에 나타내느냐에 대한 생각이 남다른 사람이었다. 전적으로 그만의 생각은 아니었으며, 그런 새로운 생각을 품은 상당한 숫자의 화가들이 당시에 있었다. '입체파(큐비즘)'라는 이름으로 그들은 작품을 생산했다. 이 생각이 새로운 화풍의 그림을 그리게 하는 결합자의 역할을 한 셈이다. 피카소는 이 새로운 결합자를 이용해서 대상(오브제)을 가공했고, 새로운 사물을 캔버스에 펼쳐냈다. 다른 화가들도 큐비즘을 새로운 생각을 끌어내는 수단으로 사용했으며, 생각들을 결합하여 피카소와는 다른 작품세계를 표현했다.

에디슨은 수많은 발명품을 만들어낸 사람이다. 이런 에디슨을 아주 혹평하는 사람들도 있다. 실제로 그가 발명한 것이 그리 많지 않다는 것이 그들의 지적이다. 그들의 평가는 이렇다. 에디슨이 뛰어난 점은 다른 사람들이 개발한 것을 좀 더 발전시켜서 사람들이 사용하기 편리하게 만들었다는 것이다. 그들의 주장을 빌리면, 상업화에 뛰어난 사람이라는 뜻이다.

이들의 주장을 그대로 받아들였을 때, 에디슨의 창의성은 어디에 있을까? 대중들이 좋아할 만하게 기술을 적용하는 기술. 그렇다. 어떤 기술도 사람을 떠나서 존재가치가 없다는 사실을 깨달은 사람이 에디슨이다. 이 생각이 그의 발명품에 얽힌 결합자다.

이것을 적용하여 에디슨을 다시 해석해본다. 대중들이 좋아할 만한 요소를 새로운 기술에 덧붙여서 실용성이 뛰어난 제품을 만들어낸 사람. 간단하게는 기술의 상용화에서 엄청난 창의력을 발휘한 사람이다. 세상에서 사용되는 기술만큼이나, 빛을 보지 못하고 잊혀진 기술도 많다. 이것을 염두에 둔다면, 상업성을 부여하는 방법을 터득한 것은 매우 뛰어난 창의력이 발휘된 결과이다. 또, 상업성을 부여하는 방법에 대한 그의 생각은, 그가 발전시킨 모든 물건을 관통하는 결합자였다.

지금까지 세 가지의 예를 들었지만, 결합자는 모든 새로운 생각에서 발견된다. 어떤 생각도 스스로 탄생하지 못한다. 하나의 생각과 다른 생각이 합쳐져서 발생하는 것이다. 어떤 사물에서 일부 요소만을 추출하여 사용해도 마찬가지가 성립한다. 기존의 온전한 사물이 던지는 생각과 그것에서 일부를 추출한다는 생각의 결합으로 작업이 이루어진 것이다. 이렇게 생각과 생각이 결합할 때, 결합을 매개하는 다른 생각, 그것이 결합자다.

결합자는 생각의 연쇄반응을 일으킨다. 하나의 결합자가 무수히 많은 다른 생각을 잉태시킨다. 하나의 위대한 생각이 창의적 결과물을 생성할 때, 그 생각은 독립적으로 혹은 고립되어서 창의성을 발현하는 데 그치지 않는다. 그 새로운 생각은 곧 다른 생각을 만들어내는 매개적인 역할을 하게 된다. 결과물을 만들어내는 새로운 생각이, 다른 생각을 촉발하는 결합자로 진화하는 것이다.

이 결합자로 인해서 사회전반에 걸쳐서 연쇄적인 반응을 일어날 때, 거대한 사회변혁이 발생한다. 우리가 혁명이라고 부르는 것은 대부분 이런 결합자에 의해서 일어나는 생각의 연쇄반응이다. 새로운 생각이 어떻게 영향력을 계속 발휘하고 있는가를 살핀다면, 새로운 생각을 만들어내는 결합자로 역할을 전환하고 있다는 것을 발견한다.

산업혁명은 어떠한가? 속도와 대량생산이라는 것은 생각이 진화한 결과였다. 곧 그것은 결합자로 탈바꿈했으며 모든 변화의 매개물이 되었다. 사물과 사물의 결합, 각각의 사물의 바탕이 되는 생각과 생각의 결합, 이 당시 거의 모든 창의적인 생각은 속도와 대량생산을 통해서 결합의 밀도와 강도가 결정되었다. 그리고 사회 전 분야에 걸쳐서 속도와 대량생산은 화두가 되었으며, 겉으로 보이는 모습뿐 아니라 인간 내면의 모습도 바꿔 놓았다.

속도와 대량생산이라는 결합자는 모든 사람에 있어서 아주 기본적인 정신활동의 한 요소가 된 것이다. 이제는 누구라도 속도와 대량생산을 당연시한다. 창의성을 만들어내는 요소로, 이것을 더는 간주하지도 않는다. 이제 속도와 대량생산은 결합자의 역할로써는 한계에 다다른 것이다.

이와는 반대의 경우도 물론 성립한다. 자연주의, 대안주의, 미니멀리즘, 있는 그대로의 모습으로 돌아가자는 생각은 모두 산업화의 반작용으로 탄생한 생각이다. 이들은 속도와 대량생산이라는 상업화에 반대하지만, 산업화에 뿌리를 박고 있음은 부인하지 못한다. 산업화가 없으면, 이런 개념도 존재하지 않기 때문이다.

이것들 또한 창의적인 생각이었으며, 산업화가 충분히 진행된 뒤에 새로운 결합자의 역할을 하기 시작했다. 산업화의 몰개성에 대한 반감은 그 자체로 충분히 설득력 있는 생각의 갈래다. 그것은 산업화처럼 혁명적이지는 않지만, 사회전반을 지배하고 있는 의식구조에 신선한 바람을 드리운다. 그 시작은 미미했으나 구성원들의 지지에 바탕을 두고 커다란 흐름을 만들었으며, 거기에 기대서 새로운 사물들이 등장했다. 새로운 결합자가 나타난 것이다.

결합자가 지니는 의미는 매우 구체적이다. 창의적인 사고의 기법들이 어느 순간 잘 적용되며 만족할만한 결과물을 만들어내다가 이내 시들시들해지는 이유도 결합자는 설명한다. 그것들이 하나의 방법론인 동시에 결합자라서 그렇다. 수명이 다해서 효용성이 떨어지는 것이다. 그 생각의 언저리가 모두 파헤쳐지면, 쓸만한 광물이 생산되지 않는 광맥처럼 변화한다. 결국 저품질의 광물만이 생산될 때, 창의성을 보장하려는 노력은 새로운 기법을 낳는다. 새로운 결합자를 찾으러 떠나는 것이다.

생각의 틀(패러다임) 또한 이와 같다. 하나의 패러다임이 홀연 나타날 때, 지지하는 사람들 또한 급속도로 늘어난다. 그들의 가슴속에서 용솟음치는 뜨거운 감동은 사회의 구석구석을 적신다. 전 분야에 걸쳐서 새로운 생각의 틀에 구속되며 자유롭지 않다. 그것이 생성하는 변화는 과거와 비교해서 엄청난 차이를 만든다. 하나의 패러다임이 더는 창의력과 관계 맺지 못할 때, 그것은 소멸한다. 새로운 패러다임이 그 자리를 대신하는 것이다.

모든 생각은 결합자에 의해서 탄생한다. 또, 그 생각 자체가 결합자로써의 역할을 한다. 이렇게 생각은 연쇄반응을 일으키듯이 생성된다. 더 이상의 생산성이 확보되지 않을 때, 그 생각은 누구나 다 아는 평범한 상식으로 변화한다. 신선도를 잃고 생각과 생각을 결합하는 역할을 하지 못하게 된다. 이때, 새로운 생각이 등장하며, 그것을 중심으로 사고영역의 확장이 다시 시작된다. 이것이 창의성이 발현되어 끊임없이 순환하는 패턴이다.

결합자(Bonder)의 특징

결합자는 사물과 사물을 결합해서 새로운 사물을 만드는 매개체이다. 그런 만큼 어떤 사물이나 생각의 창의성에 대해서 동의한다는 것은, 그 결합의 매개체인 결합자의 역할에 대해서 동의한다는 것을 의미한다. 이것은 마치 예술작품을 감상하는 것과 같다. 하나의 작품을 생산한 작가의 의도에 대해서 동의하는 것이 감상이다. 작가가 제시하는 것을 알아채지 못한다고 해도, 수용자가 자신만의 방법으로 생각을 제시하는 것이 작품에 대한 동의이다.

창의성도 이와 같다. 창의적 산물을 만들어낸 사람의 생각에 대해서 동의하는 과정을 거칠 때에, 그 사물이 품는 창의성이 인정받는다. 그것은 창의자의 의도와 관계가 있기도 하고 없기도 하다. 그의 생각이 진정 무엇인지 알아내고 동의하지 못한다고 해도, 드러난 사물에 대해서 동의한다면 창의성은 완성된 것이다.

결국 창의성이라는 것은 결합자에 대한 동의이며, 그 결합자를 관찰하는 자(수용자)의 내면이 결합자를 인지하는 과정인 셈이다. 창의성은 결합자를 사용한 사람과 그 결합자의 사용을 인지하는 사람과의 관계이며, 그 관계의 성립을 창의성이 발현되었다고 보는 관점이다. 이때, 제시하는 사람과 수용하는 사람 모두에서 창의적 능력이 발생한다. 발현된 창의성을 알아차리며 수용하는 것도 창의력이며 그 순간 수용자에게도 창의성이 발현된 것이다.

따라서 창의성의 발현과 그에 대한 동의 또한 결합자를 매개로 이루어진다. 창의에 대한 수용의 순간, 거기에 함유된 결합자가 창의자에게서 동의자로 전이되는 것이다. 이런 과정을 동시다발적으로 거쳐서, 결합자는 사회전반으로 급속히 파급된다.

이런 결합자의 특성은 창의성에 대한 다른 설명도 가능하게 한다. 하나의 사물이 사회적인 맥락에 따라서 용도가 달라지는 경우를 우리는 자주 목격한다. 창의자의 의도가 수용자에 의해서 다르게 읽히는 것이다. 이런 경우에 결합자나 창의적인 사고가 실패한 것인가? 그렇지 않다.

　그것은 작품과 관객의 관계와도 같다. 어떤 사물에 얽힌 결합자나 창의적인 생각은 그것을 제시하는 사람에게서 떠나는 순간, 오롯이 그것을 받아들이는 사람에게로 귀속되는 것이다. 이 귀속이라는 동의의 절차가 결합자의 창의성이다. 그것을 귀속시키는 자가 그 창의성에 동의함으로써 타인의 창의성과 관계를 맺고 창의적 작업에 참여한다. 이런 방법으로 창의자와 동의자 모두가 창의성을 발현시킴으로써, 결합자는 그 역할을 다하고 창의성은 완결된다.

　결합자는 모든 사물의 특징과 불가분의 관계가 있다. 결합자가 창의적 사고의 결과물인 동시에 매개물인 까닭이다. 그것은 그 자체로 사물의 정체성을 나타내거나 부각하는데 기여한다. 결과로 결합자는 그 사물에 연관을 맺고 있는 구성 요소들 사이의 관계를 표현하게 된다. 결합자가 하나의 생각과 다른 생각을 결합하기 때문에, 겉으로 드러나지는 않는다고 해도 결합적 특징을 만들어내는 역할에서 벗어나지 않는다. 이때 결합자는 생각의 결합 강도를 결정함으로써 구성요소들 사이의 결합 강도를 좌우한다.

　많은 경우, 결합자가 달라지거나 달리 인식되면, 생산된 사물은 의미를 잃거나 의미가 달라진다. 하나의 생각인 결합자가 변화하면 그에 부수하는 모든 '생각' 또한 변화함을 의미한다. 하나의 사회에서 동의받은 사물이 다른 사회의 맥락 안에서는 동의가 성립되지 않는 이유가 여기에 있다.

특히 결합자가 다른 것으로 대체될 경우, 똑같은 요소들이 결합하여 하나의 사물이 형성된다고 해도, 전혀 다른 의미를 지니게 된다. 사물이 생성된 맥락과 이유를 결합자가 제시하는 까닭에, 다른 결합자를 사용하여 생성된 사물은 모든 성분과 구성요소가 같다고 해도 결국 다른 사물로 받아들여지는 것이다.

이런 것은 소위 명품이라고 불리는 사치품을 설명할 때도 유용하다. 똑같은 재질의 소재와 같은 수준의 장인이 만들었음에도 시장에서 다르게 평가를 받는 이유는 어디에 있을까? 단지 그것을 만드는 회사가 다르기 때문일까? 그 회사의 다름은 어떤 의미를 던질까? 이렇게 질문을 통해서 근원적인 이유를 파헤치다 보면, 결국 만나는 것은 결합자이다. 이에 대한 설명을 더 할 수는 있지만, 여기까지다. 결합자에 의해서 물건의 가치가 달라지는 것을 설명하는 것이 아니라, 결합자를 사용하여 창의력을 발휘토록 하는 데 있기 때문이다.

결합자 찾기

앞에서 결합자가 어떤 방식으로 새로운 생각의 생산에 연결되어 있는가를 설명했다. 이제 구체적인 형태의 결합자를 찾는 방법을 이야기할 차례. 이 결합자를 어떻게 찾을까?

"결합자를 찾으면 아주 좋을 것 같기는 한데, 설명이 어렵습니다."

"사념이 사념을 낳고, 아무튼 좀 복잡합니다."

사실 예상한 반응이다. 그래서 결합자를 찾아서 어떻게 활용할 것인가에 대해서는 보다 가시적인 예를 들어서 설명하고자 한다.

심심한 시간을 채우기 위해서 텔레비전 채널을 이리저리 돌리다 보면, 분명히 '먹방 프로그램'이 하나쯤은 걸리게 마련이다. 먹는다는 행위는 매우 숭고한 일이다. 우리의 생명은 먹는 행위로 유지되고, 우리 생의 가장 기본적인 목표도 잘 먹는 데에 있다. 이것은 매우 본성적이다.

인류의 역사를 살피면 인간의 본성과 관련된 것은 절대로 포기되지 않는다. 이 먹는다는 것은 매우 원초적인 본성이므로, 인간의 가장 커다란 관심사다. 음식이 되는 동식물은 늘 먹기와 연관된다. 이 모든 먹방 프로그램은 먹는다는 행위를 그토록 다양한 방법으로 전달한다. 그리고 시청자들은 본능적인 욕망을 충족시키며, 다른 사람이 먹는 행위를 몰두하며 바라본다.

먹방 프로그램에서 먹기는 프로그램의 창의성을 담보하는 소재이며, 또한 결합자이기도 하다. 인간 본성의 가장 밑바닥을 충족시킬 수 있는 유이한 소재인 먹기는 주변에서 발견되는 모든 소재를 훌륭하게 결집하고 서로 결합시킨다. 연인들이 만나서 마음을 확인하는 작업도 '먹기'에서 시작된다. 커다란 비즈니스 또한 먹기와 결합하여 멋진 계약으로 이어진다. '먹기'는 사람과 사람을 결합하며,

먹는 행위는 사랑과 사랑을 이어준다. 그것은 생각과 생각을 결합시키며, 행위와 행위를 결합시킨다. '먹기'는 인류의 역사와 더불어 작동한 아주 훌륭한 결합자였다.

먹방 프로그램 이외의 것에서 이 멋진 결합자를 사용해도 그다지 창의적으로 보이지 않는 까닭은 무엇일까? 먹기의 사용이 진부해져서 그렇다. 이런 결합자의 퇴색을 막는 방법이 있다. '다섯가지' 먹기의 '우려먹기'를 사용하면 된다. 먹방 프로그램이 먹는 행위라는 결합자를 통해서 창의성을 획득했듯이, 다른 분야에서도 얼마든지 '먹기'를 새로운 결합자로 사용할 수 있다. 사회의 맥락이 달라졌기 때문이다.

자녀를 유치원을 보내는 학부모들은 아이들이 무엇인가 배우기를 원한다. 여기에 뒤집기를 시도해보자. 배우는 것보다는 먹는 것에 중점을 두어보자. 아이들이 배우는 모든 것은 먹기와 관련이 있다는 상상을 해본다. 아이들이 노는 것, 배우는 것이 모두 점심을 즐겁게 먹기 위한 전초전으로 바라보자. 어떤 일이 벌어질까? 지금과는 다른 형태의 유치원이 생성될 것이다. 그리고 아이들과 유치원 선생님들은 지금보다 더 행복할 것이다.

인터넷으로 연결되는 가상공간과 실제의 공간, 초연결과 초융합의 4차 산업혁명에서는 어떤 결합자가 있을까? 연결? 융합? 아직도 유효한 결합자이다. 너무도 잘 알려진 이 결합자 이외의 다른 것은 없을까? 이것은 어떠한가? 공간. 모임. 소통. ON+OFF. 실제와 가상. 이 중에서 모임을 선택한다.

모임은 모든 산업의 기본이다. 모임을 통해서 생산하고 모임을 통해서 소비가 일어난다. 이것은 동시에 매우 본성적이다. 인간은 자신도 모르게 모이는 것에 집착한다. 아주 사소한 사건이라도 일어나면, 사람들이 모여든다. 구경거리와 모임에 대한 갈증이 더해져서 볼거리가 없음에도 사람들은 늘어난다.

사람들이 모이면, 모임이 더 커지는 경향이 있다. 이벤트, 콘서트, 축제, 교통사고 현장. 특히 교통사고 현장에서는 이 현상이 더 심화한다. 고속도로 갓길에 승용차 2대와 견인차 1대가 정차해 있다는 사실만으로도, 주변의 통과차량이 속도를 늦추며 교통체증이 증가한다. 모이면 구경거리가 스스로 자기 복제를 하듯이 생산된다. 그리고 사람들의 시선이 실제의 구경거리에서 사람으로 이동한다. 사람 모인 것을 구경하기 위해서 모임이 더 커지는 것이다.

모임은 실체인 동시에 생각이다. 이것을 결합자로 활용해보자. 어떤 대상이든지 거기에 '모임'이라는 생각을 개입시킨다. 그 순간 결합자는 스스로 결합하기 위해서 생각이나 사물에 달라붙는다. 두 개의 사물이 '모임'이라는 결합자에 의해서 결합하거나, 결합자인 '모임'이 동시에 소재로써 다른 사물과 결합한다. '모임'은 두 개의 소재를 단단히 결합시키는 접착제처럼 작용한다. '모임'에 의해서 저절로 두 소재의 연결이 확보되는 것이다. 이윽고 결합의 순간, 각각의 사물이 가졌던 속성은 새로운 속성으로 변화한다.

여기에서 의문이 들 것이다. 결합자는 어떻게 마련할까? 창의적인 작업을 할 때마다, 결합자를 찾는 작업을 따로 할까? 그것도 좋은 방법이다. 그렇지만, 결합자를 찾는 데는 많은 시간이 걸린다. 상당한 시간을 소비하고 노력을 많이 기울였음에도, 전혀 단서조차 찾지 못할 때도 있다. 어떤 방법이 그나마 효율적일까?

영감을 얻기 위해서 시나 인문학 관련 서적을 읽는 것도 방법이다. 거기에서 결합자에 대한 힌트를 얻을 수도 있다. 실제로 창의적 사고의 달인들은 그렇게 하기도 한다. 그렇지만, 그런 사람들은 대부분 필요할 때 그런 책을 읽는 것이 아니다. 읽다 보니 '생각이 발견'되었을 뿐이다. 그리고 즉시가 아니라 상당 기간 숙성했다가 사용한다. 인문학에 심취하거나 시를 읽는 방법은 많은 사람이 사용하지만, 가시적인 효과를 보았다는 사람은 아주 소수이기도 하다. 창의력이 어느 정도 이상의 수준에 도달했을 때만, 거기에서 '필요한 생각을 발견'할 수 있기 때문이다.

이 책에서는 이런 결합자를 미리 만들어 두기를 권한다. 창의성을 발현시키는 기제를 결합자라고 한다면, 이것을 미리 만들어 두지 못할 까닭이 없다. 창의적 사고의 기법들은 대부분 이미 정해진 결합자를 기법 안에 포함하고 있다. 그렇지만, 관찰, 단순화, 개념화, 통찰 등에서는 정해진 결합자를 사용하지 않는다. 그것들은 어떤 상황에서도 결합자를 찾아내도록 도와주는 도구다. 이런 방법을 사용해서 미리 찾아내서 정리해둔다면, 그것이 자신만의 결합자 아카이브가 된다.

이런 결합자는 시대의 조류를 반영하는 일반적인 것, 옛사람의 지혜가 담긴 것, 아주 특정한 관심 분야의 것 등 다양할 수 있다. 이런 결합자에 대한 체크리스트를 함께 만들며, 사용의 과정, 목표, 효과 등을 정리하여 사용한다. 그것을 직접적으로 사용하지 못한다고 해도, 자신의 자료에서 필요에 근접한 것을 찾는 데는 도움을 받을 수 있다. 이렇게 결합자를 추출하여 정리하면, 창의력을 배가시키는 훈련이 될 수 있다.

"이것도 예를 들어야 하지 않을까요?"

"어떤 것들이 결합자가 될 수 있는지 더 많은 예를 보여준다면, 도움이 될 것 같아요."

그것은 마지막에 보여 줄 것이다. 결합자를 추출할 수 있는 방법의 제시가 먼저다. 결합자를 추출하는 데는 아주 고전적인 방법이 사용된다. 다른 지름길이 있을 것이라고 예상했다면 매우 유감이지만, 이만한 방법도 드물다. 인류의 역사와 더불어서 정립된 방법이 때로는 가장 안전하면서도 가장 효율적인 길을 제시할 것은 틀림없다.

시대를 아우르는 생각. 이것은 어느 때든지 가장 좋은 결합자다. 한 시대를 관통하는, 그리고 사람들의 의식을 지배하는 생각을 알아내서 잘 적용하는 것은 매우 중요하다. 이런 생각들은 늘 새로운 사물을 생산해낸다. 그 생각을 중심으로 새로운 생각 또한 생성된다. 생각이 끊임없이 확대되고 재생산되어 연쇄적인 반응에 도달하는 것이다. 상당한 시간 동안 이런 생각은 사람들의 뇌리에서 떠나지 않는 화두가 되며, 사람들의 행위를 지배한다.

시대를 아우르는 생각에 대한 간단한 예를 든다면, 젊음 같은 것이다. 이 시대에는 나이 들었다는 것을 일종의 죄악으로 간주한다. 젊음은 이미 특권이며, 젊다는 것은 나이를 불문하고 선망의 대상이다. 이것이 시대를 관통하는 생각이 된 것은 1990년대 이후부터였다. 기업들은 젊음을 마케팅에 이용했으며, 나이가 들었다는 것은 존중의 대상이 아니라, 천형처럼 여겨졌다. 사람들의 삶이 시간을 거부하고 오히려 그것을 거슬러 올라갈 수 있는 길을 찾는 방식으로 변했다. 이런 것이 시대를 관통하는 생각이다. 이런 예는 아주 흔하게 발견된다.

민감성의 발휘는 결합자를 찾기 위해서 기울이는 노력의 하나라고 간주할 수 있다. 사회전반에 걸쳐서 민감성을 발휘해보자. 아주 사소한 변화도 놓치지 않으려고 애쓰는 마음. 그것이 민감성이다. 사물의 변화, 사람의 변화, 관계의 변화를 찾아낼 수 있다면, 결합자를 찾기가 매우 쉬워진다. 시대를 관통하는 생각을 찾는 것도 결국은 민감성에 바탕을 두고 있다.

점과 점을 이으면 선이 된다. 그리고 선은 방향과 크기를 지닌다. 기초적인 수학적 개념이다. 이런 마음을 품고 민감하게 외부의 자극에 반응해보자. 변화나 변화가 쌓여서 만들어내는 경향성(트렌드)이 아무리 사소해도 민감하게 모습을 드러낸다. 결합자는 이런 과정에서 발견되거나 생성된다.

관찰. 이미 관찰에서 어떻게 생각을 발견하는지 설명했다. 결합자도 생각의 일종이므로 관찰로 충분히 발견된다. 민감성이 발휘되어야 할 곳은 관찰이다. 관점을 바꾸어가며, 그리고 관찰의 대상이 변화하는 모습을 민감하게 수용할 때, 결합자를 발견할 수 있다.

세상 읽기. 굳이 읽기라고 따로 이름을 붙인 이유가 있다. 세상을 읽는다는 것은 하나에 집중해서 파고든다는 것을 의미하지 않는다. 그것은 두루두루 관심을 보여야 한다는 것을 강조한다. 세상의 이런저런 모습을 마음에 담아둘 때, 세상에 대한 이해의 폭이 넓어진다. 이때 심상이 일어난다. 마음의 한 모퉁이에서 세상의 단면을 가로지르는 듯한 생각이 떠오른다.

이것이 통찰이다. 통찰은 하나에 집중할 때, 잘 생성되지 않는다. 오히려, 다양한 분야와 그것을 구성하는 뒤편의 이야기가 어우러질 때 찾아진다. 세상을 읽는다는 것은 이런 깊은 이해에 들어가기 위한 기초적인 방법이다.

감각 높이기. 민감성과는 다르다. 정보를 잘 수용할 수 있도록 의식을 일깨우는 것을 의미한다. 문화, 시사, 일반적인 정보, 전문분야 등에 대한 감각을 높여둘 때, 세상을 읽는 능력이 올라갈 것이다. 세상에 대한 리터러시(문해력)를 올리기 위해서는, 세상을 이해하는 감각이 높은 수준에 있어야 한다. 자신의 전문분야에 대해서 첨단의 감각이 없다면, 전문분야일지라도 창의성을 발휘할 수 없을 것이다. 이런 감각을 높인다는 것은 이해의 척도를 높임과 같다. 그래서 결합자를 찾아내기 쉽도록 몸의 상태를 만들라는 것과 같은 이야기다.

사물에 대한 개념 만들기. 이미 단순-복잡화와 개념화에서 설명했다. 생각을 발견한다는 것은 직접적으로 새로운 사물을 만드는 생각만을 뜻하지는 않는다. 오히려 그 과정에서 여러 가지의 갈래로 나누어지는데, 결합자도 그중 하나에 포함된다.

인문학 공부하기. 이것이야말로 아주 고전적인 방법이며, 마치 새로운 방법인 것처럼 포장되어 다시 유행하는 방법이다. 인문학은 그 자체로 하나의 생각이다. 대개는 통찰이나 결합자를 직접적으로 제시한다. 많은 사람이 인문학에서 사물에 직접 적용할 수 있는 생각을 발견하려고 노력하는 경향이 있다. 거의 실패로 끝난다.

인문학은 인간에 대한 이해력을 높여준다. 하지만, 창의성의 발현에 직접 도움을 주지는 못한다. 다만 창의성에 대한 갈증과 불안감을 달래는 탄산수 같은 정도의 효과는 있다. 그 이유는 인문학에서 발견되는 생각이야말로 결합자인 경우가 많기 때문이다. 결합자는 다른 생각을 유도하는 데 사용하는 것임을 염두에 두어야 한다. 그럴 때, 인문학이 창의력을 향상시키는 도구가 될 수 있다.

사람에 대한 이해력 높이기. 사람은 모두 같다. 동시에 전혀 다르다. 이런 두 가지 개념이 적용되기에 사람들은 천차만별이 되는 것이다. 사람에 대한 이해, 그에 관한 생각, 인간이 어떤 존재인가에 대한 깊은 사색은 언제든 창의력 높이기에 도움을 준다. 세상의 모든 사물은 사람을 위한 것이 아닌가? 사람에 대한 이해야말로 모든 창의적인 노력의 밑바탕이다.

"너무 많아요. 이걸 다 머리에 넣고 다니면, 무거울 거 같아요."

"중요한 거 딱 한 가지만 말해주세요. 그것만 파고들면 결합자를 찾을 수 있는 거로."

여러 가지 방법을 제시하는 것보다는 확실한 것 하나가 낫다고 믿는다. 한 가지만 잘해서도 살아가는데 큰 지장이 없지 않은가? 결국은 사람이다. 사람에 대한 탐구야말로 창의성의 원천이다. 결합자 또한 이에서 벗어나지 않는다. 인간이 어떤 존재인가? 사람들의 행위에는 어떤 의미가 숨어있는가? 가장 가치 있는 것은 무엇인가? 사람들이 추구하는 인생의 목표는 결국 무엇인가? 삶에 대한 욕구는 어떤 욕망에서 비롯되는 것인가? 이와 비슷한 질문을 던지며 사람을 진지한 탐구를 한다면, 결합자뿐 아니라 다른 생각의 발견도 어렵지 않게 이루어지지 않을까?

이런 사람에 대한 탐구는 결국 자신에 대한 탐구이다. 굳이 다른 사람을 탐구할 이유도 없다. 가장 가깝게 관찰하고 연구해볼 수 있는 대상은 자신 아닌가? 더구나 스스로가 던지는 질문에 부정직하게 대답할 사람은 없을 것이다. 그러니 자신을 잘 탐구한다면, 그리고 아주 정직하게 대답한다면, 타인에 대해서 그리 많이 연구하지 않아도 된다. '나'는 보편적인 인간의 범주에 속하기 때문이다.

결합자의 예시

여기에서 제시하는 결합자는 현재에도 창의성의 발현을 돕고 있거나 앞으로도 창의적인 생각을 만드는데 기여할 만한 것들이다. 이 결합자를 이용해서 창의적인 생각을 찾아내고 자신의 창의력을 키우는 연습을 해보자. 또, 구체적으로 세상에 나와 있지 않은 사물을 만들어 보자. 그 사물은 구체적인 형태의 물건이나 서비스 등을 의미한다. 결합자를 제시하고 더 찾기와 채우기는 여러분들에게 넘긴다.

- **옮기기:** 가상공간으로 실제의 사물을 옮긴다. 가상공간은 아직도 채울 게 많다.
- **연결:** 연결로 부가가치가 생성된다. 어떻게 무엇을 연결할까?
- **대신하기:** 게으름의 본성을 만족시킨다. 귀차니즘은 누구나 있다.
- **비밀 지키기:** 연결은 비밀을 지키기 힘들게 한다. 어떻게 할까?
- **게으름:** 문명은 게으름을 만족시키기 위한 도구의 집합일지 모른다. 모든 사물은 따라서 사람이 가진 본성인 게으름을 반영한다.

1분 정리

- 창의성이 발현되는 과정에 개입하는 기제를 결합자라고 부른다.
- 쾨슬러의 이연연상, 고든의 유추는 모두 결합자의 존재를 뒷받침한다.
- 결합자는 새로운 생각을 만드는 데 관여하는 매개물이며 생각이다.
- 모든 생각은 결합자에 의해서 탄생하며, 결합자 그 자체가 되기도 한다.
- 결합자가 다르면, 모든 구성요소가 같다고 해도 다른 사물이 된다.
- 창의적 사고의 기법은 대부분 정해진 결합자다. 그래서 한계가 있다.
- 결합자는 사람(자신)의 탐구에서 발견된다.

23. 수렴적 사고 (Convergent Thinking)

지금까지의 모든 내용은 매우 발산적이었다. 창의력 또는 창의성에 대한 논리나 책 등의 내용은 대부분 발산적 사고에 관한 것이다. 여기에선, 창의성의 중요한 부분을 차지하지만, 잘 다루지 않는 수렴적 사고에 관해서 설명한다. 발산이 생각을 확장해서 목표를 달성할 수 있는 여러 가지 방법을 제시한다면, 수렴적 사고는 그중에서 가장 적합한 방법을 최종적으로 선택하게 하는 것이라고 볼 수 있다. 매우 간단하게 설명하고 있지만, 수렴적 사고에 대해서 이것보다 더 나은 정의는 없다.

수렴적 사고를 연구하는 사람은 그리 많지 않다. 우리가 일상생활을 하면서 자주 사용하는 것이 수렴적 사고이기 때문일 것이다. 가장 간단한 수렴적 사고의 현장은 객관식 시험이다. 4개로 제시된 답 중에서 가장 합리적이며, 문제를 충족시키는 답을 찾는 것. 이 과정에서 사용하는 생각의 방식이 수렴적 사고다. 논리, 추론, 비교, 관계 짓기, 공통점 찾기, 연역적 사고 등을 사용하면서 답을 찾는 과정이 그것이다.

창의적 사고의 수렴적 사고는 이와 다른가? 다르면 어떻게 다른

가? 이런 질문을 던질 수도 있다. 일상적 활동에서, 주어진 가능성 가운데서 하나의 답을 찾아내는 것은 매우 쉬운 일일 수 있다. 그렇지만, 과거의 궤적을 살피면, 그것이 결코 그렇게 녹록지 않았다는 사실이 떠오른다. 그렇다. 아주 사소해 보이는 것. 오늘 점심은 무엇을 먹을까? 이런 질문에 대한 답을 찾기가 일하기보다 어렵다고 푸념하는 사람도 많다.

이런 일은 일터에서의 유능함과 관계가 없는 것처럼 보인다. 자신을 만족시킬 수 있는 점심 메뉴의 그림을 떠올리면서, 오늘의 날씨, 기분, 비용, 식당까지의 거리, 종업원의 친절도, 같이 가는 사람의 취향, 아침식사 메뉴 등 수많은 고려사항으로 각각의 메뉴를 점검한다. 한 끼의 식사가 이렇게 중요한가? 자조 섞인 질문을 던지며 따져도 참신한 메뉴가 선뜻 떠오르지 않는다. 결국 지난주나 지지난 주에 먹었던 음식을 선택한다. 그것은 이미 검증을 거친 것이며, 불확실한 선택에 따른 위험으로부터 자유롭게 한다.

오늘 먹을 점심 식사가 꼭 새로운 메뉴여야 할 필요는 없다. 아무거나 먹어도 적당한 만족감을 얻을 수 있다. 그러나 창의력을 발휘해야 할 현장에서 얻어야 할 해답은 경험해본 것들이 아니다. 위험으로부터 결코 자유로울 수 없다. 이런 때 어떻게 해야 할까? 그것을 도와주는 것이 수렴적 사고이다.

오감의 사용

머릿속에 수많은 생각이 혼재되어 나타날 때가 있다. 그중에서 가장 빼어난 생각을 하나 선택해야 한다면? 대부분은 거기에 매달린 매개변수가 지나치게 많을 것이다. 사물의 모든 구성요소가 미리 정해져 있어도 선택하기 힘든데, 거기에 변화까지도 포함되면 선택은 더 어려워진다. 이런 경우에 고민의 시간은 길게 늘어난다. 논리적인 분석을 동원해보지만, 그것조차도 믿음직스럽지 않다. 논리로 해석되지 않는 부분이 너무 많은 까닭이다. 어떻게 할까?

이런 때 동원되는 것이 오감이다. 자신의 감각에 의존하는 것이다. 왜 이것을 선택했나요? 이렇게 묻는 것은 이런 때, 큰 실례를 저지르는 셈이다. 대답하는데 한참 뜸을 들이며, 나름의 논리정연한 답을 이야기한다. 듣는 이는 어딘지 모르게 석연치 않지만, 논리만은 그럴듯하기에 맞장구쳐준다. 그렇다고 그 선택이 전혀 엉뚱할까? 그렇지 않다. 우리의 경험은 때로는 그런 선택이 매우 현명했다는 것을 말한다. 그러기에 나중에 또다시 자신의 감각에 의존하게 된다.

심리학자들의 견해인 심리적인 어림셈은 이런 것을 잘 설명한다. 사람들이 세상을 인지하는 방법은 절대로 정확하고 세밀하지 않다는 것이다. 그러기에는 지나치게 많은 에너지를 소비하기 때문에, 그리고 급박하고 위험한 상황에서 짧은 시간 안에 행동을 결정하기 위해서는 어림셈에 의존할 수밖에 없다고 말한다. 우리가 축적한 경험도 이에서 벗어나지 않는다. 수많은 시행착오 끝에 마음에 새긴 생활의 지혜는, 대부분 이런 행동 패턴에서 나온 것이다.

"잘 모를 때는 대충하면 돼. 그러다 보면 일이 아귀가 맞는다니까."

이런 생활의 지혜는 누구나 갖고 있다. 대부분의 오감은 이런 지혜에 바탕을 둔다. 순간적으로 다가오는 끌림. 어딘지 모르게 다가서는 마음. 이들은 오감의 작용을 표현한다. 설명할 수는 없지만, 제대로 선택했다는 확신. 또 논리적으로 잘 선택했다고 믿지만, 어딘지 모르는 불안함. 오감에 의존하는 선택이 정확할 때가 많다는 것을 반영한다.

오감은 우리의 경험의 총체이다. 축적된 경험이 압축되어 거기에서 일어나는 화학반응에서 비롯되는 것. 우리의 이지적인 분석과 논리로는 설명되지 않는 것. 대충 계산한 것 같지만, 가지고 있는 모든 능력의 총합. 이런 것이 '오감'이다.

그렇지만, 오감은 일관성이 없다. 어떨 때는 마치 점을 치듯이 확실한 결과를 산출한다. 어느 때는 전혀 엉뚱한 결과를 만들어낸다. 그날의 기분에 따라서, 육체의 상황에 따라서 기복이 심하다. 일관성의 결여다. 더 중요한 것은 다른 사람을 설득시키기 힘들다는 점이다. 결정하는 사람이 직접 일을 추진한다면, 아무런 문제가 없다. 세상일이 그렇지 않다는 데서 오감의 사용이 제한된다.

누구에게도 그것을 설명할 길이 없는 것이다. 나만 믿으라고! 이렇게 흰소리 칠 수 있는 사람은 거의 없다. 또 그런 위치에 있다고 해도 다른 사람들이 따르지 않는다. 불안한 동거 속에서 조마조마한 마음으로 일을 추진하고 싶은 사람이 어디 있겠는가? 이것이 오감의 결정적인 약점이다. 그렇지만 '느낌'으로 표현되는 이 오감은 가끔은 아주 크게 기여하기도 한다. 그렇기에 일상생활이라는 낮은 수준에서 창의력을 발휘해야 할 때, 오감은 흔히 쓰이는 방법이다.

오감의 약점을 보완하는 사용법도 있다. 논리와 명분을 덧붙이는 방법이다. 일종의 투표이며, 집단지성이 아니라 집단 오감을 이용하는 것이다. 많은 사람이 참여하는 투표도 이와 흡사하다. 정치인을 선택하는 행위가 일종의 집단 오감으로 이루어지는 셈이다. 후보자들의 공약보다는 총체적인 느낌으로 대부분 자신의 한 표를 던지는 까닭이다. 정치인의 공약이 실현 가능성이 있는지 유권자가 제대로 판단할 수가 있을까? 경험은 그렇지 않을 경우가 많다고 말한다. 그러니 오감을 사용해야 한다.

이런 투표의 부정확함을 방지하기 위해서, 아이디어를 선택할 때는 점수를 매기기도 한다. 가장 많이 점수 받은 것을 채택하는 방법이다. 오감에 대한 개인별 점수의 총합으로 결정하는 것이다. 이와 비슷하지만 좀 더 심각한 마음으로 오감의 편차를 결정하는 방법이 있다. 선택해야 할 아이디어에 돈을 투자한다고 가정하자. 큰 돈일수록 일반적으로 심각하게 생각하는 경향이 있다. 정해진 액수의 투자금에서 각각의 아이디어에 얼마나 투자할까? 개인별 투자금을 모두 합하면 선택해야 할 항목에 대한 집단오감이 형성된다.

이렇게 점수를 매기거나 투표를 하는 행위는 모두가 나름의 분석과 논리에 바탕을 두고 있지만, 결국 밑바탕에는 오감이 있다. 경험이 축적돼서 나온 판단의 준거. 말로는 설명하기 힘들고 가시적인 논리성을 제시할 수 없지만, 오감은 판단의 훌륭한 기준이다.

가중치

오감은 판단에 도움을 주지만, 일관성이 떨어지는 감각에 의존한다. 가중치는 여기에서 벗어나고자 하는 방법이다. 논리적이며 매우 합리적으로 보이는 방법이라는 뜻이다. 하나의 아이디어, 또는 창의적 사물로부터 구성요소들을 중요도에 따라서 몇 가지 추출한다. 보통은 다섯 가지 이내의 주요 인자를 추출한다. 여기에다 다시 중요도에 따라서 가중치를 둔다.

어떤 인자는 아주 중요하기 때문에 5점, 버금 중요한 인자는 3점, 딸림 중요한 인자는 2점, 이렇게 가중치를 두고 심사를 시작한다. 각각의 인자에 배점한 후에 가중치를 더하든지 곱하든지 미리 정해진 대로 계산해본다. 결국 숫자가 나온다. 이것이다. 경영상의 중요한 결정에는 늘 숫자가 역할을 한다. 숫자가 우리의 운명 또한 좌우한다. 가중치를 두는 방법은 숫자를 결과로써 눈앞에 보여주기 때문에 매우 합리적이고 결정적인 방법처럼 보인다.

또, 가중치를 두지는 않지만 결국은 가중치를 두는 것과 같은 효과를 거두는 방법도 있다. 어떤 아이디어를 긍정적으로 평가할 인자를 5개쯤 산출하고, 그것을 부정적으로 평가할 인자를 다시 5개 산출해서 서로 숫자를 비교하는 방법도 있다. 각각의 인자가 다른 데도 어쨌든 각각의 인자를 심사하여 점수를 매긴다. 점수를 비교해서 긍정적인 쪽이 더 많으면 채택하는 것이고 그렇지 않으면 다른 방법을 찾는다. 가중치를 두지는 않지만, 선택을 좌우하는 인자를 뽑음으로써 결국은 가중치를 두는 것과 같은 효과를 거두기도 한다.

"점수의 근거는 어디에서 찾을까요?"

"점수를 매기는 사람은 그 분야의 전문가여야 합니까?"

이런 질문에 대해서 답하기가 망설여진다. 점수의 근거가 가시적으로 존재하는가? 정직한 답은 '알 수 없다'가 맞을 것이다. 어느 정도 수준 있는 전문가가 판단하는 것은 틀림없지만, 그 판단의 근거 또한 가시적이지는 않다. 설사 가시적이라고 해도, 그 판단이 전적으로 옳다는 보장도 없다. 어떤 창의적 사고도 과거에 사용해본 경험이 없는 탓이다. 그 아이디어가 보잘것없어 보이지만, 사람들의 마음을 사로잡을지 누가 알겠는가? 미래에 대한 예측은 현재와 과거를 바탕으로 하지만, 누구도 변화의 방향을 확신하지 못한다.

세계적인 경영 컨설턴트 회사의 평가에 따라서, 스마트폰 사업에 뛰어들지 않은 모바일폰 회사를 탓할 수는 없다. 애플이 처음 스마트폰을 만들었을 때, 그것이 장난감 같은 존재라고 생각한 사람을 탓할 수는 없다. 실제로 그렇게 사용되었기 때문이다. 스마트폰이 '찻잔 속의 태풍'이라고 생각한 많은 회사의 결정이 전적으로 바보 같은 짓이라고 비난할 수도 없다. 그들이 만든 보고서의 숫자가 스마트폰을 생산하지 않는 것이 낫다는 결정적인 증거로 작용했을 것이기 때문이다.

다시 또 오감으로 돌아간다. 오감에 의존하지 않기 위해서 가중
치나 주요 인자의 비교를 통해서 선택하려는 노력이 수포가 되는
듯하다. 점수를 매기고, 가중치를 두며, 주요 인자를 비교하는 방법
으로는, 오감이 빚어내는 실수를 만회하지 못한다. 다른 방법은 있
기나 할까? 우리의 이성과 합리성에 바탕을 둔 논리와 분석은 가중
치와 숫자가 매우 타당한 방법이라고 이야기한다. 그렇지만 그 최종
적인 결정은 여전히 오감에 의존한다.

그래도 이 방법은 적어도 다른 사람들을 설득하는 자료로는 사
용될 수 있다. 점수표가 그것이다. 인자의 비교표가 또 그것이다. 이
런 정도면 훌륭하지 않은가? 상사나 최고 경영자, 가정에서는 가장
에게 할 말이 생긴 것이다. 결정권자가 그 제안에 찬성하도록 심리
적인 압박을 가할 수 있는 '숫자'를 손에 쥔 것이다. 가중치는 이런
정도의 장점은 지니고 있다.

새로운 생각은 배척당한다

새로운 것이 늘 환영받지는 않는다. 낯선 것은 경계의 대상이며,
앞으로 추이를 지켜보며 판단을 내려야 한다. 모른다는 것은 위험
하다는 것과 같은 의미로 사용될 때가 더 많다. 본성적으로 사람들
은 잘 모르는 것에 대한 막연한 두려움을 갖고 있다. 잘 알고 있는
것에 대해서 겁을 먹는 상황은 그것이 압도적인 위험을 가할 때뿐

이다.

창의적인 생각 또한 그러하다. 그것은 지금까지의 경험에 비추어서 익숙하지 않은 것이다. 과거에 경험했던 것끼리 결합했다고 해도, 새로이 생성된 사물은 전혀 다른 기능과 특성을 갖는다. 익숙한 것도 창의적인 과정을 거치면, 낯선 것으로 변환한다. 까닭 모를 거부감은 증폭되며, 누구든지 불안한 시선으로 바라본다.

별다른 비판적 의견도 없이 그것을 수용하는 사람은 무모하거나 용감하다고 평가받는다. 평판에 민감한 사람은 이럴 상황조차도 두려워한다. 그 평판이 어떻게 번질지 불확실하기 때문이다. 하나의 미지의 영역에서 다른 미지의 영역으로 건너뛰는 행위라서 더 두렵다. 이런 상황에서 새로운 사물을 받아들이기는 매우 어렵다. 스스로 생산한 창의적인 사물에 대해서도 불안감은 여전하다. 주변의 시선을 의식하는 순간, 담대한 마음은 움츠러들고 용기는 자취를 감춘다. 새로운 생각은 이런 방식으로 위축되며 쪼그라든다.

이런 것을 극복하는 것도 수렴적 사고의 한 갈래이다. 사람들은 익숙한 것에 대해서 자연스러운 반응을 보인다. 아주 낯선 것이라고 해도 일부분에서 익숙함을 느낀다면, 조금이라도 친근감을 표시한다. 변화에 대해서 사람들이 보수적이며 점진적인 입장을 가질 수밖에 없어서 그렇다. 누구도 이런 본성적인 반응에서 벗어나기 어렵다.

이 모든 상황을 딛고, 우리는 창의적 사물이나 아이디어 가운데서 가장 적합한 것을 선택해야 한다. 어떻게 해야 할까? 우리의 본성을 억누르고 가장 급진적인 것을 고를까? 사람들에게 어느 정도의 안도감을 주기 위해서라도 변화가 작은 것을 선택할까? 이것이 창의력을 발휘한 사람들이 최종단계에서 겪는 고민이다.

COCD(Center for Development of Creative Thinking)라는 이름의 창의력 개발단체에서는 이런 현상에 착안해서 '창의성의 역설'이라는 개념을 만들어냈다. 그들은 이것을 브랜드화해서 자신들만의 용어로 만들었다. 'Creadox(Creative+Paradox)'라는 이 이름은 창의성이 강할수록 더 배척받는다는 것을 의미한다. 이들은 창의적인 아이디어가 쓰레기통으로 들어가는 것을 방지하기 위해서, 선택되지 않더라도 따로 분류하여 보관하기를 권한다.

창의성이 강하고, 변화의 진폭이 크며, 낯선 느낌이 클수록 최종의 단계에서 거의 배제당하는 것은 안타까운 일이다. 그렇다고 해서 실패할 위험을 무릅쓸 최고결정권자는 아무도 없다. 결국 타협점을 생성시켜야 한다. 이런 타협점을 만들기 위해서 나온 여러 가지 기법들이 있다. 이들은 대부분, 타당성이라는 것으로 포장하고 있다.

어느 정도는 창의성도 배척하지 않으며, 현실과의 간극이 크지 않아서 안도감도 주고, 그리고 문제도 해결할 것 같은 아이디어. 이것이 목표다. 이런 수렴적 기법들은 새로움, 유용성, 그리고 합리성 등의 항목에 대해서 점수를 매긴다. 가장 총점이 높은 것이 선택되는 구조이다.

몇 가지 예를 드는 것이 이해를 도울 것이다. COCD에서 개발한

COCD Box라는 것은 아이디어를 세 종류로 분류한다. 파란색 칸에는 일반적이며 받아들이기 쉬운 아이디어, 빨간색 칸에는 타당성도 있고 혁신성도 있는 아이디어, 노란색 칸에는 독창적이지만 현재가 아니라 미래에 타당성이 있을 듯한 아이디어. 이런 분류에서는 결국 빨간색 칸에 있는 아이디어 중에서 하나를 고르게 될 것이다. 그리고 노란색은 언젠가 다시 평가할 아이디어가 된다.

PINC Filter라는 것도 있다. 이것은 각각 Positive, Intriguing, Negative, Concerning의 약자이다. 어떤 아이디어를 평가하면서, 긍정적인 면, 가치를 증대시킬 수 있는 흥미로운 점, 가치를 잃게 하는 점, 가치를 잃게 하는 우려스러운 점으로 나누어 분석하고 평가하는 것이다. 현재와 미래가치라는 측면에서 사물을 평가한다고 보면 된다. 이 방법 또한 혁신성이 강할수록 가치를 잃게 만들거나 우려스러운 점들이 부각될 수밖에 없다. 결국 적당히 타협적인 아이디어가 채택될 확률이 높아진다.

아주 단순하게는 새로움, 유용성, 타당성 또는 적용 가능성의 세 가지 항목에 대해서 점수를 매기고, 그 점수가 가장 높은 쪽을 선택하는 방법도 있다. 이 방법도 각각의 항목에서 골고루 점수를 받는 편이 총점이 가장 높다. 타협적인 아이디어가 최종적으로 채택되는 것이다.

사람들은 대부분 타협점을 찾아서 선택한다. 그런 타협점이 안도감을 주기 때문이다. 그렇지만, 대부분의 커다란 성공은 타협을 통해서 나오지 않는다는 것을 역사는 말하고 있다. 위대한 역사적인 결단은 타협이 아니라 의지의 소산이며, 세상에 커다란 영향을 미친 창의적인 사물도 이런 강한 의지에서 비롯된다. 자! 어떻게 하는 것이 최선일까? 각각의 항목으로 나누어서 점수를 매기며 타협점을 찾을까? 아니면 '고독한 결정'을 통해서 자신의 의지를 세상에 표현할 것인가?

이것은 매우 고민스러운 상황이다. 이런 결정을 내리는 것보다는, 창의적인 아이디어를 만들어내는 편이 마음에 부담이 적은 듯 느껴진다. 어쩌면 창의력을 발휘할 때, 발산적인 사고가 수렴적인 사고보다 더 쉬울 수도 있겠다. 발산적 사고의 현장에서는 책임감이 등장하지 않지만, 수렴적 사고에서는 누구도 미래에 대한 책임론에서 자유롭지 않다. 그러면서도 평가는 여전히 오감에 의존하게 된다.

수렴적 사고에서 고려해야 할 것들

모든 창의적 사고의 마무리는 수렴적 사고를 동원한 작업으로 끝난다. 아이디어 개발을 위한 회의 후에 정리하는 사람들이 겪는 곤혹스러운 점은, 이런 수렴적 작업이 많은 시간과 노력을 요구하는데도 알아주는 사람이 적다는 점이다.

초기 단계에서는 어떤 아이디어라도 특징적인 요소가 드러나 있을 뿐이다. 그것을 현실에 적용하는 것은 다른 문제이다. 어쩌면 발산적 사고에 의해서 나온 것은 지극히 낭만적일 수도 있다는 의미다. 풍부한 상상력, 희망적인 메시지, 잔뜩 부풀린 미래, 무한한 발전성이 거기에는 담겨있다. 현실에 바탕을 두고 있지만, 현재와 거리가 있는 것. 그것이 발산적 사고에 의해서 나온 생각이며 사물이다. 자! 어떤 작업을 해야, 이것을 사람들의 눈앞에 내놓을 수 있을까?

수렴적 작업에서의 고려사항은 사실 수십 가지도 넘는다. 창의적 사고를 통해서 새로운 사물을 탄생시킬 때 걸리는 시간은 일반적으로 이와 관련한 작업시간이다. 이런 고려사항을 검토하고 아이디어를 현실에 맞게 수정하면서 소비한 시간이다.

이지적인 모습의 기획실 직원을 떠올려보자. 그들은 매우 날카롭게 사태를 분석하고 거기에 맞는 대책을 내놓는다. 드라마에서의 그들은 매일 퇴근시간을 넘겨서까지 일을 하며, 두툼한 보고서를 만든다. 그리고 현재의 당면한 문제와 미래의 모습을 회장과 이사진 앞에서 설명한다. 거기에 반대하는 다른 세력은 똑같은 문제에 대해서 전혀 반대의 보고서를 만든다. 그들의 해결책은 곧 파탄이 나고 드라마는 반전을 맞는다.

어떻게 같은 사안에 대해서 전혀 반대의 해결책이 등장할 수 있을까? 드라마가 현실은 아니지만, 어느 정도 현실을 반영하는 것은 틀림없다. 검토과정에서 수십 가지 고려사항을 조금씩 비튼다. 최종적으로는 엄청난 차이를 보이는 보고서가 만들어진다.

어느 공장에서 수백 가지 기계부품을 설계도대로 만들었다. 그리고 그것을 조립하려고 했으나 마지막 부품의 크기가 남은 공간과 맞지 않아서 문제가 생겼다. 모든 엔지니어가 동원해서 문제를 해결해보려고 애를 썼지만, 해결책을 발견할 수 없었다. 어느 부품도

허용된 오차의 한계에서 벗어나지 않은 까닭이다. 그런데 왜 이런 일이 일어났을까? 비록 오차의 한계 안에 있었다고 해도, 주어진 숫자보다 조금 크거나 작기 마련이다. 마지막 조립단계에서는 수백 가지 부품의 오차가 쌓여서, 종내에는 그 차이가 1cm 이상의 차이가 되었다.

수렴적 사고의 결과도 이와 같다. 같은 문제에 대해서 전혀 다른 답이 나올 가능성이 있다. 둘 모두를 시험해보면? 둘 다 맞을 수도, 둘 다 틀릴 수도, 하나는 틀리고 하나는 맞을 수도 있다. 그러니 어떻게 해야 할까? 답은 '잘'이다.

수렴적 사고에 있어서 가장 중요한 사항은 현실적인 적용과 실현의 가능성이다. 이런 것이 고려사항이 될까? 아이디어 단계에서 적용과 실현을 염두에 두고 작업하지 않았을까? 했을 것이다. 그렇지만, 보통은 거기에 대해서 엄밀하게 검토하지 않는다. 이 단계에서 해야 할 작업의 우선순위는 바로 여기에 있다. 이것이 수렴적 사고를 위해서 동원되는 기법들이 타당성을 파고드는 이유이다.

기업들은 대부분 타당성 조사를 위해서 막대한 재정을 소비한다. 이런 일을 꼭 해야 할까? 이런 질문을 던지며 시장의 상황, 미래의 추이, 산업계의 동향, 새로운 기술의 등장, 사람들의 변화 등 여러 가지 항목을 두고 검토한다. 그리고 마지막에 하는 가장 중요한 일. 점수를 매기는 일이 기다린다.

이런 고려사항에는 수익성이 중요하다. 투입자본, 수익, 지속가능성 등 검토해야 할 항목들은 넘쳐난다. 수익성은 사업에서 가장 중요한 요소다. 그렇지만 걱정할 필요가 없다. 누구라도 그런 것은 당연히 검토한다. 또 그 분야의 전문가들은 넘치게 많다. 오히려 부수적이지만, 절대로 빼놓지 말아야 할 중요한 사항들이 있다. 그런 것으로 사회적인 통념이 있다. 그 다른 사람들이 어떻게 생각할까? 우리가 이런 일을 하는 것을 사회에서 탐탁하게 생각할까? 사회적인 평판이다. 이것을 극복하지 못해서 결국은 중도에 포기된 프로젝트는 또 얼마나 많은가?

아주 멋진 창의적인 생산물이 사람에 대한 고려가 부족한 탓에, 결국 시장에서 사라지기도 한다. 사람들이 그것을 사용하기에는 어딘지 불편한 느낌을 주는 경우가 그렇다. 여기에서의 불편함은 육체적인 것과 심리적인 것을 모두 포함한다. 꼬집어서 설명하기는 그렇지만, 사람들의 행동양식에서 약간 벗어나는 것을 의미한다.

이런 것들은 눈에 잘 띄지 않는다는 특징이 있다. 새로운 생산물이 제공하는 다른 기능들에 압도되어서, 사람들이 겪을 불편을 전혀 생각하지 못하는 것이다. 매우 사소하게 보여서 눈에 띄지 않는 것들도 있다. 눈에 살짝 거슬리는 색상, 약간의 부조화가 느껴지는 제품의 선, 지나치게 개성적인 모양. 이런 것들이다. 사람들의 수용성에 대한 깊은 이해 없이, 새로움을 강조할 때 일어나는 현상이다.

또, 양식의 적합성이 있다. 양식은 사람들이 자연스럽게 받아들이는 행위의 형식을 의미한다. 그것이 물건이든 서비스든, 모든 사물은 궁극적으로는 그것을 통해서 인간의 행위를 통제하게 된다. 어떤 사물의 사용이 지극히 새롭다면, 사람들은 새로운 행동양식을 도입해야 한다. 이전부터 존재하던 행동양식에 적합하지 않거나 새롭게 도입하는 양식이 수용되기 어렵다면, 그 사물은 결국 도태된다. 한동안 사회에 퍼졌다가 결국은 생명력 없이 사라진 사물들을 떠올린다면, 양식의 적합성에 대해서 충분히 이해할 수 있다.

마지막으로 하나만 더 하자. 새롭게 등장하는 사물들은 대부분 조직을 통해서 나온다. 회사, 학교, 정부, 시민단체 등이다. 두 사람이 모이면 조직이 시작되는 것이 인간사회다. 혼자서는 아무것도 하지 못하기 때문에, 어떤 사물도 조직을 통하지 않을 수 없다. 이때, 창의적인 사고는 조직과 강한 연대를 맺는다. 조직의 문화, 조직의 특징, 조직의 목표. 아무리 멋진 아이디어도 이 셋 중의 하나에서 어긋난다면, 생명을 잃고 사라질 뿐이다.

조직의 목표는 바꾸면 된다. 조직의 특징은 변화를 주면 된다. 새로운 특징을 더하거나 빼면 되는 것이다. 그렇지만, 조직의 문화는 어떻게 할 수 있는 대상이 아니다. 조직문화에 어긋나는 일이 제대로 성사될 수 없는 것은 자명하다. 조직문화를 바꾸는 데는 시간이 많이 소요되고 쉽사리 바뀌지도 않는다. 그러므로 조직의 문화와 부합되는지도 살펴야 한다.

조직문화와 어긋나는데도 꼭 실행으로 옮기고 싶은 최고 경영자도 있다. 어떻게 해야 할까? 다른 조직에서 수행하는 것이 좋은 방법이다. 새로운 사람과 새로운 이름의 회사. 백지에 물들이면 새로운 색상의 조직이 나온다.

수렴적 사고에서의 고려사항을 리스트로 만들면 한참 더 계속된다. 모든 사항을 하나하나 점검하고 거기에 맞추어서 변화를 주는 일은 쉽지 않다. 그런데도 어느 하나 소홀할 수 없다. 이런 이유로 매개변수의 숫자는 늘어난다. 이런 요인 때문에, 기획자가 상황을 완벽하게 통제하지도 작업을 계속하지도 못한다. 다시 질문이다. 어떻게 해야 할까?

수렴적 사고는 발산적 사고와 다르지 않다

우리의 머릿속에는 수많은 생각들이 넘쳐난다. 문제를 우리의 두뇌에 입력했을 때, 발산적 사고를 통해서 해결책을 제시한다. 당연히 그 답은 여러 가지이다. 가능성, 지향성, 파급효과, 새로운 정도, 쓸모 있는 정도 등의 스펙트럼에 따라서 선택지가 여럿 발생한다. 그것들이 정리되어서 종이 위에 혹은 컴퓨터 화면에 등장한다면, 발산적 작업은 끝난 것이다.

이런 생각들은 논리적 필연성에 의해서 추출된 것인가? 문제를 분석하고 문제가 제시하는 단서에 바탕을 두고 연역적인 추론을 발휘해서 나온 답인가? 생각을 발견하는 과정은 그렇다. 그렇지만 나온 결과가 논리적인 귀결이라고 보이지는 않는다.

그것은 마치 광물을 캐는 광부가 작업하는 방식처럼 보이기도 한다. 저기쯤 노다지를 품은 광맥을 파헤쳤더니 다행스럽게도 행운이 따라서 금맥을 발견했다. 발산적인 사고도 그와 흡사하다. 논리적인 방법을 동원해서 용의선상에 있는 생각의 뿌리를 향해서 다가가지만, 막상 생각을 발견케 한 것은 영감이나 행운이었다는 의심도 성립한다.

수렴적 사고는 이와 달라 보인다. 특히, 단순한 계산이라면 논리적인 설명이나 분석이 매우 유용하게 작용한다. 점수를 매기더라도 사람들은 받아들인다. 어떤 수렴적 사고의 기법을 써서 나온 명분이라도 설득에 관해서는 같은 효과를 거둔다. 수렴적 기법에 따라서 결과가 다를 수 있다고 의심하는 사람도 없다. 선택은 명확하며, 그것은 항상 최선의 결과를 보장한다. 미래는 예측 가능하며, 사람에 따라서 그다지 달라지지도 않는다.

염두에 두어야 할 고려사항의 숫자가 많아지면 어떨까? 그때에는 상황이 전혀 다르게 전개된다. 매개변수는 통제되지 않으며, 어떤 목표는 다른 목표와 서로 충돌한다. 하나를 우선순위에 놓는 순간, 다른 요소는 포기해야 하는 경우도 생긴다.

이런 혼란스러운 상황을 정리할 수 있는 것은 다수결이며, 점수를 매기는 것이다. 투표자 모두가 책임을 져야 하지만, 실제로는 누구에게도 책임을 물을 수 없는 좋은 방법이긴 하다. 이런 경우는 어떨까? 목표를 달성하지 못하면, 결국은 현재의 지위를 모두 포기해야 한다면? 여기에서 성공을 거두지 못하면 회사가 망할 위기에 빠진다면? 점수와 투표로 결정지을 수는 없다.

이런 복잡한 상황을 타개하는 수렴적 사고는 발산적 사고와 맥을 같이 한다. 여러 가지 주어진 답에서 생각을 발견해야 한다. 주어진 답들은 일종의 잠재적인 해결책들이다. 이런 것들을 단순화시키면 무엇이 남을까? 이런 것들을 개념화하면 무엇을 얻을까? 여기에서의 결합자는 무엇이었을까? 이런 발산적 사고의 틀을 수렴적 사고의 작업에서 사용할 때 생각이 생성된다. 그 생각이 타당하고 매력적이라면, 그것이 정답이다. 다른 것들도 똑같이 타당하고 매력적이라면? 당연히 그 두 가지 관점에서 비교우위에 있는 것을 선택하면 된다.

점수를 매기거나 투표하지 않아도 되는가? 그렇다. 이런 복잡한 것에서 점수는 의미가 없다. 점수를 매기기 위해서 몇 가지 주요한 인자만을 선택하는데, 바로 그 순간 점수가 현실을 반영하지 못하게 된다. 다른 매개변수를 무시한 까닭이다. 결과로 나온 점수는 상황을 일부만 반영하며, 그것은 실제와의 엄청난 괴리를 극복하지 못한다. 이런 때 의지할 것은 총체적인 점수인 오감과 느낌이다.

많은 최고 경영자들이 임원들의 반대에도 불구하고 자신의 오감에 의해서 판단을 내린다. 성공할 경우가 많다. 최고 경영자가 되지 못하는 이유를 임원들은 스스로 보여준 것이다. 물론 그 오감에 의한 판단도 실패할 경우가 많다. 그들의 선택은 안전한 길이 아니라, 불안하지만 희망의 길이기 때문이다. 안전한 길을 제시하는 임원은 책임을 덜 지는 사람이며, 위험한 희망을 선택하는 사람은 모든 책임을 지는 사람이다. 이것이 그들의 차이다.

발산적 사고는 수많은 매개변수에 의존해서 가능성을 제시한다. 수렴적 사고는 그 매개변수의 변화를 예측하며 그 가능성이 실현 가능한가를 점검한다. '발견된 생각'은 새로운 사물이 모습을 드러내도록 촉발하며, 또한 새로운 사물을 구체화한다. 이런 면에서 발산적 사고나 수렴적 사고 모두 '생각의 발견'에 의존적이다.

"설명이 조금은 추상적입니다."

"더 구체적으로 손바닥 안에 잡힐 수 있도록 방법을 제시하세요."

이런 질책은 항상 즐겁다, 답을 제시하는 과정에서 전혀 예상하지 못했던 '생각을 발견'할 수 있기 때문이다. 발산적 사고에 의해서 나온 아이디어나 그것을 발전시킨 잠재적인 해결책으로부터 구체적인 사물을 떠올리는 시점이다. 그렇지만, 거기에는 우리의 지각이 계산하지 못할 정도의 매개변수가 잔뜩 들어있다. 정확한 판단을 내리는 것이 불가능한 수준이다. 발산적 사고에서 모든 사물이 구체적인 형상을 갖추기 이전에는 콘텐츠라고 주장했다. 사실 그렇다. 종이 위에 혹은 컴퓨터 화면 위의 글자는 구체적인 사물이 아니다.

이제 시각을 바꾼다. 그것은 사물이 아니라 콘텐츠와 다름이 아니다. 아니 시각을 바꾸지 않아도 된다. 실제로도 그것은 사물이 아니라 종이 위의 글자일 뿐이며, 그것이 의미와 내용을 제시하고 있을 뿐이다. 작업이 더 간단하게 이루어질 것 같지 않은가? 콘텐츠로 바라보고 콘텐츠를 고를 때의 눈으로 선택하면 되는 것이다.

콘텐츠로 바라보는 순간, 감성이 자극되며 생각이 떠오른다. 그 생각을 좇아가면 판단이 구해진다. 거기에 들어있는 생각을 똑같이 느껴내는 공감이 하나다. 다른 하나는 전혀 만든 사람이 의도하지 않았거나 예측하지 못한 생각이다. 그리고 마지막은 아무런 생각도 나지 않는 경우다. 물론 아무런 생각도 떠오르지 않는 콘텐츠는 실격이다. 가치가 없다. 그렇지만, 생각을 발견되게 하는 콘텐츠는 가치가 있는 것이며, 검토의 대상이 된다. 자! 범위가 조금 좁혀졌다.

그다음은 그 생각을 감상하는 단계다. 떠오르는 생각이 어떤 심리적인 영향을 미치는가를 따져본다. 콘텐츠를 감상하는 사람에게 가장 중요한 것은 감동이다. 콘텐츠가 가지고 있는 모든 미학적인 요소를 파악하지 못한다고 해도, 감상에는 아무런 문제가 발생하지 않는다. 그 콘텐츠가 가슴에 감동을 선사하는가만 따지면 된다.

여기에서의 감동이란 마음이 뭉클해지는 상태를 의미하는 것은 아니다. 감동은 말 그대로 마음의 움직임이다. 어떤 콘텐츠를 보면서 마음이 크게 움직였다면, 감동이 큰 것이다. 이런 감동의 크기, 진폭, 깊이는 척도로 재지 않아도, 감성이 있는 사람이라면 비교하여 어느 것이 우위에 있는지 알아낸다.

대부분 제대로 사용해보지 않고 상품을 구매한다. 음악은 예외적이다. 음악은 들어보고 감동이 생성될 때 구매한다. 구매자는 들을 때마다 그 감동에 빠져들고 싶어 한다. 누구도 음악에 대한 논리적 설명이나 분석을 듣고 구매하지 않는다. 구매자가 감동할 때는, 다른 음악이 좋다고 옆에서 심각하게 주장해도 귀에 들어오지 않는다. 그 감동은 한 사람을 확신의 상태로 몰아간다. 창의적 사고의 산물도 이와 같아야 한다. 그것을 수용하는 사람에게 감동을 주어야 한다.

텔레비전 대담 프로그램에서 어느 전문가에게 묻는다. 이번 사태에 대해서 어떻게 생각하는가에 대한 답변을 요구한 것이다. 전문가는 논리적인 설명을 한참 덧붙인 후에 결론을 내린다. 인터뷰가 끝나고 다시 비공식적인 자리에서 사회자가 다시 묻는다. 개인적인 의견은 어떻습니까? 그의 답변은 전과 다르다. '솔직히 제 개인적인 의견으로는…….' 그의 말은 이렇게 시작된다. 이유는요? 사회자가 다시 묻는다. '그냥 느낌이 그래요.' 그렇다. 가슴 속의 솔직한 의견은 논리적이며 분석적인 해석과 다르다. 논리와 느낌은 전혀 다른 결론을 제시한다. 이것은 무엇을 시사하는가? 또 어떤 것을 따를 것인가?

이제 다시 수렴적 사고에서 어떻게 선택할 것인가의 문제로 돌아간다. 누군가 말한 것처럼 마음이 이야기하는 것에 따르는 것이 가장 좋다. 우리의 오감은 우리가 지각하는 논리적인 요소뿐 아니라, 우리의 지각 너머에 있는 논리적인 요소까지도 포괄한다. 오감은 모든 분석의 총화이다. 그것은 감동의 형태로 가슴에서 스며 나온다.

다섯 가지의 매우 훌륭한 아이디어가 눈앞에서 어려운 선택을 기다리고 있다. 무엇을 선택할 것인가? 오감이 시키는 대로 하면 된다. 오감이 무엇을 지시하는지 명확하지 않다면, 감동이 가장 큰 것이 정답이 된다. 그것은 콘텐츠와 다르지 않으며, 콘텐츠의 본질은 감동에 있다는 것이 이유다.

"점수는 어떻게 할까요? 오감을 따르면 점수를 매길 필요가 없지 않나요?"

아주 심각한 질문이다. 모든 수렴적 사고에서의 기법은 논리적인 판단을 구한다. 점수를 매기는 임원이나 심사위원은 오감과 논리적인 분석 사이에서 혼란스러워한다. 오감이 그렇게 시킨다고 말하면 정신 상태를 의심 당한다. 논리적인 바탕 위에서 점수를 매긴 후에 '솔직히 말하면……' 이렇게 이야기하는 것은 비겁하기도 하며, 그 사람의 미래를 망칠 우려가 있다.

숫자는 심각함을 반영하여 적어 넣는 것이며, 뒤따르는 책임감도 있다. 더구나 모든 심사요소는 오감이 아니라 논리적인 틀 안에서 이루어진다. 할 수 없다. 모든 심사항목을 오감 속에서 찾아서 점수를 매기는 것이다. 명분은 이렇게 찾아지며, 결과는 오감으로 판단된다.

1분 정리

- 수렴적 사고는 최적의 답을 찾아내는 창의력이다.
- 오감은 경험의 총합이며, 수렴적 작업의 일차적 준거다.
- 숫자라고 모두 믿을 수는 없다. 오감에 의존한 숫자도 많다.
- 혁신적일수록 배척당한다.
- 수렴적 작업에서는 매개변수를 잘 점검해야 한다.
- 수렴적 작업에서도 콘텐츠라고 생각하며 감동을 기준으로 판단을 구한다.

이 책의 앞부분은 질문으로 시작했다. 창의력은 어디에서부터 오는가? 창의성을 기르는 방법들은 대부분 모호한 설명으로 이어진다. 이론적이며, 창의성의 다양한 측면을 심리학, 교육학, 사회학을 동원해서 설명한다. 창의력을 키우는 방법은 결국 나와 있지 않다. 답답한 느낌이 들지도 모른다. 그에 대한 설명이 이론에 그치지 말아야겠다는 것이 I 부에서 전달하고 싶었던 핵심 내용이다.

자극을 주기 위해서 그리고 동기를 부여하기 위해서, 이 책만 읽으면 창의력이 자라난다고 교만을 부렸다. 정말 창의력이 자라났을까? 그렇다면 매우 고마운 일이다. 앞부분에서는 창의성의 정체가 무엇인가를 설명하려고 애썼다. 그것을 제대로 파악하고 있다면, 창의력을 키우는 것은 방법론에 불과할 수도 있다는 믿음에서다.

기존의 자원을 활용하여 유기적인 관계를 형성하고 차이를 만드는 행위로 저자는 창의성을 규정했다. 다른 학자들의 정의는 창의성과 창의력을 다른 시각으로 바라보게 한다. 결과로 창의성에 대한 정의는 학문으로, 창의력은 실행의 문제로 보게 한다. 나타난 현상에만 집중해서 그렇다. 이 책이 제시하는 창의성의 정의는 거기에서 벗어난다.

이 책에서는 창의성이나 창의력을 같은 개념으로 본다. 우리가 일상적으로 하는 행위에 창의성이 들어있다고 보는 것이다. 따라서 창의력이나 창의성은 모두 생각하는 기술에 바탕을 두는 것으로 전환한다. 간단하게 표현하면, 창의력은 생각하는 기술을 발휘하는 능력이라고 주장하는 것이다. 이럴 때, 창의력에 대한 접근이 쉬워진다.

창의성과 창의력을 인간의 지적 능력으로 간주하는 순간, 능력 향상이 어려워진다. 방법이 복잡하며, 인간 계발의 다양한 측면에서 접근해야 한다는 것을 의미하기 때문이다. 이것을 기술로 보는 순간 지금까지와는 전혀 다른 습득 방법을 개발하게 된다. 다른 기술을 배우는 절차, 과정, 방법을 동원할 수 있는 사고의 전환이 발생한다.

이 책의 II 부는 '생각을 찾아내는 기술'이었다. 사실 모든 창의적 사고의 기법들이 새로운 생각을 찾아내도록 도와준다. 그렇지만 동시에 한계도 존재한다. 이런 기법들은 생각을 찾도록 도와주는 기초적인 방법이다. 그것을 이용해서 창의성이 뛰어난 생각을 찾아내기는 쉽지 않다. 이미 효과가 크지 않다는 것이, 경험으로 알려져 있다. 의존할 곳이 없을 때, 창의력을 발휘하는 것이 더 어렵게 변한다. 기법에만 의존하기 때문에 일어나는 현상이다.

이런 기법들은 직접적으로 문제를 해결하지 못한다. 그런 기법들이 있었다면, 전 세계적으로 높은 활용도를 보였을 것이다. 그렇지만, 이런 기법들은 적어도 창의적인 사고의 원리가 무엇인지 알려준다. 그것을 통해서 생각하는 방법을 배울 수 있는 것이다. 그래서 두 번째 부분에서는 기존의 기법에서 생각 찾는 방법을 저자의 시각에서 풀어서 설명했다.

III 부는 창의성, 생각을 발견하는 작업이었다. 여기에서는 II 부의 내용을 바탕으로, 생각을 발견하는 일관성 있으며 상황에 매이지 않는 방법을 제시한다. 생각과 생각을 결합하여 새로운 생각을 만들어내는 구체적이며 명확한 방법이다. 그것을 위해서 결합자라는 개념을 도입했다. 결합자는 생각과 생각의 결합에서 주요한 매개 역할을 하는 생각이다.

따지고 본다면, 이 책은 결합자를 설명하기 위해서 차근차근 순서를 밟아왔다고 볼 수도 있다. 처음에는 창의성이 어떤 것인지 설명했으며, 다음으로는 창의적 기법을 통해서 어떻게 생각을 찾아내는지 보여주었다. 그리고 모든 생각이 결국은 이야기와 다름이 아니라고 주장했다.

여기에서 전환점을 맞는다. 모든 사물이 구체적인 형상을 보이기 이전에는 결국 콘텐츠임을 인정한다면, 새로운 일이 발생한다. 모든 사물은 콘텐츠가 담은 생각이 되고 생각은 동시에 이야기가 된다. 다시 강조하면 창의성이나 창의력이 결국은 이야기 구조를 만들고 그것에 살을 붙이는 작업으로 표현된다. 아주 구체적인 작업형태를 갖추는 셈이다. 그리고 이 작업에서 결합자가 중요한 역할을 한다.

우리의 행위는 일상생활에서든, 창의적 작업에서든 결국은 생각에 바탕을 둔다. 창의성의 정의와 부합하는 생각을 발견하는 것, 그것을 발견하도록 준비하는 것. 그것을 조작하고 작동시켜서 새로운 생각이 발견되도록 하는 것. 모두 창의적 행위이며, 창의력이 발휘된 결과이다. 그리고 거기에서 찾아내는 특성이 창의성이 된다.

결론은 이렇다. 창의력이란 새로운 생각을 발견하는 능력이다. 그리고 그것은 생각하는 기술이다. 이 기술은 습득이 얼마든지 가능하다. 이 책이 제시하는 주장이다.

저자는 이런 주장을 뒷받침하기 위해서 몇 가지 주장을 도입했다. 중요한 것만 다시 소개한다. 인간이 만든 사물의 원형은 생각이며 동시에 이야기이다. 콘텐츠를 가공하듯이, 그 이야기는 얼마든지 새로운 이야기로 가공될 수 있다. 그 결과로 나온 이야기는 새로운 생각인 동시에 새로운 사물을 의미한다. 이것이 주장의 하나이다.

창의성은 창의력을 발휘하는 사람에게만 깃들어 있지 않다. 그것은 수용자에게도 있다. 수용자가 창의자에게 동의하는 것도 창의성이며 창의력이 발휘된 결과다. 이 주장은 창의력이 매우 보편적이며 인간이 본래부터 가지고 있는 능력임을 일깨운다.

끝으로 소개할 것은 앞에 이야기한 결합자이다. 생각과 생각을 결합하는 생각. 생각의 한 부분이며 동시에 결합의 매체가 되는 생각. 이 결합자에 의해서 모든 생각은 새로운 방향으로 진화할 수 있다고 주장하는 것이다.

이제 생각을 발견할 준비는 모두 끝났다. 어떤 멋진 생각을 발견하느냐만 남았다. 행운은 늘 준비된 자의 것이었다.

창의력: 생각을 발견하라

초판인쇄	2021년 5월 25일
초판발행	2021년 6월 1일

지은이	이우용
발행인	조현수
펴낸곳	도서출판 더로드
기획	조용재
마케팅	최관호 백소영
편집	권 표
디자인	호기심고양이

주소	경기도 고양시 일산동구 백석2동 1301-2
	넥스빌오피스텔 704호
전화	031-925-5366~7
팩스	031-925-5368
이메일	provence70@naver.com
등록번호	제2015-000135호
등록	2015년 06월 18일

정가 16,500원

ISBN 979-11-6338-150-1 03810